天高云远

詹政伟 著

花山文艺出版社

图书在版编目（CIP）数据

天高云远/詹政伟著. —石家庄：花山文艺出版社，2018.1（2021.5重印）
ISBN 978-7-5511-1753-1
Ⅰ.①天… Ⅱ.①詹… Ⅲ.①长篇小说－中国－当代 Ⅳ.①I247.5
中国版本图书馆CIP数据核字（2017）第264747号

书　　名：天高云远
著　　者：詹政伟

责任编辑：刘燕军
责任校对：齐　欣
美术编辑：胡彤亮
出版发行：花山文艺出版社（邮政编码：050061）
　　　　　（河北省石家庄市友谊北大街330号）
销售热线：0311-88643221/29/31/32/26
传　　真：0311-88643225
印　　刷：三河市华东印刷有限公司
经　　销：新华书店
开　　本：710×1000　1/16
印　　张：16.25
字　　数：300千字
版　　次：2018年1月第1版
　　　　　2021年5月第3次印刷
书　　号：ISBN 978-7-5511-1753-1
定　　价：49.80元

（版权所有　翻印必究·印装有误　负责调换）

目录

第一章 …………… 001
第二章 …………… 007
第三章 …………… 023
第四章 …………… 030
第五章 …………… 039
第六章 …………… 055
第七章 …………… 061
第八章 …………… 072
第九章 …………… 078
第十章 …………… 084
第十一章 ………… 092
第十二章 ………… 098
第十三章 ………… 109
第十四章 ………… 116
第十五章 ………… 128
第十六章 ………… 136
第十七章 ………… 148
第十八章 ………… 158
第十九章 ………… 164
第二十章 ………… 176
第二十一章 ……… 195
第二十二章 ……… 202
第二十三章 ……… 207
第二十四章 ……… 222
第二十五章 ……… 227
第二十六章 ……… 240
第二十七章 ……… 248

第一章

  动车到达宁丁州是晚上8点53分,已接近9点了。

  可以这么说,在动车快要进站前的几十分钟里,罗大妹和田花就一直处于一种莫名的亢奋中,她们伫立在车窗前,对着窗外的各种景致指指点点,哪怕有时候窗外是漆黑一片,什么都看不到,她们也会发出一阵接一阵的尖叫,好像看到了叫人惊讶的美景一样……

  车厢里别的旅客都在忙碌着,都在做着下车前的准备工作。她们却兴致盎然,活泼得犹如放入水中的两条金鱼,那模样就像是刚刚上车,一点儿也看不出她们已经经过了十多个小时的旅途奔波……

  是的,罗大妹和田花的心情是那么好,好得就像要从心里绽放出一朵花来似的,以至于她们从高铁站一出来,就迫不及待地追着前面的一个人问,东溯湖在哪里?东溯湖在哪里?被问的那个人可能也是从外地来的,他将拖着的大包小包丢在地上,张开双手,不断地摇着,一副爱莫能助的样子,见她们盯着他不放,他生气了,翻着白眼说,你们问我,我还想问你们呢!你看不见我跟你们一样也是旅客?什么眼神?!

  罗大妹忍不住吐了吐舌头。

  路上的人多如牛毛,她们像皮球似的不断被撞来撞去。但她们力气大,人家并不能拿她们怎么样,她们却把人家撞得东倒西歪,别人不乐意了,用眼睛恶狠狠地剜着她们，她们却咧着嘴，开心地笑，好像周围的喧闹都与她们无关似的。

霓虹灯和出租车的灯光把她们的脸照得亮堂堂的。她们一路走一路问，越走精神越爽，坐车的疲劳消失得无影无踪，要不是有人好心地提醒她们，去东溯湖得坐车，靠走就是走到天亮，也不一定能走得到！

她们恍然大悟，忍不住呵呵呵地笑起来，说早知道要叫车，还问什么呢？问一下出租车司机不就得了？原来一直以为靠腿走走也是能走到的。

……

一直等到出租车司机把她们送到著名的七空镇宝桥那里时，她们才清楚，她们是真的到了东溯湖了。站在凉风习习的桥上，看到偌大的一个东溯湖，田花顿时惊呆了，我的妈啊，比我家门前的大淼子要大上几千倍呢！

你家那个大淼子算得了啥，叫十头牛喝个水，就成光屁股了！

瞎说！

我不瞎说！上次我游过，才十来分钟，我就从这头游到了那头。

嘿，吹牛也不是这么吹的，我哥水性比你好上几十倍，他这头游到那头也要半个多小时呢……

嘻嘻，我这是打比方嘛。

哪有这样打比方的？

我就喜欢这样打比方。

你赖皮。

你才赖皮！

……

面对东溯湖的美景，两个人沉浸其中，边打嘴仗，边嘎嘎嘎嘎地笑，一副乐此不疲、流连忘返的样子。

罗大妹得意扬扬地说，怎么样？我的好田花。

田花笑眯眯地搂住了罗大妹的肩，嘴里吐出的话柔得像棉花，那还用说，大妹姐，这是我们两个人决定的嘛，是集体智慧的结晶。

那说明我们两个人的决定是对的呀，我们的眼光还是不错的。她们俩都有些感慨，想当初，从广西南宁出发的时候，她们为把车票买到哪里做过无数次的争执，罗大妹说，到北京，北京是首都；田花说，到上海，上海是国际大都市，连世博会都在那里开，名气响得不得了，到时候，我们就可以跟别人说，我们就住在离世博会场馆不远的地方，羡慕死他们。罗大妹也叫起来，那有什么，北京是政治、经济、文化的中心，2008年北京奥运会一开，全世界都知道了，去北京好，发展空间大！你怎么知道呢？或许上海更适合我们，毕竟都是南方嘛，离家里可以近一点……两个人为此闹得面红耳赤，大眼瞪小眼，像两只不服输的斗鸡，谁也说服不了谁。

事实上，她们对北京和上海这两个城市都不熟悉，只是因为曾经在这两个城市参加过一些比赛，做过短暂的停留，有一些初步的印象，又从网上粗粗地了解了一些皮毛，便想当然地要到那两个地方去。

相持不下，于是她们决定用抛硬币的方式来决定她们要去的地方。先是用一枚一元硬币当作上海，另一枚当作北京，然后她们站在十米外的地方，用第三枚硬币来滚，滚到哪一个城市，就到那里。但奇怪的是：她们连滚了三次，三次都停留在离上海不远的一个地方。她们拿来地图一看，几乎异口同声地说：宁丁州。

就这里吧，我看这儿挺不错的。离上海近，离南京也不远。罗大妹说。

好，人多的地方，活儿一定也多。田花附和大妹说。

当然，促使她们留下来的是这样一件事——罗大妹和田花在东溯湖边上漫无边际地闲逛着，讨论着她们美轮美奂的未来时，在离她们不远处，突然有人打起架来，是一群男人。四个人围着一个打。本来这事与她们完全无关的，换了别人，躲都来不及，但不知怎么，她们的神经一下绷紧了，她们连想也没想就飞快地跑过去劝架了。嗨，你们一帮子大男人，也不嫌害臊，什么事不好干，还打架，打架有什么好打的，别打了，别打了，再打会出事情的！

那几个男人很惊讶，他们肯定没有想到这个时候会有两个貌不惊人的女人跳出来。这年月，事不关己，高高挂起。人人自危，哪有这样不问青红皂白管闲事的，简直是吃饱了撑的。他们于是凶相毕露地说，他×的，你是不是皮厚欠打？骨头发痒了？快给老子滚一边去，想当活雷锋啊，小心你们的狗头！

罗大妹和田花也很奇怪，这些男人看上去都文质彬彬的，其中有的还戴着眼镜，她们想不通他们怎么也会打架？而且一出声，就粗俗得要命，跟无赖没什么区别。

被打的那个人已经倒在地上了，他的额头上开了一个口子，血正不断地流出来。他表情痛苦地用手按住伤口，嘴里不断地发着呻吟声。而打他的几个人一点儿都不为所动，继续出手很重地打着。

不要再打了！不要再打了！再打下去就要出人命了！田花实在看不下去了，她大声喊道，边喊边冲了过去。

那边的几个男人顿时火冒三丈了，他们显然恼怒这两个女人的横插一脚，都已经口头警告过她们了，她们居然把他们的警告当作耳边风刮过去了，其中的一个高个子，冲着田花就是一巴掌，见鬼了，你们算老几？关你们屁事啊！他骂骂咧咧的，似乎在责怪田花她们搅了他的局。

那巴掌其实并没真正打到田花，只是在她的脸颊上掠到了那么一点点。田花却受惊般地尖叫一声，你这个鸟人，还敢打我？我看你是不想活了？！她话音未落，却已经身起手落，那个正骂骂咧咧的高个子还不知道是怎么回事，人就啪嗒一下，像个沙包一样倒在了地上，他哎哟哎哟地喊叫起来……

看田花身手如此敏捷，罗大妹全身的血也呼啦一下涌了上来，她一个箭步冲上前去，双手搭在了另一个男人的双肩上，没等那人明白过来，她把他前前后后推搡了几下，随即，一声喊，硬生生地把一个人高马大、足足高过她两个头的男人摔在了地上。男人倒地时发出了类似于放屁的一声闷响……

那几个男人不知是被吓呆了还是被搞糊涂了，他们噤若寒蝉，都眼睁睁地看着她们，半晌作声不得。

这时，边上有人高叫一声，警察！她们是便衣警察！

那几个男人一听，立即撒开腿跑开了，溜得比兔子还快，只留下那个先前被打倒在地的小个子男人，这时候，他不呻吟了，慢慢地从地上爬起来，从裤袋里掏出一张面巾纸，龇牙咧嘴地揩着额头上和嘴角边的血。

你没事吧？田花弯下腰关切地问。

小个子男人摇摇头，嘟哝着说，没事，没事，笑话，我怎么会有事呢！

没事就好，刚才情况还是蛮危急的。田花长长地吁出一口气。

我们走吧。罗大妹催着田花快走。刚才热血沸腾的，现在回想起来倒真的有点后怕。在这人生地不熟的地方，逞什么能？她担心那几个人可能还会过来，他们是不会善罢甘休的。

你们是便衣警察？小个子男人问。

田花没有接他的话茬儿，挥挥手说，走吧，走吧。都围在这里，看西洋景啊，有什么好看的？

其实并没有警察来，围观的人以为她们就是警察，见她俩威风凛凛地将那些人赶跑了，他们情不自禁地鼓起了掌。

到底是警察，厉害厉害。有人向着她们竖起了大拇指。还有人用手机对着罗大妹和田花拍照。

罗大妹和田花闹了个大红脸，她们拼命地躲闪着路人的镜头。看看躲不过了，她们撒开两腿就跑起来。

小个子男人气喘吁吁地跟着她们跑，花了九牛二虎之力才追上来，他哆哆嗦嗦地追问她们俩的名字，罗大妹和田花不想理睬他。那件事对她们来讲，已经过去了，她们也和他没有什么关系了。

小个子男人挺有个性的，看她们不愿意搭理他，他也不声张了，就这么默默地一直跟着她们。

这个家伙，怎么回事啊？她们脸红脖子粗地对他摆摆手，意思叫他赶快离开。那人还是一副依依不舍的样子，嘴里不停地说着感激的话，甚至还摸出皮夹子，将两张名片递给了罗大妹和田花，谢谢你们，谢谢你们。他一迭连声地说着。

看得出来，他的内心充满了真诚的感激，他不断地说着话，在说话的过

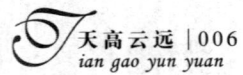

程中，他的眼里好像还泛起了一层泪花。他的目的很明确，就是希望罗大妹和田花能把她们的联系电话留给他，说以后他会专门登门拜访的。

我叫王水法，有什么事尽管打我电话！他继续说。

罗大妹和田花接了名片后，并没有想对他深入了解的欲望，她们劝他说，你回去吧，不要这样跟着了，就这样吧。

那个王水法却像只宠物狗一样亦步亦趋，一副依依不舍的样子。

见他像一只磕头虫那样黏着，罗大妹和田花所能做的就是加快了脚步，她们走路都有些大步流星的味道了。东溯湖边的人是那么多，她们左躲右闪，一会儿，那个王水法便像苍蝇一样从她们眼前消失了。

真有意思，想不到这儿的人这么不禁打。田花得意地说。

谁叫你手脚这么利索！你厉害哦。罗大妹表扬道。

你也不赖。田花哧哧地笑得开心。

到宁丁州不到两小时，她们就做了一件大好事，这让她们的心情非常愉快，对宁丁州的好感油然而生。这是不是说宁丁州欢迎我们呢？田花歪着头，调皮地问罗大妹。

嗯，是的，主要是欢迎你。罗大妹一本正经地说。

田花推了罗大妹一下，又在埋汰我了，埋汰我，就是埋汰你自己。

罗大妹竭力忍住笑，那你的意思是说，宁丁州欢迎我，不欢迎你。

田花搂住了罗大妹，大妹姐，不会的，因为我们是好姐妹嘛，欢迎你，就是欢迎我……

两人在东溯湖兜了一圈又一圈，一点儿都不觉得累，夜已经那么深了，但游人依然如织，她们在人群里窜来窜去，第一次感到逛湖居然还可以一直逛到天亮……

第二章

第二天,她们就开始在宁丁州寻找工作。她们不厌其烦地跑劳务市场,跑中介事务所,甚至还一家一家地上门推销自己。

……

文化程度?

初中。

哪里人?

广西。

年龄?

我二十一,她二十。罗大妹点了点自己,又点了点田花。

汉族?

不,她是壮族,我是汉族。罗大妹点了点田花,又点了点自己。

有特长吗?

有,我们会摔跤。我们以前都是广西壮族自治区体训大队的运动员,专门练摔跤。我在全运会上得过摔跤第九名,现在我们退役了。

……

但她们常常被拒绝,那些人看她们的眼光都很复杂。有好心人指点她们说,像你们这种情况,不应该没有目标地跑,应该到体育局或者体育中心类似单位去试试，只有那种地方才需要你们这种人，其他的地方是很难对口的。

我们无所谓对口不对口的，就是要一份工作，打什么工都可以。罗大妹和田花争先恐后地说。

好心人叹口气说，眼下找工作难哪，我觉得还是应该和你们学的专业联系起来。

罗大妹和田花很懊恼，她们万万没有想到在宁丁州寻个工作竟是那么难，昨晚来时的那种好感觉一下子全跑光了。文凭文凭！罗大妹和田花不到10岁就进体训大队训练了，她们哪来的大专以上文凭？但她们还是听从了好心人的建议，悄悄地跑到体育局去了。只要有百分之一的希望，就要作百分之九十九的努力！这是谁说的？她们忘了，反正她们训练时，教练老是把这句话放在嘴巴上，说的次数一多，她们的耳朵皮都起茧了，却实实地地地把它装在了心窝里。

体育局的一个自称是老周的中年男人接待了她们，听明白来意后，他很同情她们的遭遇，在耐心细致地做了一番解释工作以后，他显得非常遗憾地摊了摊手说，要是你们早几年来这儿当运动员的话，我还可以考虑推荐你们去体训大队，可现在你们都退役了，你们还能做些什么呢？最适合的是做教练，可我们这里不缺教练，而且，这教练也不是随随便便可以当的。

是啊，我们能做些什么呢？对于这个，罗大妹和田花连自己都还没考虑清楚，因为她们真的不知道自己除了会摔跤，还有其他的什么特长。她们失望地从体育局走了出来。

老周客气地一直把她们送到电梯口，说，你们到别的地方去试一试，不要灰心，说不定真有需要你们这种人才的地方……像你们这样的，又有力气又有技术的，肯定会有接收单位的。

又没戏了。田花的眼泪流了下来。

怎么这么难哪！不就找一份工作嘛。罗大妹哀叹道。

田花默然不语，突然，她冲着一只丢弃在路边的牛奶盒，飞起就是一脚，把它踢到了半空，然后看它重心不稳地掉在地上。

后来，她们坐在大前门广场那里的石阶上，茫然地望着花花绿绿的街、川流不息的人群和车群。

田花喃喃地说，大妹姐，你说，我们是不是没希望了？

瞎说，怎么会呢，我们的希望大大的，希望就在前方。罗大妹给田花打气。

那我怎么看不到呢？田花幽幽地说。

那是你的眼睛还不够亮，睁大睁大再睁大，一直睁到比牛眼还大，那就可以看到了。罗大妹说。

田花突然想到什么，她偏过脸，冲着罗大妹嚷，你才牛眼。

罗大妹笑了，我本来还想说，睁得像大象眼一样大，就可以看到了。考虑到你的形象，我就说牛眼了。

田花嗷地一下跳起，你又在讽刺我，看我不撕烂你的嘴。

罗大妹做出讨饶状。

可以这么说，在退役之前，罗大妹和田花很少考虑自己以后会怎么样，她们总是想着怎样创造好的成绩，争取使自己的摔跤成绩排名尽量地往前靠，从而为区里争光，为父老乡亲争光，当然也为自己争光。在摔跤队的日子里，她们总是很忙，除了训练还是训练，除了比赛还是比赛，一年里，她们难得有空闲的时候，稍微有点空，她们还得往家里跑，去看看好长时间未见的家人。忙归忙，她们心里是踏实的，日子是安稳的，但当队里宣布她们退役时，她们这才明白，她们被淘汰了，再也不能和昔日的队友们一起训练，一起比赛了，当然也就不可能再替区里争金夺银了。

长江后浪推前浪，前浪死在沙滩上。和她们一同退役的一个男队员还说笑话。她们听了，汗毛却一根一根硬硬地竖了起来。

体训大队给了她们一笔数量有限的安置费或称退役费后，让她们哪里来哪里去，她们之间所有的关系都戛然而止，好像她们压根儿没有来过这里似的。罗大妹和田花欲哭无泪，她们很想狠狠地和体训大队干上一仗，至少也得申诉一下自己的委屈，都多少年了，你们不能说不要我们了，就把我们扫地出门了，无论如何得安慰一下我们的情绪啊！可队里没有人来和她们谈心，也不做交流，只是通知她们某一天到会议室里开会，然后有领导拿出一张名单宣布……这也太残酷了一点儿，不是说讲究人性化嘛，怎么到了关键时候，平时领导振振有词说的话全都丢到爪哇国里去了？罗大妹和田花心中的憋闷像海浪一样一潮接一潮地簇拥着她们，要去申诉一下的，要去申诉一下的！她们一直鼓励着自己去努力一把，但看到一同退役的队友转瞬间便作鸟兽散状，连个人影子也找不到了，她们顿时心灰意冷起来。

想想也是，别人都忍受得了，都能平静地面对现实，就你们两个心态不平？到底和谁去讨要说法，她们心中也没底。一犹豫，最好的时间便错过了，到后来，连她们自己也打了退堂鼓，算了，船到桥头自然直，此处不留爷，自有留爷处。当然，最初的想法是——留在体训大队当个一般工作人员，只要能够看到体训大队里那熟悉的一切，她们就心满意足了。当她们了解到要想留下来，简直比登天还难时，她们委屈得直掉泪。我们就做个扫地的也不行吗？有领导冷嘲热讽，嘿嘿，你们做梦去吧，我们好多教练还都是"临时户口"，编制还像子弹一样在天上飞！连他们都如此，更何况像你们这种情况的！趁早死了这条心吧。

悲愤归悲愤，但她们悄悄地偃旗息鼓了，是的，把梦想当作萝卜干一样吃掉了，再粗的胳膊也是胳膊，你能扭得过大腿？

从内心来讲，罗大妹和田花都不想回老家去，老家实在太穷了，也太闭塞了，她们俩是同一个县里出来的，虽然在不同的乡镇，但因为都是山里人，知道整天在山里转悠是什么滋味。回想以前，每次从家里到体训大队，她们都得在路上花上一天半的时间。念想自己毕竟还年轻，无论如何还可以出去闯一闯的。她们有的是力气，按田花妈妈的话说就是，一个人有了力气，就不怕找不到活儿干。她还举例说，村里的黄三丫婶，一个人跑到重庆码头上当女挑夫，照样给家里盖起了三层楼房！再说，别人能行，你们就不行？你们的本事比他们大多了，你们十岁左右就开始走南闯北了……她们的耳朵里也时常充斥着谁谁谁在上海发达了，谁谁谁在北京发达了，又有谁谁谁把父母接到深圳去住了。

这么一想，她们确确实实又信心百倍了，就像打了鸡血一样。在吃了几片咸味面包以后，她们又开始满世界地寻找起工作来。太阳升起来了，太阳又落下去了，我们哪一天会找到工作呢？她们满怀希望地等待着，她们期望着一个又一个鲜亮日子的到来，但希望总是随着时间的流逝一点一点地消失了。她们很无奈，有种说不出来的痛，可她们不死心，她们坚信，有朝一日，好运会来敲她们的门的。

有一天，她们在一个中介服务所看招聘资料。一个长满青春痘疙瘩的小青年微笑着挤到她们身边，问她们是不是愿意去他开的旅馆里工作？

罗大妹审视了他一会儿后问，具体做什么工作呢？

疙瘩脸笑笑说，旅馆嘛，还有什么，也就是干点力气活。

什么样的力气活？田花问。疙瘩脸笑得一脸灿烂，呵呵，就是做做服务员什么的。

罗大妹思忖了一下说，那我们得看看再说，比如说环境啊、设施啊。说实话，她的心有点动，找了这么多天的工作还是一无所获以后，她开始有些不耐烦起来，奶奶个熊，天天吃空心汤团，存心考验我们的意志啊！有时候，她也怀疑来宁丁州是不是来错了，北京上海的空间或许更大一些。但至多也是心里想想而已，更多的想法则是，既来之，则安之，不能朝三暮四。

罗大妹和田花私下里商量过，不管怎么样，当务之急是必须先找到一份工作，要想方设法把自己安顿下来再说，至于这份工作好不好，是不是称心如意，那得等以后再慢慢理会。于是，在这样的考虑下，她们跟着疙瘩脸去了他说的那家旅馆。虽然她们有些不满意他说话老是吞吞吐吐、遮遮掩掩、含含糊糊说半截的样子，给人的感觉一点都不爽，颇有些像在搞阴谋诡计。

那家旅馆确实不怎么样，小不说，而且还有股说不出来的味道，带点霉，带点馊。那里的服务员眼睛都斜斜的、飘飘的，看见罗大妹和田花，她们都点点戳戳，这个评价说田花的胸部不错，那个说罗大妹的屁股很大。罗大妹和田花站在店中央，觉得挺难为情的，手脚也不知道往哪儿放。哎，这些人也真是的，她们初来乍到的，怎么就可以这样对她们评头论足？她俩和她们毕竟还不熟悉，大庭广众之下又是说胸又是说屁股的，就好意思？就这样肆无忌惮？

田花悄悄对罗大妹说：大妹姐，这些人看起来不大正经啊，瞧模样，说不定还是卖淫的小姐呢！

罗大妹吓了一大跳，田花不说还好，一说，看那架势还真有点像，随着她们交流的增多，她愈发相信田花说得在理，于是她的心开始怦怦乱跳，那该怎么办，那该怎么办？她一副六神无主的样子。

大妹姐，我看我们只有想办法走。三十六计，走为上策。田花附在罗大妹的耳朵边说。

罗大妹忙不迭地对疙瘩脸说，老板，谢谢你的好意，你这儿的活儿，我们恐怕干不了，因为我们从来没有干过，我们得走喽，到其他地方去看看。

罗大妹说得很婉转，她一点儿也不想和疙瘩脸发生冲突，但那疙瘩脸说翻脸就翻脸，他一反刚才的热情，用一种凶巴巴的口吻说，呵呵，想走，没那么便宜！进了我这扇门，就等于是签了合同了，签了合同你还想走？没门！

田花本来就在不乐意疙瘩脸的阴阳怪气，现在见他这样说，当即就火冒三丈了，你这个人怎么能这样说话呢？还讲不讲理？不是早就和你说好了，我们先看看环境再做决定。

疙瘩脸把双臂放在胸前，冷冷地看着田花，满脸不屑地说，你嚷嚷个屁，有本事你就出去，但要看它同意不同意。他冲着田花挥了挥钵大的拳头。

罗大妹一肚子的不舒服，她想眼前这个疙瘩脸怎么可以这么骄横，说话的口气大得像黑社会老大，她的牛脾气顿时上来了，她朝疙瘩脸瞪着眼睛说，你凶什么凶？怎么，还想动武不成？你这个人也太刁钻了。

但她的话还没说完，脸上已挨了对方结结实实的一巴掌。疙瘩脸咬牙切齿地骂道，×的，到了我的地盘你还嘴硬！我叫你硬！

罗大妹被那一巴掌彻底地惹火了，人不犯我，我不犯人，人若犯我，我必犯人。她历来奉行的就是这个原则，于是她扯住疙瘩脸的双肩，稍一用劲儿，一个大背包就把他摔在了地上。

疙瘩脸绝对没有料到罗大妹还有这等本领，他躺在地上猛地愣住了，满脸的疙瘩好像要渗出水来。周围的好几个服务员都掩住嘴，哧哧地笑。疙瘩脸失了脸面，脸顿时涨得通红，他手忙脚乱地摁着电话，喂，110吗？我这儿有人在捣乱，在搞打砸抢，对，是抢劫……

抢劫？罗大妹被疙瘩脸的危言耸听搞笑了，这个男人，真会折腾，连这种话也说得出来，看来他说话是不经过大脑的！她捋起袖子，双手叉在腰里，唾沫像飞蚊一样四溅开来，哼，姑奶奶还怕你不成？姑奶奶真要抢劫，你小子小命早就没有了！我倒要看看警察等会儿来了会怎么处理，我就不信这世界会不讲道理！罗大妹很气愤，嘴巴嘟成一个圆形，一只手还在腰间，另一只手用力地挥来挥去。

疙瘩脸躺在地上，不肯起来，做死鱼状，说，我不和你说，我等警察来，是你把我打倒在地的。

一会儿，警察来了。听说是抢劫，来的警察都如临大敌。一个警察看事发地风平浪静的，就问，怎么回事？谁抢劫？

疙瘩脸一骨碌从地上爬起来，他一脸的媚状，警察同志，是我报的警，不是抢劫，但和抢劫性质一样严重！他添油加醋地说，不得了了，真的不得了了，这两个三陪女在我这儿胡搅蛮缠，一会儿说要找工作，一会儿又说不找了，有意跟我捣乱。把我的生意全砸了。我是靠小本生意过日子的，这生意让她们一搅，我的饭钱都没了着落，我没有了经济来源，这无异于抢劫！

罗大妹冲口而出，放你的狗屁。谁是三陪女，谁抢劫？你嘴巴清爽一点，不要喷粪好不好？

来的几个警察看看疙瘩脸，又看看罗大妹和田花。后来，他们中的一个居然阴着脸说，走走走，一起到派出所说清楚。

罗大妹心里直嘀咕，哪有这样办案的，眉毛胡子一把抓，难道就没个是非了？

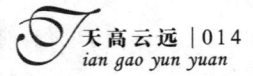

更叫人觉得不可思议的是：到了派出所里，本来挺简单，可以说是一目了然的事情竟然人为地复杂起来，罗大妹她们愈发说不清楚了。

疙瘩脸油头滑脑地乱说一通，后来他就幸灾乐祸地说，呵呵，你们不想在我这里做也可以，但你们得交违约金，我不能赔了夫人又折兵。

罗大妹双脚乱跳，她情绪激动地说，做你的大头梦去吧，我们之间又没签合同，连个口头协议都没有。你凭什么管住我们的脚？我们在中介所找工作，是你自己硬要凑上来，非让我们到你开的旅馆来，你不是答应让我们看看再说？我们看了不满意，不满意当然就要开路的。亏你想得出来，看一看就要交什么违约金。你这旅馆成什么了？成吃人的老虎啦？

疙瘩脸却一口咬定，他们有口头约定。他对在场的几个警察信誓旦旦地说，我敢拿自己的脑袋担保，如果先前没有约定，我出门就被撞死。

放你的臭屁！你再胡说八道，我揍扁你！对于疙瘩脸当面说谎，田花忍无可忍，她终于发作起来。

疙瘩脸装作委屈地说，警察同志，你们看看，你们看看，这两个母夜叉就喜欢来硬的，她们来硬的，动粗的，我可一点儿办法也没有，我是一个安分守己的生意人，你们要替我做主啊，你们不替我做主，我是跳进黄河也洗不清了。

他居然能把假的说成真的，还能说得声泪俱下，一把眼泪一把鼻涕的，不明事理的人，还以为他受了天大的委屈。

罗大妹气得浑身发抖，见过不要脸的人，没见过像你这样不要脸的人！你还是一个男人吗？又是眼泪又是鼻涕的，我算是长了见识了。

双方唇枪舌剑，一直争论了好长时间，但却没有一个结果。

一个长了酒糟鼻的警察摸了摸红鼻头，打着哈欠说，你们都乖乖地给我听着，每人都找个人，保你们出去，省得在这里啰里啰唆的，我现在没有耐心听你们争吵了。

待在派出所里，疙瘩脸浑身不自在，电话多得叫他坐立不安，他巴不得早点出去，一听这话，顿时眉飞色舞，他掏出手机，叽里咕噜说了一通。

罗大妹和田花却傻了眼，宁丁州人多得像蚂蚁，可她们却一个人也不认识。她们总不能从熟悉她们的广西叫个人过来替她们做证，这个警察处理问题的水平也太成问题了，他怎么可以这样做呢？这样做，还把她们都叫进派出所干什么？

看罗大妹她们心神不宁的慌张样，疙瘩脸得意扬扬地捻了一个响指，我说你们是刁民，你们还不承认！看你们怎么办！呵呵！保人不好找吧。要不这样吧，等我先出去，我再把你们保出去。但保你们出去后，就得到我的旅馆里去，这次可不许反悔了，反悔了，加倍收罚金！

田花的眼睛又红了，罗大妹知道她快憋不住了，便和警察据理力争起来，说她们在这里是不可能有证人的，因为她们两个刚刚从广西过来，在宁丁州，她们举目无亲，谁都不认识，既然谁都不认识，那就不可能有保人出现。

警察充耳不闻，有好几个警察都走开了，只留那个酒糟鼻警察懒洋洋地看着她们。

罗大妹赌气地说我没有证人，我自己就是证人，我相信我自己还不成？

酒糟鼻淡淡地说，不成，必须找别人。

我就是不找，看你能拿我怎么样！你太不讲道理了。罗大妹赌气地说。

那你们待在这里好了。酒糟鼻皮笑肉不笑地继续摸着红鼻子，他在边上漫不经心地走来走去。

田花偷偷地推推罗大妹，说，我们也找个人吧。

罗大妹还在气头上，她忸怩着身子，不找，随他去。

田花暗暗和罗大妹耳说，鸡蛋和石头碰什么，我们应该服一下软，还是应该找一找，把这件事应付过去再说。

罗大妹被田花说动了，找谁呢？她狐疑地问。

就找那些职业中介公司的人，我们不是在找工作的时候和他们谈过吗，还在许多表格上留下了我们的信息，他们对我们应该有点印象的。田花建议说。

不成不成，他们怎么会对我们有印象，即使有印象，他们又怎么肯随随

便便给我们当保人？罗大妹当即否定

那怎么办？田花嘟着嘴，也一筹莫展。

罗大妹安慰她说，别急，别急，我们再想一想。她和田花竭力在脑中搜索着。

哎，找那个我们救过的人行不行？田花为自己想到这么个人而高兴得身子都发抖了。罗大妹连忙从皮夹里拿出了那张名片——噢，王水法。

她们像溺水的人捞到了一根救命稻草，兴奋得连声音都变了，罗大妹连忙向那个王水法打电话。电话通了，对方问是谁。罗大妹努力让自己定定神，然后一字一顿地说，我们是那天晚上救你的人，你现在能不能马上到派出所来一趟？有点事要找你。

王水法高兴地说，哈，终于找到你们了，先前你们还不肯说，是要保密吗？现在好了，你们终于肯说了，喂，你们是哪个派出所的？

罗大妹移开手机轻轻问酒糟鼻，这里是什么地方？

酒糟鼻面无表情地说，四牌楼派出所。

哦，明白了，明白了，我马上过来，马上过来！那个叫王水法的人一迭连声地说。

隔了半小时，一个腰身粗得像啤酒桶的男人来了，他在一张纸上签下了自己的大名和身份证号码，然后把疙瘩脸领走了。疙瘩脸临走时还装出一副姿态很高的样子，说这回完全是看在警察的面子上，我就不跟你们计较了，看你们可怜，那违约金我也不要了，就算我白送给你们，就当喂了两头猪。

田花气得又想上前打他，这个烂仔的嘴巴也太臭了，不给他点颜色看看，他会永远不识好歹的！但她被罗大妹拉住了。

疙瘩脸趾高气扬地走了。

等疙瘩脸一走，酒糟鼻警察马上就挥挥手对罗大妹说。好了好了，你们两个也可以走了。

罗大妹和田花你看看我，我看看你，感到莫名其妙。罗大妹忐忑不安地问，不是让我们找保人吗？

酒糟鼻疲惫不堪地说，我们是为了打发那个家伙才这样做的，你们的事不是青葱拌豆腐一清二楚吗？可你们知道不知道，你们今天碰到的这个家伙是个无赖，是这里的常客，很不好弄的，他会像牛皮糖一样黏着你们不放的，告诉你们，对付无赖就得这样！我们处理这种事也得讲究方式方法，你说对不对？哎，我劝你们以后离他远点吧。

　　原来是这样啊！罗大妹和田花恍然大悟。她们这时才明白，酒糟鼻警察其实一直在暗中帮着她们，先前错怪他了。罗大妹觉得挖对不住他的，同时也有些佩服他，他处理问题倒真的很有一套的，不显山露水的，就悄悄地把矛盾解决了。她很想对他说几句感谢的话，可酒糟鼻警察没工夫听她们唠叨，因为又有一个穿花衬衫的小偷被反剪着双手，拉进来了……

　　可我们把王水法叫来了呀，我们也有保人的！田花画蛇添足地补充说。

　　开什么国际玩笑？！酒糟鼻警察嘀咕了一句，一会儿说一个人都不认识，一会儿又说有保人了，你们说话怎么像放屁？！他不再理睬她们，他冲着外面高喊了一声，小李，快点把她仃带走。

　　有人应了一声。一个瘦警察过来了，他向她们挥了挥手，说，来，跟我来。于是罗大妹和田花跟在他身后，悄悄地从那间写着问讯室字样的屋子里走出来，穿过一条走廊，一直走出了匹牌楼派出所的大门。

　　呼吸到清新的空气，两个人顿时觉得松她下来，她们倚靠在水泥花坛上，等着王水法。罗大妹的意思是给王水法打个电话，叫他不要再过来了，因为事情已经解决了。

　　田花说，算了，不要打了，他已经在路上了，还是等他到了，再向他解释吧。现在打，不礼貌，我们不能出尔反尔。

　　罗大妹想想也对，便听从了。

　　当王水法从他自己驾驶着的一辆白色的途观轿车里出来的时候，田花一下激动起来，她小声说，大妹姐，他来了，来了。

　　看到王水法东张西望的样子，她忍不住站起来，手挥舞得像一面小旗子，她叫出了声，嗨，王先生，我们在这里！我们在这里！

等到王水法知道这两个女人特意把他叫过来的目的后，顿时愣住了，他显然没有这方面的思想准备，他压根儿没有想到罗大妹和田花只是来宁丁州寻找工作的外地人，而先前他一直以为她们是便衣警察，那天，她们敏捷的身手让他发生了一种错觉，以为只有警察才有可能挺身而出，也才有能力将对方制伏。他对她们崇敬有加，觉得有机会结识两个女警察朋友，是一件非常有面子的事，对他的事业很有帮助，因为别人都知道，是两个神奇的女民警救了王水法。这时候，他的脸上又明显地露出了一丝唤作失望的东西。

但失望归失望，他还是很快就恢复了平静，而且，还带着她们到大阳光酒家吃饭，毕竟她们救过他一回，他说什么也得报答她们一下。这点姿态他还是有的。他脸上洋溢着欢快的笑容，他边殷勤地招呼着她们吃菜喝饮料，边和她们谈笑风生。

他告诉她们，他开了一家小公司，生意上还马马虎虎。他甚至还有意提到了上次的那场打斗。那天，他本来在东溯湖边约客人谈生意，不想约的客人没来，来了一批他的商业对手，他们想找他的茬儿已经很久了。狭路相逢，分外眼红，他们便对他大打出手，幸亏她们及时伸出援手相助，否则他不伤筋动骨也得脱层皮！

王水法不无得意地向罗大妹和田花吹嘘说，不瞒你们说，我王水法这个人生来就是福气好，关键时候总是能遇凶化吉。那次你看看，有多危险，我都让人家打倒在地，被人踩上一脚了！你们像外星人一样，从天而降，你们一来，那些家伙就屁滚尿流了。呵呵，这不是福分是什么？！咦，有个小疑惑我倒是想问一下，你们是从哪里学来的这一套？不得了啊，我看你们好像没怎么用力就把对方给摔倒了？能给我说说怎？他显得饶有兴致。

田花"扑哧"一声笑了，这有什么好稀奇的，不要说那几个人个子实在太小，就是来个大胖子，我们也照样不怕，实话告诉你吧，我们俩是名副其实的摔跤选手！一般的人根本不是我们的对手。

摔跤选手？王水法狐疑地看着她们。

呵呵，我们和别的打工者是完全不同的，我们是有专业技术的人。田花自豪地一挺胸脯。

看到王水法脸上露出狐疑的神色来，罗大妹便把她们来宁丁州之前和之后的一些情况和他说了说。

哦——王水法的表情一点一点地严肃起来。

王老板，不好意思，有个事情想麻烦你，你能不能介绍一份工作给我们？田花充满期望地瞅着王水法。

王水法的眼睛在田花身上停留了几秒钟，然后移开了，他说你们想要什么样的工作呢？说出来让我听听。

田花顿了顿说，最好是能发挥我们特长的，实在没有的话，那其他随便什么活都可以，反正我们两个也是吃得起苦的人，我们不会十分挑剔的。

王水法拿出手机打了一个电话，他当着她们的面在问一个人，喂，兄弟，你那里现在需要不需要人？对方问，怎么说？王水法笑呵呵地说，我有几个朋友，想到你这儿为你出谋划策，行不行？对方答应得很爽快，说你王老板介绍的人，我一定照单全收。

妥了，你们明天到这个地方去找我的朋友吧。王水法从包里拿出一张纸和一支钢笔，他在纸上写着那家公司的地址和那家公司的老板名字、电话号码什么的，然后龙飞凤舞地签下了自己的大名，然后说，我的朋友开了一家公司，专门搞销售的。

罗大妹情不自禁地张大了嘴。说心里话，她真的没想到她们千辛万苦寻找的东西，王水法一句话就可以帮她们搞定，原先她还以为他只是说说而已。要是早知道他是这么有能耐的人，她们当初何苦要走那么多的路去寻找，因为寻找工作，她们还差一点儿跌进疙瘩脸事先设计好的陷阱里……想到前些日子的艰难，她的鼻子渐渐发酸了。

谢谢你呀，王老板！这回轮到田花由衷地说了。

王水法不以为然地摆摆手，这种小事，对我来说，简直小菜一碟，根本不用放在心上的。来，吃菜，吃菜，我们现在已经是朋友了对不对？如果那天没有你们的帮助，现在我说不定还住在医院里。我们是标准的不打不相识啊!

对对对。田花和罗大妹把头点得像鸡啄米。

那天是罗大妹和田花到宁丁州以后吃得最为丰盛的一餐,她们不但喝了红酒,而且还通过王水法认识了不少她们以前从来没有吃过的特色山珍和海味,她们觉得自己真的是吉星高照,一出来闯荡社会,就遇到了一个有情有义的朋友。

从饭店出来后,王水法要用车送她们去住的地方,她们没有同意,她们不是不想让他带她们兜一兜,那会使她们少走许多路,而且,坐车兜风,她们还没有享受过呢!可她们不想让王水法看到她们的穷酸,她们都是青春少女,该有的虚荣她们也全都拥有。在一个刚认识的朋友面前,她们确实不想过多地露出她们的窘迫来!罗大妹和田花真的是这么想的,她们不想让他看到她们的租住地,但嘴上的借口却是:她们吃得实在太饱了,想四处里随便逛逛,顺便帮助消化。

见她们这样说,王水法也不便坚持,他接下来也没有再多说什么,自顾自开车走了。以后多联系,他摇下车窗玻璃说,对着她们友好地挥了挥手。

她们冲着他嘿嘿嘿地傻笑,手也摇动得像风中的芨芨草。以后多联系,罗大妹抿抿嘴说。

王水法开车都走了好长时间了,她们两个还停留在原地,好像还在慢慢回味刚才的那一份温馨。

王水法的表现和那个长满青春痘的小青年真是天壤之别啊,这世界就这样,有好人,也有坏人,但好人总比坏人多。她们总结着。

后来,她们慢慢地走回到了她们住的旅馆地下室,那里的条件比她们住过的所有的招待所都要差,可看在价格便宜的份上,她们还是认了。想想几天前的捉襟见肘,她们感慨万千。在那些天里,她们的情绪十分恶劣,以后会怎么样,罗大妹和田花谁都说不上来,刚来宁丁州时的好心情早就烟消云散了,可她们又不想就这么灰溜溜地回去,好马不吃回头草。她们不希望让别人看轻她们,尤其是那些和她们有过矛盾的人。

是的，会好起来的，一切都会好起来的，面包会有的，香肠也会有的。田花笑嘻嘻地站在罗大妹的面前，绘声绘色地学着一部电影里的台词，聊以安慰自己。

而眼下的这一夜，罗大妹和田花都很高兴，因为工作有了着落，她们的心情豁然开朗，这时候她们一点儿睡意也没有，一遍遍地设计着她们今后的生活。

大妹姐，你说，以后你想找个宁丁州本地人，还是和我们一样来宁丁州的外地人做老公？田花的两只骨碌碌转个不停的眼睛里露着向往之情。

我看你找王老板不错的，王老板年龄不大，肯定不到四十岁。俗话说，男人四十一朵花。罗大妹揶揄田花。

田花马上反唇相讥，嘻嘻，大妹姐，我看你就不用和我打埋伏了，我知道你喜欢王水法，王水法朝你看上一眼，你的脸就红得像鸡冠。每当他说话时，你的头颈就往前伸，恨不得把他说的每个字都记到心里去，你以为我不知道，我田花都看在眼里了。还有，刚才，你不是说王老板的手真白，像是让奥妙洗衣粉漂过的，手上的青筋啊血管啊都可以看得见，你看那么细干什么？一般的人会看那么细吗？

你——罗大妹急了，心事让人瞧破，她没有理由不急，但她在心里承认田花说得不错，她对王水法确实有好感，当然也仅仅是好感而已，萍水相逢，她才不愿意去想那些不现实的东西。王水法是有钱人，可有钱人往往只对有钱的或者漂亮的女人感兴趣，而这两样，她都不具备，那她还奢望什么？可是喜欢是谁也无法阻拦的，说来就来了，她嘴里可以不承认，然而内心里面呢？

罗大妹抓住田花的手，装作要撕她的嘴。

田花笑得全身乱颤地向她讨饶，说，我再也不乱说了。

再乱说怎么样？罗大妹认真地问。

田花开心地说，再乱说，你剪我舌头好了！

罗大妹叹口气，声音沙哑得像是从磨刀石上刚下来，我罗大妹哪有福气做人家的老婆，人家心平气和地和我们一起吃个饭已经相当不错了……她看着黑乎乎的墙壁，脸一点一点地阴沉下去。

说到了伤心处，罗大妹的情绪立马变得非常糟糕，心里头好像可以挤得出水来。

不说了不说了，我要睡觉了。罗大妹赌气地说。

田花乖巧地一声不吭。

于是两人关灯睡觉。

灯是灭了，但她们还是像烙饼一样地在床上翻来翻去，那不断翻身的声音把罗大妹的眼泪都催出来了……

第三章

王水法给她们介绍的老板叫毛宝根。毛宝根细皮嫩肉的，个子不高不矮，挺匀称的，但老是喜欢翘着兰花指，而且，小指甲留得很长很长，看上去一点儿都不像一个生意人，倒像是一位小学教师。他的嗓音条件不大好，就像破竹竿里漏出的声音，据说是小时候吃饭不小心将竹筷捱进了喉咙，结果把喉咙给搞坏了。听他说话实在比听一个结巴说话还要费力。

对于她们的到来，毛宝根显得很高兴，他对她们说，我和你们认识的王水法老板是很好的朋友，听他说，你们都是体训大队出来的运动员，这很好，相信你们到了我这儿是有用武之地的。老实说，到目前为止，我的公司还没有运动员出身的员工，你们来了，我很有面子啊！

罗大妹谦虚地说，毛老板，我们初来乍到，什么都不懂，以后请多多关照。毛宝根不在意地一挥手，我们一家人不说两家话，来了，在一起了，我们就是兄弟姐妹。

嗯，我们会努力的。田花干脆利落地表态说。

毛宝根和她们聊了一会，然后把话头转到正题上，说你们既然到这里来工作了，我也要把公司的一些规章制度给两位说说，我这个人就是这样，喜欢把丑话说在前头，再好的朋友做生意也是要笔笔算清的，亲兄弟明算账嘛。你们是王老板介绍过来的，我就省去面试这一关了，从今天开始，你们就是我的员工了，一定要尽心尽力啊，我对每一个来我们公司上班的人都说过，进了这扇门，我们就有福同享，有难同当！他让手下的一个人教了她们半天常识性的东西后，就让她们上岗了。

弄了半天才弄明白，毛宝根要罗大妹和田花把挂钟、闹钟、电子表什么的都推销出去，他的公司，就是专门销售这些玩意儿的。这活儿底薪很低，每月只有500元。这就是说，做一个月，假如这些东西卖不出去，只能拿500元钱。罗大妹的情绪大受影响，她耷拉着头闷闷不乐地想，底薪没有1000元也得有800元，500元算什么呢？都什么年代了，这老板还这样抠门？

因为她的思维还停留在昨天，昨天晚上王水法和毛宝根通电话时，一副慷慨激昂的样子，他说，毛老板是我小弟啊，他会给你们好好安排的。他生意做得好，安排你们，小菜一碟，完全是小菜一碟……

那些话像铬铁，一下印在了她的心上，让她误以为毛老板给她们安排的活儿至少还说得过去，特别是在薪水问题上，应该不会差到哪里，但事与愿违，她有种上当受骗的失落感。

田花看罗大妹脸色很差，怕她发作，于是装作很开心地说，毛老板，谢谢你，我想我们很快就会进入角色的。

等毛宝根走开后，田花还是安慰罗大妹说，大妹姐，这地方人多，又特有钱，或许以后我们的生意会不错的。

罗大妹不好意思地说，我只是觉得心里堵，我以为王水法法术很大的。

田花说，生意人嘛，都这样，你不见刚才一见面他就说，亲兄弟明算账，明摆着要和我们拉远距离，不想和我们有什么瓜葛。接着，田花又拍拍她的肩说，试试看吧，试试就知道了。

于是两人开始了她们从没有过的推销生涯。

对于钟啊表啊，在干这个推销活儿之前，她们两个基本上还停留在对钟表的初级认知阶段，认为这些东西纯粹就是用来掌握时间的，对于其他的用途则显得很茫然。但让毛宝根手下的人认认真真教了半天后，她们这才恍然大悟。哟，原来钟和表还有那么多的道道在里面，钟表不再是时间的代名词，更大的功能则成了装饰品和奢侈品，不知不觉成了有钱人的身份和象征。至于销售钟表，那更是错综复杂，一时半刻还真学不会。

当然，比销售钟表更为复杂的是宁丁州的小弄小巷，她们走到那里时，常常是诚惶诚恐，那情形就像一个刚进入一年级教室的幼儿园老师，面对课本上的那些东西显得无所适从。她们根本不清楚哪些弄堂是可以穿越的，哪些又是不可以穿越的，而有些又是一半可以穿越的，另一半却是不可以穿越的。为了这个，她们没少走冤枉路。但她们相信勤能补拙。她们用一个小本子，一条路一条路地记着。这方法，她们用得比较熟练，想当初，她们从十万大山里走出来，一直走到南宁街上时，采用的也是这种方法。

她们笑容可掬，然而愿意买她们钟表的人寥寥无几。她们和顾客一说话，顾客就警惕地看着她们，好像她们就是坏人一样。这个城市的人有点怪，他们不喜欢说普通话，他们说着一种近乎鸟叫一样的话，尖厉、频率极快，就像偷吃的猴子，只有和说同样话的人碰到一起，他们就显得很放松的样子，一旦有讲普通话的人和他们接近，他们马上就把脸上的笑容撤去了，取而代之的是警惕和戒备。

刚开始时，罗大妹和田花两个结伴一起去推销，但效果不是很明显。因为两个人在一起，更多的时间是在聊天。聊天的时间一多，那钟表就不大好卖了。

大妹姐，要不，我们两个分头行动吧，或许效果会好一些。田花建议说。罗大妹点点头，好的啊，我也在琢磨，单兵作战，或许更有战斗力。

田花"扑哧"一声笑了，笑罗大妹动不动就学以前教练说过的话。

有一天，田花回出租房比较晚，一进门，她就将背着的东西丢在一边，张开嘴巴号啕大哭。罗大妹发现她的神色有点不大对头，衣服也被扯破了。她忙放下手中做着的饭菜，问她怎么了。她抽泣着说，大妹姐，我今天倒霉啊，倒大霉了，出去推销，碰到了一个疯子。都怪我自己，我怎么会那么傻呢？居然会上他的臭当！

田花在诉说那件事时，脸露戚色，有个人要买一个挂钟，买了后，他问我想不想再多卖掉几个？我不假思索地说想。那人说，你跟我去，我帮你去问问，我那边有很多人的，他们都想要挂钟。

我心里当然是欢喜的，于是就跟着去了，到了一条小巷里，那男人突然莫名其妙地对我说，你的奶子真大，让我摸一摸，摸一摸，我就再买你一个挂钟，哪，要最大的那个。

我哪见过这个，全身的血呼地一下涌上来，脸当即就红了，我冲着那男人嚷，你放屁啊！

那男人还是嘻嘻嘻地笑着，我不放屁，我现在就可以给你钱。他掏出了一张百元票，在我的眼前晃着。晃了一会儿，他把它塞进了我的手心。我犹豫起来，那人又说，我还可以买你一个表，哪，就是50元一个的电子表。他又掏出一张50元的票子。

我看到生意来了，就高兴地说，你说话得算话！我把50元的票子也接了过来，然后给了他一个大的挂钟和一个电子表。我看看四周，见没有一个人，就将胸脯挺了挺，然后俯身过去。

那男人贪婪地盯着我，突然伸出手，抓住了我的胸脯，用力地搓摸起来。我急忙打掉他的手，刚想将身体让开，那男人却飞快地翻起了我的衣服，他的力气那么大，把我的胸罩也一同拉开了，啊呀，羞死人了。

你放开放开！我急得直嚷。那人不理会，死命地扯着我的衣服，好像要把它剥去似的。我的脑袋嗡嗡作响，我下意识地抬起膝盖，狠狠地顶了对方一下。那男人"嗷嗷嗷"叫着蹲到地上去了，整个人扭曲成一团。我彻底被吓坏了，发疯一样地逃开了……

逃了一阵，突然想到什么，重新又飞奔过去，把那一大堆钟啊表啊塞进我的背篼，然后夹在胳肢窝里……看那男人还蹲在地上，嘴里发着痛苦的呻吟，我气愤地用脚踢了他一下，骂道，狗屎，你去死！去死！！然后，头也不回地逃开了……

你怎么能这样？太危险了。罗大妹埋怨着田花。

田花满脸的哀怨和羞愧，我想不就摸一摸吗？谁知……他居然得寸进尺。

以后千万不能这样！她告诫田花。

田花眼里噙着泪，我当时就想着赚他的钱，想把挂钟和表多卖掉一点。

他明摆着是要捉弄你，他要真的把你按地上了，你的危险不就更大了。到时候，你会吃不了兜着走的！罗大妹后怕地咂巴着嘴说。

田花无神地望着她，什么话也说不上来……

旋即，罗大妹又嘎嘎嘎地笑起来，田花，还是你厉害，我估计你一定把那个坏小子给毁了，他半天都直不起身子来，那表明他真的受伤了，而且受伤不轻，否则他不会善罢甘休的。这个男人是自作孽，以后就成了没用的废人了，不过话说回来，谁叫他是一条色狼呢？对付色狼，这是最好的办法，叫他终生难忘。

田花让罗大妹这么一劝，心里也顿时舒坦了不少。她嘿嘿嘿笑着说，打蛇打七寸，谁叫他不自量力，会落在姑奶奶手里，不弄死他还算他运气。

呵呵呵……罗大妹笑弯了腰，那家伙一定以为你是个软柿子，可以随便捏的。哪知道你是一个火堆里的毛栗子，啪的一声爆开来了，爆得他全身着了火，这叫什么，这叫引火烧身……

笑够了，说够了，田花心中的那股恶气顿时也消了不少。

说心里话，那推销钟表的活儿真的不容易干，除了成千上万的大路小路要走不算，还得不厌其烦地兑上一大堆好话。背在她们背篓里的钟和表啊，基本上都是中低档产品，销售的对象基本上都是外来务工人员或者本地一些贪图便宜的小市民。和这些人打交道，讨价还价是家常便饭，这还是小事，成交了，最多利润薄一点。最可气的是，这些人常常会顺手牵羊，你一个不小心，钟和表啊就少了不少，有的明明付了一个钟或表的钱，却要拿走两个，你和他理论，对方就发脾气地说不要了……有时候，在路上会碰到收破烂的人，她们挺羡慕他们，一是觉得他们可以骑着摩托三轮车，省力；二是觉得他们在车前装了一个喇叭，里面放着事先录好的东西，也省力。她们甚至产生过购一辆电瓶三轮车，也装上一个喇叭来省力的念头，但她们清楚，收破烂的可以不愁货源，因为哪家没破烂要丢弃呢？而她们是推捎，是要把钟啊表啊卖出去。钟啊表啊，对百姓来讲，又不是米面粮食，非得买不可，偶尔买一个，都可以用上三年五载的，所以它们总是那么难卖！

罗大妹常常觉得自己嘴笨，尽管她说得唇焦口干，可顾客还是无动于衷。这时候，她就特别埋怨自己的父母，他们把她生下来时，为什么不能让她长得漂亮一点、细巧一点，有女人味一点。顾客们看她粗壮的身坯和柿饼般的脸，都会将目光越过她的头顶，然后从她的身边走开了，完全不理会她的吆喝。

抱怨过后，她又会忍俊不禁地安慰自己，要是长得漂亮，要是说话口齿伶俐，那也就不是罗大妹了，那肯定是一个完全和自己没有丁点儿关系的人。

做了将近一个月的时候，罗大妹对自己干的这一行已经彻底失去了信心，她想，看来，我罗大妹真的不是搞推销的料，几十种款式新颖的钟和表，她一点儿都弄不明白它们到底谁比谁好，尤其是对于那些喜欢刨根寻底问个究竟的顾客，她常常被搞得头昏脑涨。她恨不得大喊一声：你们自己挑，不要再问我了！说明书上都有！你们不会自己看吗！

这还是皮毛，叫她讨厌和耿耿于怀的是，有些人总是色眯眯地盯着她的胸部和下身看，有时候还说些下流话，趁她讲解的时候偷偷地摸一把，掐一下，然后又若无其事地盯着她看……

罗大妹把自己准备打退堂鼓的想法与田花说了说，她的意思是：田花如果想做还可以做下去，反正她是没耐心再做下去了，她气急败坏地说，我宁可去当乞丐要饭，也要比这强上一百倍。说老实话，我倒是想去骑三轮收破烂，这个看来还是蛮适合我的。

田花一蹦三尺高，眼里全都是惊喜的光芒，她说，哎哟，我的妈呀，大妹姐，你为什么不早说？其实，我早就不想干了！

呵呵，那你为啥不吭声？罗大妹又惊又喜。

我以为你还想干，所以一直不好意思说出来，怕说出来让你不高兴，就怕你责怪我三心二意……田花喃喃地说。

啊呀，我怎么会呢？我不会这么独裁吧。罗大妹轻轻拧了一把田花浑圆的屁股。

她们抱在一起，又是唱又是跳的，就像当年她们比赛获胜时一样。

第四章

　　钟啊表啊像一个个标点符号，一下子被罗大妹和田花从她们的生活中剔除出去了，丢掉这些是容易的，不容易的是她们又一次没了工作，她们的首要任务是要寻找到新的工作，让她们能顺顺当当地生活下去。不过有一点儿她们很自信，比起刚来宁丁州时，她们显然积累了一些经验，别的不说，单是她们在找工作的时候，不再猴急兮兮，而是认真、耐心地到处打听着，到处比较着哪一种工作更适合她们。

　　罗大妹有一天主动打电话给王水法，告诉他说，她和田花已经离开了他的朋友毛宝根的公司。

　　王水法很惊讶，宝根对你们不好吗？这臭小子，我打电话去教训他一顿，他怎么可以这么对待我的朋友？500元，500元在宁丁州能派什么用场？还不够吃顿饭的！这小子，太过分了！抠门也不是这么抠的！一点儿道理都没有。哎，当初你们为什么不早说呢？我是一点儿也不知道啊。他的语气里满是歉意。

　　罗大妹连忙阻止他说，啊，王老板，不是这样的，毛老板对我们还是不错的，是我们自己想离开，因为我们真的不是干推销的料，我们嘴笨，又听不懂方言，所以只得放弃了。

　　王水法非常可惜地叹了一口气，哎，你们应该咬咬牙坚持下来，等干得熟练了，一切都会好起来的。干任何活，都得有一个先苦后甜的过程。

罗大妹沉默了一会儿说，王老板，你看看，还有什么活儿适合叫我们干的？在宁丁州，你是老土地，方方面面都比我们熟悉多了，你可以给我们出出主意。

王水法有好长一段时间没有说话。

罗大妹试探着问，王老板，你是做什么生意的？要不，我们到你那儿干吧。

罗大妹的话音刚落，王水法急切的声音就传了过来，那不行，那不行，我这儿的活绝对不适合你们……真的！不骗你们。噢，我看这样吧，我给你们找一找吧，如果有眉目，我会再打电话给你们的。

罗大妹点点头，说，那就麻烦你了，我们等你电话。她还想说点什么，比如说，你也不要勉强，有最好，没有，也无所谓，她们不会盯住他不放的，毕竟对方也只是一个她们刚刚认识的朋友，不会过分为难他的。但想说的话还没开口说，那边却已经匆匆收线了，只留嘟嘟嘟的挂断音在她耳边回荡。

一直急切地等在边上、看着罗大妹打电话的田花紧张地问，妥了？

罗大妹努力地笑了笑，她舔舔嘴唇说，王老板是个大忙人，他答应帮我们找找看。

到他公司做不就行了？田花不解地问。

罗大妹迟疑了一下说，他说有难度，可能他那边的活，真的不适合我们干，算了，他不让我们过去，肯定有他的难处，强求也不好，毕竟我们跟他并不熟悉，我想我们还是等等吧。

过了大约有一个星期，罗大妹有些坐不住了，她想三老板应该给她一个回音了，怎么还不打电话来？不会是他忘了吧，像他这种自己做着企业的老板，往往是日理万机的。像她们那么小的事情，不提醒一下，他说不定真的忘了。于是她打通了他的电话。

王水法一听，马上说，啊呀，不好意思，我都忘记得一干二净了，好，瞧我这记性！我现在就打电话帮你们问。

罗大妹想，应该是她说不好意思的，结果这话让他抢着说了，他抢着说了，她就无话可说了，于是她只能含糊其辞地说，没关系的。她耐心地等着他的电话，她想他立马就打，估计会很快回个消息过来的，但一个上午都没他的电话，很快一天过去了，又一天过去了，一直到第五天，还是没有王水法的电话，罗大妹脸上有了一些愠色。

田花不满地说，这个王水法，什么意思啊，成不成的，来个电话不就得了？大妹姐，还是我来和他说吧，他到底什么意思呢？她用自己的手机拨打。

王水法一听是和罗大妹一起的田花，他爽朗地笑了，哈，是你啊，你好你好，我现在正忙，等会儿我给你打过去……其实，你们不用打电话的，给我发个短消息就可以了。

王水法的电话却始终没有来，罗大妹不死心，又接连着给他发了好几条短消息。但都没有他的回音。

罗大妹彻底蒙了，这到底是怎么回事啊？行与不行，你给个结果就是了，为什么不理不睬？这好像不是王水法的风格啊。她到底还是忍不住，又一次拨打了他的电话，她想好了，如果对方说还没有替她们找到工作，她会说，不要找了，不麻烦他了，她们会自己继续慢慢找的。但这回，却没人接听了。

田花醒悟过来，她阻止罗大妹说，大妹姐，不要打了，这个人靠不住，接二连三地回避，他是存心不想帮我们了。

不会吧，上次他很热情的。罗大妹不愿意朝坏处想。

田花绞着自己的双手，眼睛盯着罗大妹说，上次是上次，上次他是报恩，这次他认为已经没这个义务了。罗大妹还是不死心，说，王老板不会是这样的人，我相信自己的眼光。他是我们在宁丁州认识并结交的第一个朋友，他应该不会丢下我们不管的。上次一起吃饭时，他不是说，有困难找他王水法吗？她坚持不懈地拨打他的电话，但总是无人接听，终于有一天，她听到了对方的声音，可惜不是王水法的，而是一个脆生生的女人的声音：你所拨打的电话是空号，你所拨打的电话是空号……

罗大妹怔住了。

田花看在眼里，急在心里，从罗大妹的脸上，她读懂了所有的内容，她装作不在意地说，大妹姐，你不要生气了，就当我们没有碰到过这个王水法。

罗大妹自言自语地说，我不生他的气，我是生我自己的气，我想我这个人怎么会这么傻呢？人家明明在拒绝我了，我还在眼巴巴地等啊等……罗大妹一副沮丧的样子。

田花一把搂住罗大妹，她轻轻地拍着她的背，嘴巴附到她的耳边，大妹姐，你不要往心里去，这世上的人，千奇百怪，王水法你碰到了，算你运气。至少也让你长见识了！以后，要是碰到不想理睬的人，你也可以学他这一招。这一招叫什么？叫"让你老爷自退堂"。

对，长见识了。罗大妹喃喃地说，边说她的眼泪边刷刷地掉下来。

大妹姐，你不要哭，你一哭，我也要哭了。田花的鼻息重了。

罗大妹用衣袖抹抹自己的眼睛说，我不哭，我不哭。接着她噼噼啪啪抽打起自己的耳光来，罗大妹，你没出息，我叫你哭，我叫你哭，我打死你！

田花摁住她的手，大妹姐，你不要这样，不要这样！

罗大妹力气很大地掀开田花的手说，你给我滚一边去，我要教训罗大妹，我罗大妹教训我自己还不行吗！她继续抽打着自己的耳光，直到手臂酥软，没了力气，跌倒在地为止，她大口大口地喘着气，就像一条被抛到河岸上的小鳗鱼。

田花起先像是被吓傻了，她一动也不敢动，无力地望着罗大妹，直到罗大妹全身倒地，她才冲过去，抱住她泣不成声……

当然，那个打击只是一个小得不能再小的事了，在她们看来，这样的打击只是刚开了一个头，以后肯定还会有比这更重的，她们做好心理准备了，她们不能因为这个，就放弃所有的希望了，罗大妹把眼泪擦干以后，就拉着田花，又开始满世界地寻找合适的工作了。

一天，是吃中饭的时候，罗大妹和田花一前一后，往卖盒饭的流动车走。罗大妹付钱拿盒饭时，突然看到盒饭流动车车主背后的电线杆上，贴着一张招聘启事，她凑上去看了一看。这也是她们的一个习惯了，凡是有招聘、招工之类的小广告出现，不管大小，她们都要上去看上一眼。说不定有她们需

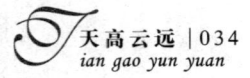

要的信息呢！

这张招聘启事是一家叫作勇敢者俱乐部贴的，他们希望有志于健康运动的人加盟。罗大妹的心怦地一跳，她冲着田花急喊，田花，快快快，你来看，你快来看。她发现自己的声音都打战了。

田花本来在稍远处站着，这时就像饥饿的人扑向面包一样地扑了过来，大妹姐，有什么好消息，我看看，我看看……

卖盒饭的老板狐疑地看着她们，不知道发生了什么。老板一看，准备买盒饭的人也跟着看，一时间，大家都好奇地盯着罗大妹和田花。

罗大妹和田花却浑然不知，她们全身微微颤抖着，看完，田花尖起嗓子喊，大妹姐，我们有活干了，哈，有活干了！天生我材必有用嘛！罗大妹一激动，就把盒饭往边上一掷，飞快地揭下电线杆上的那份启事，然后拖着田花的一只胳膊，按启事上的地址，找上门去了。

卖盒饭的老板嘀咕了一句，神经病，这种小广告上的东西，你也信？等着上当受骗吧。

买盒饭的人中，有一个人瓮声瓮气地说，这种人不上当，谁上当？瞧她们傻兮兮的样子，还把陷阱当豪宅钻啊！嘿嘿嘿。他自顾自笑起来，他一笑，一班人跟着笑。有人还添油加醋地说，这年月，当骗子真好啊！什么时候我也当骗子去，你看看，又是两个傻瓜，那样子，好像真的看到那两个飞奔而去的女人已经遭人骗了。

那个叫作勇敢者俱乐部的，在宁丁州这个城市的最西边，那里是新开发出来的一个商业旅游区，车水马龙，热闹非凡。罗大妹和田花心急火燎地赶过去，唯恐别人抢了先似的，在路上时，罗大妹还不住地跟田花说，要是人满了，我们就完蛋了。

田花安慰说，不会的，不可能这么巧的。

有可能的，他们贴招聘启事又不会只贴一张，恐怕全宁丁州城都贴满了。这种小广告，成本低，效果却很好的，看到的人肯定会很多很多的。再说，他们到底是什么时候贴上去的也不知道，时间长了就麻烦了。罗大妹内心里全是恐慌。

即使人已经招满了，但我想他们也会要我们的，因为我们可以比别人干得更好，我们是有专业特长的，什么叫有专业特长？那就是有本事的人。田花骄傲地将手叉在腰里，挺着高耸的胸脯，神气活现地说。

一路上，她们不断地安慰着自己，当她们忐忑不安地跑进了那个装修得很有运动色彩，整个外形看上去就像一个高高大大的运动员在掷铁饼的俱乐部时，她俩立马有了感觉，于是兴冲冲地说明来意时，对方却告诉她，俱乐部的老板不在，到外面办事去了。

那怎么办？田花愣住了。

接待她们的一个工作人员，从里面请出了一位自称是总经理助理的人，当他一听说罗大妹和田花是广西体训大队的退役摔跤队员时，他的眼睛一下子亮了，就像发现了稀世珍宝一样，语气里充满了欣喜，说，你们等等，你们稍等片刻，我马上和我们老板通电话，让他过来。他惊喜的样子让她们看到了希望。

那个总经理助理身材高大、挺拔，一走动，身上的那些肌肉就会顶着衣衫动个不停，有些呼之欲出的味道，他身上的汗味很重，隔着老远就能闻到。你如果不看他的脸，一定会把他当作帅哥来看待的，因为他的身材实在太标准了，但一看他那张脸，你就会发出惊讶，真是可惜了，他怎么会有那么一张脸！因为从左鼻孔一直到下巴斜着两条深深的疤痕，就像血蜈蚣似的趴着，要有多丑陋就有多丑陋。就像电影《巴黎圣母院》里的那个敲钟人卡西莫多一样，但他一点儿都不顾忌，好象已经习惯了似的。

看到两个女孩好奇地往他的脸上看了又看，他坦然面对，并且声音洪亮地自我介绍起来，嗨，两位美女，我姓李，别人都叫我大块头，你们也跟着叫好了。哎，快跟我说说你们俩在体训大队的事。

罗大妹一点儿都不想说，罗大妹想我现在说了，等于白说，因为眼前这个人没有决定权，决定权在老板手里。于是她微笑着说，大哥，等一下你老板过来了，我自然会说的，我会详细和他说的，到时候你就知道了。

大块头有些遗憾地搓了搓自己的手皮说，不知道你们那个体训大队是怎么样的。罗大妹没有理睬他，她在心里数着羊，就像晚上失眠时经常用的方法一样。她在估算，假如我数到一万，俱乐部的老板就会出现在我们面前。但数到1万，老板没有出现。数到2万，老板还是没有出现。田花呢？她自顾自在俱乐部里兜来兜去，也不知她兜了有多少圈，后来，她停在了大块头的面前，哎，大哥，怎么回事呢？你老板怎么到现在还不来？刚才你不是说他马上就过来了吗？哎，你快给他打个电话问问，看看还需要多少时间？

大块头理解地朝她笑笑，说，两位美女，你们放心，我们老板很守信用的，他说过来，就一定会过来，照说，也应该快了，我可以向你们保证，现在他肯定在路上，你也知道宁丁州的交通拥堵，碰到点什么，那就急不得了，既然已经在等了，也就不差这么一点儿时间了。

田花撇撇嘴，这不是废话嘛。说来也奇怪，一看到那个姓李的大块头，她的自信心就油然而生，把他也不那么放在眼里，心里倒是生出疑惑来，把这么一个丑八怪放在这里，老板就不怕影响生意？

等人真是心焦啊，尤其是罗大妹和田花根本不知道接下来她们的命运将会是什么，那种焦灼就愈发明显了，说她们是热锅上的蚂蚁一点儿都不为过。这种情形好久没有了，好像还是她们服役时参加类似于全运会、城运会才有的惴惴不安。

罗大妹不数羊了，开始研究自己的两只手，翻来覆去看了个够，看了一阵，她又故意和田花说一些杂七杂八的事，怕别人听懂，她叽哩呱啦说起了方言。

大块头愣愣地看着她们，微微皱起了眉头，显然，他一点儿都听不懂她们在说些什么，她们说的有些像日本话。

来了来了，我们老板来了。终于，大块头欢快地叫起来，他在第一时间向她们通报。

老板是个矮小却十分精神的男子，近四十岁左右的年龄，长长的马尾辫束在脑后，开口说话软软的、细细的，有点女里女气的，他的手里老是握着两个锃亮的钢球，一走动，那两个钢球就发出嘎嘎嘎、嘎嘎嘎的摩擦声，在这刺耳的声音里，他听完了大块头的汇报，他似乎有些不敢相信，小眼睛骨碌碌转了好一阵子，才用试探的口气问，你们真的愿意到我这里来工作？

罗大妹的心提到了喉咙口，她迅速地瞥了田花一眼，田花也正用眼睛看着她，她使劲儿点了点头，田花也跟着点了点头。

那好，你们如果能把小李摔倒，我就录用你们。老板指了指大块头说。

先是田花和大块头试。罗大妹替田花担心，看样子，那个大块头好像也是行家里手，因为刚才罗大妹一说体训大队，他就来劲，显得十分激动的样子。看他摩拳擦掌的样子，她替田花捏了一把汗。好在田花很快就把大块头摔倒了。

老板鼓掌称好。

接下去轮到罗大妹，这一次大块头用了心，他似乎也看出了罗大妹的厉害，总是想办法躲着她，不让罗大妹靠近，几个回合一下来，罗大妹累得气喘如牛。她想，千万不能和他打持久战，打持久战，她会吃不了兜着走的，她得速战速决，而且，还得智取化。她故意变攻为守，一点一点地往后退去，小李也看见了，以为她露出了怯意，趁机大肆进攻，这正好上了罗大妹的当，罗大妹找了个机会，突然发力，小李还在稀里糊涂中，就被罗大妹放平了。

老板又一次鼓起了掌，不错不错，都是真材实料，能够把大块头搞倒，没有一点儿功夫还真不行！

老板说他姓石，叫石林。因为喜欢运动，就创办了这家勇敢者俱乐部。他指着大块头说，来来来，认识一下，这是小李，李勇强，小李以前是打篮球的，也在体工大队待过，但档次没你们高，他是市队的……呵呵，他现在是我的助手……噢，你们怎么找到这里的？石林觉得有些奇怪。

罗大妹动作很快地从口袋里掏出了一张纸，就是从电线杆上撕下来的招聘启事。

石林乐了，转过脸对李勇强说，小李，你这主意不错嘛，我还以为没人会相信你这玩意儿，想不到还歪打正着。

大块头嘿嘿嘿地搓着手皮说，我是死马当活马医，说不定会吸引人呢。

我当时的想法是既然小广告屡禁不止，肯定有它的市场，我们有需求，当然要放到市场上去，你看看，两位美女不是找上门来了吗？没有小广告，她们哪里会来？他笑盈盈地看着罗大妹和田花。

罗大妹刚想回答，头却一晕，人便倒在了地上……

罗大妹醒来，发现自己被安放在一张大垫子上，田花守在边上，她的额头上全是汗。她不知道发生了什么，很奇怪地看着围着她的人。

见罗大妹醒过来了，田花如释重负，她用力擦了一把头上的汗水，然后高声喊，石老板，我大妹姐醒了，我大妹组终于醒了……

石林过来，一如既往地转动着手里的两个钢球，他有些同情地说，罗大妹，你想求职也不是这么个求法，连饭也没吃，那多危险，幸亏你把小李摔倒了，要是你让小李摔倒了，我看你只有走路的份儿了，我哪里看得出来你的真实本领来呢？

罗大妹也暗暗庆幸，忍不住偷偷地吐了吐舌头。

大块头向罗大妹挥了挥手，做了一个成功的姿势，罗大妹的心里升起一种异样的感觉，这时候，她看他就不那么丑陋了。她在心里想，大块头，你不知道的，你真的不会知道的，我罗大妹想得到一份工作，真的已经到了茶饭不思、废寝忘食的程度。

第五章

勇敢者俱乐部里开设的项目比较丰富,来这里健身、娱乐的人也多,但摔跤项目却是罗大妹和田花到了以后才新开设出来的,以前并没有,石林敏锐地发现了其中的商机。为此,石林狠狠地把大块头表扬了一通,说,大块头啊大块头,看不出来,你不但是商业天才,还是一个伯乐啊!

大块头笑得一脸灿烂,那两条血蜈蚣好像要从他的额头上爬下来似的,哪里啊,你平时不是说,做什么事都得长个心眼儿,那天她们一来,我就想,从堂堂省级体训大队出来的人,应该不会差到哪里,说心里话,咱们俱乐部的工作人员中,科班出身的还真不多,要是她们肯留下来,对我们俱乐部有百利而无一弊,最起码也能吸引眼球,所以我马上和你打电话,想等你来定夺。

石林宠爱地看着他,这就对了,脑子生来是派什么用场的?就是琢磨事的嘛!否则要来干什么?当皮球踢啊!

俱乐部的摔跤项目一经推出,立马就吸引了一大批人前来捧场,当然,石林开的俱乐部并不仅仅是锻炼身体的地方,它实质上还是一个带休闲娱乐的运动场所,所以来的客人较纯粹的健身俱乐部就更多一些。你可以是会员,也可以不是会员,只要你愿意踏入这一片天地,石林都欢迎。在这一点上,罗大妹很佩服石林,觉得这个对什么运动项目都一知半解的男人,却有着良好的商业头脑,嗅觉也格外灵敏,善于捕捉商机,而且还敢于下手。

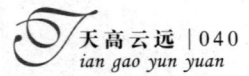

当然,那个小李,李勇强也不赖,别看他一副猪头猪脑的愚钝相,心里却比谁都明白,要不,怎么她罗大妹和田花一进去,刚说明来意,他一下子就意识到该把她们留下来,这不是他的本事还是谁的本事?真人不露相,露相不真人。

罗大妹和田花一进入勇敢者俱乐部,好像也一下子找到了久违了的好感觉,说实话,对于摔跤场上的那一套,她们真的是耳熟能详,就是闭着眼睛也能来个满场飞,她们在摔跤场上待了十多年,什么样的场面她们没经历过?她们有些兴奋,那种兴奋是源自于体内的,完全是身不由己的,只要这个项目的主持人一站到摔跤场地,他那充满激情的声音一响起来,她们就像听到召唤的猎狗一样,会迅速地竖起耳朵,做好了出击的准备……

是的,是的,她们太喜欢主持人的介绍了,真的不是一般的喜欢,而是入心入肺的那种——各位朋友,先生们,女士们,我们勇敢者俱乐部非常荣幸地邀请到了全国著名的摔跤高手罗大妹小姐和田花小姐,大家可能对女子摔跤还比较陌生,但摔跤却是世界上最为古老的体育竞技运动,希腊、中国、日本、埃及等国家的古代文明中都有关于摔跤的记载,以前都是男的摔跤,但现在,女子摔跤已正式进入到奥运会。罗小姐和田小姐都是在全国的许多重要赛事上得过好名次的重量级选手,她们的到来,使我们勇敢者俱乐部蓬荜生辉。相信她们的精彩表演一定会赢得大家的喝彩,但这不是最惊险的,最惊险的是——谁有胆量上台来?和我们的罗小姐和田小姐一试身手?

她们出场的时候,照例会得到观众热烈的掌声,这一点让罗大妹们陶醉,她们是运动员,掌声会让她们产生自豪和力量,仿佛有一块热乎乎的小毛巾,在轻轻地替她们擦着汗水和泥垢……这和推销钟表是多么不同啊,她们宁可在摔跤场上冲锋陷阵,也不愿意在街坊里弄堂里左冲右突。这里的工作,才是适合她们的,她们梦中出现的场景就是这样的。

摔跤这个项目刚刚推出来的时候,基本上是罗大妹和田花两人的表演节目,许多客人都没亲眼看见过摔跤比赛,如果说有,也仅仅是电视里直播的奥运会比赛片段,今天有幸在家门口看到这样的场面,直呼过瘾,一时,勇敢者俱乐部门庭若市。

但好曲没有三遍唱，过了两个月后，客人便逐渐稀疏起来，本来就是图个新鲜，知道了前因后果以后，没人会接二连三地前来观看，而且看到的也就是那么几个招式。

石林急了，自从这个项目成了俱乐部最热门的项目以后，他笑得合不拢嘴，单是门票收入就让他心花怒放了，还不说那些愿意参与互动节目所得的收入，现在生意淡了下去，那可不是闹着玩的，他绞尽脑汁地琢磨着，该如何吸引人眼球，增加人气？这时，他想到了比赛，让客人上场和罗大妹和田花比赛一下。当然，他也吃不准，这样做能不能吸引客人？他的顾虑是，这个项目比较偏，范围比较狭窄，一般的人还不会玩。

抱着试一试的想法，石林还是把海报贴出去了。没想到，这一举动，又一次受到了客人的拥戴，有个客人用非常暧昧的口吻对石林说，石老板，亏你想得出来，男人和女人摔跤，摔不过她，搂搂抱抱也是高兴的。

石林不以为然地说，你想搂抱她们？做梦，小心她们把你摔得直不起来！

客人哈哈大笑，老子倒是不怕，老子很想试一试。

石林怕罗大妹和田花不答应这样的比赛，特意找她们两个来谈了一次，意思是想要在原有项目的基础上增加新的内容，当然，增加内容，她们的工作可能会增加一点儿难度，但同时他答应给她们加薪。

罗大妹和田花几乎不假思索就答应下来，她们巴不得和人比赛，前一阵老是让她们两个人打绣花拳似的表演，她们都厌烦透了。这有什么意思呢？现在听说石老板要增加摔跤表演的内容，就是在表演中融入一些比赛元素。她们都有一种跃跃欲试的感觉。

想想也是得意的，谁能和她们过招呢？最美妙的是：石老板还答应给她们加薪，呵呵，还有什么比这更让她们动心的？她们打工的目的，不就是为了增加收入，通过自己的技艺赚钱，这是她们两个最为乐意的。

可她们的高兴劲持续了不到五分钟，脸上马上晴转多云，因为石林和她们约法三章，说是俱乐部里的摔跤，并不是运动场上的真正比赛，因此不需要她们赢，只需要她们输，说得不大好听一点，就是要她们陪着客人们乐乐，怎样才能让客人高兴起来，那就是让客人们把她们摔倒。只有你们摔倒了，他们才会觉得自己了不起，把真正的摔跤选手也打败了。也只有这样，才能吸引他们。到这里来的客人，成功人士居多，都是一些不可一世的人，事事喜欢争强逞胜，他能把你摔倒，表明他也是厉害的，他的信心一下子会增加不少，有了信心，就有了兴趣，有了兴趣，他就会精益求精……哎，你明白我的意思了吗？石林说得唾沫四溅，显然，他也被自己的创意激动了。

开始时，罗大妹想，做到这一点还真的相当困难，你想想，作为一个职业摔跤运动员，她历来追求的就是胜利，可以这么说，从成为运动员的那一刻起，罗大妹就把摔倒对方作为自己的最高标准，为这个最高标准，她兢兢业业、奋不顾身。在参加全运会后，罗大妹把排名在她前面的 8 位运动员的名字牢牢记住了，而且还记在了她的小本子上，因为她们是罗大妹想摔倒的目标，只有把这些人全都摔倒了，她罗大妹就是全国的冠军了。她梦寐以求的就是 60 公斤级女子自由摔跤的这个冠军，等到了那一天，她就有可能代表中国去参加奥运会，去拼抢奥运冠军。

但叫她意料不到的是：不等罗大妹实现这个目标，她就退役了。起初听到这个消息，她还不敢相信自己的耳朵，她嘴巴很硬地说，不可能吧，我才二十出头一点点，怎么可能叫我退役？我还可以去比赛的，然而等到队里领导让她到会议室参加会议时，她才明白，那绝对不是空穴来风，而是千真万确的事实，都已经铁板钉钉了。领导前来宣布，也只是履行一下手续，走过场而已。

一时，她六神无主，可她一点儿办法也没有，十来个被宣布退役的队员抱头痛哭，哭了一通，她又去找她的最要好的小姐妹田花哭诉。

田花也为她的境遇流泪，说这体训大队不问缘由就把人赶出门了！这算什么名堂？那些日子，田花陪着她一起掉眼泪，一齐把体训大队从上到下的领导骂了个狗血喷头。当然，她们也找过她们的教练，但教练爱莫能助地一摊手，说他无能为力，因为这是领导集体决定的，她也只有服从的份。

罗大妹深感失望，只有到这个时候，她才发现自己的无助和寡援，才明白自己的渺小。

就在罗大妹的情绪十分恶劣的时候，田花也被领导叫去谈话了，这一次领导改变了已往的做法，做得相当民主，事先向退役队员征求意见，谈话的内容大到国家大事，小到家长里短，但关键词出奇的一致，那就是让田花做好退役的准备。

田花没有罗大妹那样好的自制力，她一听，当即就趴在桌上号啕大哭，眼泪鼻涕把她的脸也弄花了，她声泪俱下地说，我才二十啊，二十就是老同志了？你们也太搞笑了！她一激动，就把领导办公桌上的电脑啊笔记本啊茶杯啊全摔到了地上。她跺着脚喊，我不走，我不走，我死也要死在这里。

找她谈话的是摔跤队的资深领队老陈，老陈并没有被她的大吵大闹所吓倒。他冷冷地说了一句话，也正是那句话，让原本暴跳如雷的田花，一下子没了声音。老陈漫不经心地说，你也不撒泡尿照照自己，罗大妹拿过全国摔跤比赛的第九名，她都要退役，又何况你呢！不自量力，你算是哪路神仙呢？

那话像一枚子弹，把田花击中了。田花心虚了，这是她的软肋，按她的成绩，在练同一项目的队员中，她大概可以排前五位，但到全国性的赛场上一比，估计要排到三十多位。

陈领队见田花没了声音，他的声音就高了上去，就像调大了音量似的，他双手叉在腰里，眼睛朝着天上说，田花，把那些东西全给我捡起来，捡起来！

田花哽咽着俯下身，把电脑啊笔记本啊笔啊什么的一一归复原位……然后，悄悄地退了出去。

后来，罗大妹和田花以及其他几个退役的队员明白，体训大队不要她们，年龄是其次的，照年龄算她们也还可以比几年，最主要的原因，恐怕还是队里认为她们几个没有什么进步或者说进步不快，向上发展的空间越来越小，说穿了就是没有前途了，所以忍痛放弃了。

罗大妹和田花得知事情的原委后，顿时目瞪口呆，她们沮丧得一塌糊涂：让我们再比几年，说不定就出成绩了呢！但永远没有人会听她们的申辩。一个半月后，她们就被勒令离队了，要她们腾出宿舍和训练衣柜，因为新队员马上要进驻了……

罗大妹不服气啊，有时候，她也埋怨自己，怎么在比赛时就力不从心呢？假如你得了前三名，体训大队说不定就不会赶你走了。但她也清楚，在高手如云的全国性比赛上，想要去拿一块奖牌，谈何容易？悲哀像小虫子，一点一点咬着她的身体，最后，她都感觉不到痛了，因为全身都麻木了。可她想赢的念头还是那么强烈，甚至，有时候还会产生错觉，觉得自己有朝一日还会站在比赛场上，用实力证明自己是有能耐的。

但退役以后，就再也没有这样的机会了，不要说比赛，就是到摔跤场上走一走也不大可能了。

等到罗大妹真的再一次站在摔跤场地，再一次站在摔跤垫上，她全身的细胞一下子被激活了，呵呵，那感觉真好啊！因此，在刚上台的几天里，罗大妹常常忘记自己的身份，而把客人摔趴下，把他们摔得一副狼狈相，有时候还会让他们来个嘴啃泥什么的。

看到他们无可奈何地倒下时，罗大妹的心里会升腾起无比的快乐，我——罗大妹，还是那个优秀的摔跤手罗大妹，还是那个在摔跤界有名气的罗大妹。我是专业的，不是谁随随便便就可以把我打趴下的。

但罗大妹的兴奋劲没有持续多少时间，便烟消云散了。有一天，她刚从摔跤场上下来，石林就让大块头把她叫到了他的办公室，他手中的两个钢球滚动得比平时快多了。罗大妹知道石林的脾气，他手中的钢球摩擦得越快，那就表明他心里有火要冲着谁发了。

果真，罗大妹一进去，人还没站稳，石林的那些狠话就像他手中的钢球似的，一句接一句砸过来：罗大妹，你有毛病还是怎么的，我让你输，不要赢，你偏要和我对着干，你要赢他们干什么？你和这些连业余水平都算不上的人较什么劲，他们是来取乐的，不是来比赛的，你装着让他们摔倒了，他们就会开心，就会得意，觉得把全国著名的选手都摔倒了，下次他们就会再来。别的人听说后也会跟着来，这样我的生意就会兴隆，要不然，全让你摔趴下了，以后谁还会来，来了又有谁会上台？他们不上台，我聘你们在这里干什么？我不是慈善家，我是生意人，这里要产生效益，你听见了没有？

罗大妹承认石林说的一点都没错，换了她，如果手下的员工不听话，她也会暴跳如雷的。错的肯定是她，她现在不是运动员了，上去的也不是真正的比赛场地了，她只是一个打工者，一个供客人们娱乐开心的摔跤工作人员，她的对手也不是专业运动员，而是一群跑龙套的，三教九流，什么人都有，但唯独不懂摔跤。于是罗大妹摸摸自己的后脑勺，带有歉意地说，石老板，你放心，我以后再也不会这样了。

自那以后，罗大妹给自己的脑袋上了发条，每当客人上台时，她故意不专心，而去想些乱七八糟的事，这样做，往往也是容易的，因为她思想一开小差，那些客人就轻而易举地把她摔倒了。

罗大妹认认真真地观察过，到勇敢者俱乐部来的人基本上都是一些有钱的角色，他们西装革履，举止得体，经常性地高谈阔论。他们到这里来的目的，健身是一个方面，更多的则是一个交友和聚会的场地，在这样的公共场合，他们比往日更多地追求自己的个性，也就是说，处处想表现出自己是与众不同的，是非常优秀的。如果他们仅仅是喝茶喝咖啡，是丝毫也看不出他们的劣根性的，他们都被一种唤作文明礼貌的东西约束着，但他们往往喜欢喝酒，以酒为乐，一喝酒，他们就管不住自己了，西装歪了，领带丢了，眼睛红了，说话粗了，身体斜了，但他们却依然气壮山河，依然目空一切，他们喝了酒就要找乐，就要上台和罗大妹和田花摔跤。他们上来本来就重心不稳了，偏还要装得神清气爽，力大无穷，他们扯住罗大妹的胳膊，像拉牛一样拉着她，然后死命地想把她往地下摁。

照往日，罗大妹只要轻轻一碰，对方就倒了。但罗大妹记住了石老板的话，她得被摔倒，但这假摔不能让客人看出来，尤其不能让台下那些客人的朋友们看穿。

几乎所有的客人都认为摔女人是很有意思的一件事，平时他们很少能这样操作，但到了这里，就有一种不摔白不摔的感觉，面前的摔跤手让他们蠢蠢欲动。他们往往在把她们摔倒的同时，会重重地压在了她们的身上，她的腰腹部会有一阵钻心的痛，于是忍不住喊出了声。

客人一听她的尖叫声，更高兴了，他们会用屁股狠狠地蹾她，边蹾边说，你叫啊，你叫啊，我喜欢听你叫！比叫床的声音好听多了！你再叫得响一点儿！

罗大妹一点儿都不想叫的，他们要她这样，她偏不这样。她咬牙切齿地忍着。可那痛真的痛啊，痛感搞得她没法把自己的声音收起来，于是尖厉的喊叫，便穿透皮肤，从她心腔里跑了出来，啊——

客人们鼓起了掌，先是台下的看客，接着是台上的客人，他自己为自己鼓掌，觉得自己非常了不起，当他从罗大妹身上坐起来时，他摆了一个POSE，像极了一个拿到奥运会金牌的选手。

田花的胸部长得饱满，客人们上台和她摔跤，都喜欢拦腰把她放倒，这时候，他们的手不知是有意还是无意，总是重重地划过那地方，田花龇牙咧嘴起来。有一个秋天的晚上，有个据说是从深圳过来的客人，在偷袭了田花的胸部并且得逞以后，似乎一下子受了刺激，他猛地睁大了被酒精燃烧的眼睛，嬉皮笑脸地盯着田花，突然，他出其不意地伸出双手，狠命地抱住她，死劲地吻着她，把她脸上的那些汗水啊泪水啊全都吞进自己的嘴巴……

田花拼命地挣扎着，嘴里发出含混不清的声音，别人听不见，可罗大妹听得见，她想田花一定在喊，大妹姐啊，快来帮我啊！罗大妹看不清田花的表情，因为她是背对着她的，可却清楚她此刻一定泪流满面，因为她自己也亲身体验过，知道那是一种什么样的滋味。

罗大妹的牙齿在咯咯作响，继而全身都猛烈地抖动起来。她很想冲上台去，把那个缠住田花不放的家伙狠狠地揍上一通，可她不敢，她清楚这样做的后果。如果她敢这样做，石林会立马叫她滚蛋的。她现在能做的，就是往摔跤场地的左侧冲，她知道那里有一个开关，控制着场内所有的灯光，她想把灯统统关掉，然后让田花巧妙地脱身。

就在罗大妹往那里冲的时候，灯突然灭了，全场一片黑暗。

有人在黑暗中吹起了起哄的嗯哨声。接着又有人怪叫一声，好像有什么重物被抛在了地上……再接着，灯便亮了。摔跤台上只有田花一个人，她怔怔地蹲在地上，双手护着胸部。那个强吻她的客人此刻蜷缩在摔跤台下，一副狼狈相。

看台上的观众又一次鼓掌。他们显然不清楚这其中的奥妙，还以为这是特意安排的一个小插曲，他们为这精彩的表演发狂。

当罗大妹搂着田花从台上下来，走进盥洗室时，她看见大块头朝她竖起了大拇指，随后又做了一个"V"形的手势，她一下明白过来。原来关灯的是大块头啊。她的心里不由自主地生出一丝暖意。这个小李，身手还是很敏捷的，他是什么时候跑到那里的？她都没有发现，因为在此以前，他一直双臂交叉站在摔跤场的右侧，专门督促上下台的客人。

罗大妹也看得出来，大块头对她和田花挺亲近的，自从到勇敢者俱乐部后，他就像一只牧羊狗似的跟在她们身边，唠唠叨叨地和她们说他在体工大队的事，哎，你们叫体训大队，我们叫体工大队，其实性质是一样的，叫法不同而已，我本来是很有希望的，如果好好练，说不定就能到省队去了，那时我有两个队友都被挑选走了，他们的水平还没我高呢……嗨，都怪我自己不好，为什么要去打架呢？那个架要是不去打，我的脸也不会破相，脸不破相，我就不会离开体工大队，不离开体工大队，我还是一名非常不错的得分后卫，我的体育生涯会延长好多……他做了个标准的投篮姿势。

关于大块头那个与人打架的故事，罗大妹和田花现在都耳熟能详了。起因是一个叫小艾的女孩子，小艾那年十七岁，本来应该上高中的她，却辍学了。她一点都不喜欢读书，认为天底下最痛苦的事就是在课堂里听老师讲课，只要上课的铃声响起，老师一走上讲台，小艾就会不由自主地肚子痛，她会将整个身子都趴在课桌上，一只手揉自己的肚子，一只手装模作样地翻书，翻了一遍又一遍。

如果单纯听听，小艾还能忍受，可学完了还得考试。小艾一见试卷，头就大了，原来依稀记得的那些东西，全都丢到脑后去了，那一道道题目，就像一只只露出狰狞面目的拦路虎,吓得她只想抽身而逃,她的借口是上厕所,趁着上厕所,她悄悄地逃离了学校。

那时候,小艾最爱做的一件事,就是跑到体工大队去看哥哥打篮球。她哥哥艾明亮和大块头李勇强是队友。大块头和许多队员那时比小艾也大不了几岁,每次他们打球,小艾就在旁边坐着,聚精会神地看他们打,碰到有出界的球,她会主动地跑过去帮他们捡,碰到哪一个打出了漂亮的球,她会站起来,脸红红地高声叫好,并且热烈地鼓掌,把手心拍红了都浑然不知。

小艾说不上漂亮,也说不上难看,因为皮肤白,再加上身材高挑,还有,她这个人很会打扮自己,常常用一些小装饰来打扮自己,比如衣服上缀一串小摊上买的珠子,走起路来便丁零零地响,再比如,浑圆的脚踝上今天描上一朵荷花明天又描上一朵白云,反正她有的是大把空闲的时间,乐得大肆挥霍。

那时候,一个篮球队,起码有五六个队员都喜欢上了小艾,争先恐后地向她献殷勤。照例讲,大块头也应该是其中的一个,但他偏偏不。大块头私下里常说的一句话是,小艾和他们好?不可能,小艾只能和我好。

别人都笑他,说你喜欢小艾,那为什么不去追她?

大块头把头摇得像风中的一棵枣花树,他一脸的自负,像我这样的人,还用我去追女孩?小艾追我还差不多,不信你问问艾明亮!

艾明亮是大块头在队里最要好的哥们儿,他也认可了大块头的说法。在他看来,妹妹小艾之所以喜欢看他们打球,表面上的托词是为哥哥艾明亮捧场,其实质就是来看大块头的。小艾不止一次地在他面前,流露出对大块头的好感,说打球就得像李勇强,有技术,有力量。看他打球是一种享受。他们俩相识,说到底,还是艾明亮介绍认识的,在艾明亮看来,大块头是妹妹值得嫁的人。

大块头那时是整个体工大队里的红人,也是篮球队里的核心球员。那时候,他们整个体工大队,最出成绩的就是这个篮球队。连教练也多次说,照李勇强现在这样良好的发展势头,以后到省队打球是三个手指捏田螺,稳拿的事。以后弄好了，说不定还能进国家队，他的前程远着哪！而大块头也是踌躇满志，老是有一种睥睨一切的感觉，什么人都不放在眼里，在他的内心里，早就把小艾看作了自己最亲的人。在他想来，以后和小艾的婚事，仿佛也是三个手指捏田螺——稳拿的事，差的只是一个时间问题。

小艾听了别人传过来的大块头所说的话，就很气恼，她想这个李勇强也太傲气了，你以为你自己真的很了不起啊，居然还敢这样说，本小姐凭什么要追你，以为我是老大难嫁不出去啊？我偏不这样，看你怎么办！到现场看球，她再也不把目光投向李勇强，看见李勇强，也故意不理睬他，和别的队员倒是有说有笑的，存心想气气他。

大块头却根本不当一回事，把小艾的表现当作矫情来看待，小女孩嘛，都喜欢玩这一套，本大爷可不吃你这一套，你想刺激我？门都没有！他一如既往地心高气傲着。

一直到有一天，艾明亮心急火燎地对李勇强说，大块头，你得赶快去追我妹妹了，再不追，她可要鸡毛飞上天了！这话从一直温暾如水一样的艾明亮嘴里说出来，李勇强这才觉出了事情的严重性。原来，小艾喜欢上了队里的陈虎中，而且这种喜欢不是一般的喜欢，是那种准备嫁给他的喜欢。小艾曾经在家里的饭桌上宣布，她要搬出家门了，和一个她喜欢的男人同居，那人叫陈虎中。

艾明亮当时也在饭桌上，一听，当即整个人就傻掉了，用他的话来说就是像触电一样，被电昏了。他当时第一个念头就是大块头这家伙真傻啊，为了自己的那么一点儿面子和自尊心，居然把对他一往情深的小艾推到别人的怀里去了。他不敢怠慢，立即在第一时间把这消息通报给了大块头。

大块头找上了陈虎中，把他狠狠地揍了一顿，说你小子胆子倒不小，居然敢追小艾，小艾是什么人你知道吗？

陈虎中理直气壮地说，小艾是我女朋友，你想干什么？

大块头扯着陈虎中的耳朵说，你再说一遍。

陈虎中莫名其妙地说，小艾是我女朋友啊，大家都知道的。

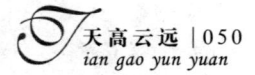

　　大块头一把把陈虎中摁倒在泥里说，你放屁，小艾是我女朋友，不是你女朋友！你要再缠着她，我跟你没完！我警告你，你不要敬酒不吃吃罚酒！更别想在你爷爷我头上动土！我可以把你的头打爆！你信不信？不信，咱们走着瞧！

　　要不是同去的艾明亮劝阻，估计大块头还会做出更火爆的动作。那一顿痛揍，把陈虎中打得够呛，说不上伤筋动骨，但却也是皮开肉绽，特别是头部毛细血管丰富，大块头一用劲，陈虎中头上流下的血就把整张脸都罩住了，看上去像是一个血人似的，场面非常恐怖。

　　大块头和艾明亮扬长而去后，认为陈虎中肯定会实施报复，他做好了充分的应对准备，包括把队上要好的小弟兄们全动员过了，声称如果和陈虎中发生血拼，务请各位伸出援手……该想的都想到了，就是没想到找上门来的不是陈虎中，也不是陈虎中的那一帮兄弟，而是小艾。

　　小艾杏眉倒竖地数落他，嗬，李勇强，你有什么资格说我是你的女朋友？我都从来没有答应过，你倒好意思吹，老实告诉你，我的男朋友是陈虎中，我准备嫁给他了，这下，你死心了吧！

　　小艾斩钉截铁地说出的这番话对大块头的打击是毁灭性的，他似乎不敢相信那话是从他一直在心底爱着的小艾嘴里说出的，他极其困难地咽了一口口水，然后，哀哀地说，小艾，都怪我，其实，我一直是喜欢你的，真的，我从小到大从来没有喜欢过别的女孩，就喜欢你，可我……我就是想摆摆谱……

　　小艾轻描淡写地说，李勇强，你这人有毛病啊，你现在这个时候再和我说这些有什么用呢？我可没时间听你胡说八道。你给我听着，以后不许你再骚扰陈虎中，你再敢寻上门去找他的茬儿，我和你没完，这次我就原谅你了！

　　小艾一字一顿地说完，冷着脸就想走。

　　但大块头拦住了她，小艾，你不要走，你听我解释好不好？求你了。

　　小艾火气十足地说，哎，李勇强，你到底想干什么？

　　小艾，你答应我，做我的女朋友，从今以后，我再也不摆臭架子了，都是臭架子害苦了我，小艾啊，我真的是喜欢你啊，我每天睡觉前，喜欢对着你的相片吻三遍，然后才能入睡……

你——你说这些干什么，我不要听！小艾跺着脚嚷，她还塞住了自己的耳朵。

大块头流着泪说，小艾，你要相信我，真的，我的心里只有你，没有你，我会活不了的。

哎，你这个人真讨厌，现在说这些都是马后炮了，没用了，先前你都干什么去了？小艾把头摇得像个拨浪鼓，她坚持着往门外走。

小艾！大块头尖厉地叫了一声。

小艾不为所动，她眼睛都不朝大块头瞄一眼。

小艾，你不答应，我就从这里跳下去！大块头突然说。

小艾奇怪地看着大块头，她一点儿都不明白这个高高大大的男人为什么要这样说，他要从二楼跳下去？想吓唬我？他也太搞笑了！

她冷冷地说，你想跳就跳吧，和我有什么关系？她头也不回地走出了大块头家的门，还没等到她走出楼门，就听到一阵巨大的声音从天而降，大块头从二楼跳下，他的脸被一楼人家的防盗窗狠狠地划了一下，那肉全翻了出来……

你那时候真够傻的，没想别的？田花第一次听大块头这样说时，就这样问他。

大块头苦苦地笑笑，哪有时间想别的，我当时只有一个念头，我就是要向小艾证明，我的确是爱她的，爱到可以为她不顾一切。

每次大块头和她们说这个事时，罗大妹总是阻止，李哥，算了，不要再说了，你一说，我们又得伤心上好一阵子。

大块头显得很沉重地说，那是我一辈子的痛，年轻时候真是什么都不知道啊，人要是能重活一遍，那该多好，许多错误就不会再犯了。真的，我很想和别人说这个事，我不骗你们，因为一说，我心里就轻松了不少，不说，我心里难受得要死。我想，那时候小艾对我有多好啊，你想想，连知了也要被烤死的大热天，在露天球场，我们在打球，她在边上看，撑了一把小花伞。帮我们捡球时，她就把小花伞丢在一边了，一个夏天下来，她的皮肤都晒黑了，白天鹅变成了黑天鹅。她为什么要这样做？真的是闲得无聊？不是的，她喜欢看我打球，她说过，她喜欢我投篮的姿势，喜欢我上篮的姿势，喜欢我跑动的姿势，喜欢我大声喊叫别的队员，只要场上有我，她就莫名其妙地高兴……

那个故事的结果，她们都清楚，小艾后来既没有嫁给陈虎中，也没有和大块头走到一起，她离开了这个城市，跑到一个北方城市去了，嫁了一个医生。生了一个女儿，通过夫君，她在血站办公室工作。但结婚后，她的生活并不幸福，也不知道在哪一个环节出了问题，她一直郁郁寡欢，但爱好从来没有改变过，还是喜欢穿花裙子撑花伞，还爱看篮球比赛。

以后，你们再也没有见面？田花问过。

大块头摇摇头，哪敢再见？她走后，我也离开了体工大队，体工大队留我，我婉言拒绝了，因为我已经没有心思打球了。在家乡肯定是待不住的，我这人脸皮薄，听不得别人说三道四的。就出来打工了，跑了不少地方，后来就落脚在宁丁州。那个事，我亏大了，连艾明亮这样的好朋友，也慢慢疏远了。后来，连音信也不通了。但小艾我会永远记住的，她叫艾敬，和那个唱歌唱得很有名的歌手一样的名字，不瞒你们说，我把她的名字刻在这里了，哪，他伸出胳膊，让她们看他的胳肢窝处，果然，艾敬两个字醒目地留在那儿。

大块头沉重地说，有时候，我想她了，就看看她的名字，一看到她的名字，我就像看见她这个人一样。我那时候傻啊，这么好的女孩，居然让她从我的指缝间溜走了。说着说着，他呜咽了。

罗大妹和田花私下里也讨论过，田花觉得大块头傻得有点可爱，罗大妹却不这样看，她认为那时候是小艾把大块头逼到了乌江口，他真的已经没有任何退路了，他只能铤而走险。如果小艾还喜欢大块头的话，那事情的结果就完全不一样了，问题是小艾有了心上人，大块头对她来讲已经没有什么意义了，所以他做的一切，并不能挽回她的心，她的心里已经没有他了，她有了新的取代他的人，所以她才会决绝地离开。

如果她不离开，大块头也不一定会跳楼。不一定跳楼，他现在会怎么样呢？田花喃喃地说。是啊，有谁能说得清一个人命运的走向呢？

小艾到底是怎样的一个人呢？这个人蛮有趣的。换了我，我就做不到，一个她喜欢的人，怎么就不主动去找呢？你主动一下，后面的曲折就没有了。怪她的自尊心太强了。罗大妹说。

我不这样看，如果我喜欢一个人，别人却对我爱理不理的，我也会像小艾那样的，否则有什么意思。田花说。

罗大妹也觉得大块头在那件事上做得有些过分了，对一个人好，怎么能故意冷落她？你喜欢她在心里，她又不是你肚子里的蛔虫，怎么可能知道呢？不发生误解，那才怪呢！

罗大妹还发现一个有趣的现象，大块头翻来覆去地和她们说那个故事，但从来没有和俱乐部里其他的人说。日子一久，她慢慢觉出这个高高大大的男人其实还是一个大孩子，他的心理年龄和生理年龄有着很大的距离，而且，他还非常固执，有着浓烈的体工大队情结，只要一提体工大队这几个字，他马上会激动起来，会千方百计地缠着你说话。

她把自己发现的这个秘密告诉了田花。

田花笑得丰满的胸部一阵乱颤，这个大块头，和那个小艾一模一样，也是有趣的人，要是这两个人能走到一起，不知会多有趣呢！

但她们承认，大块头对她们很好，很照顾她们的，她们还是非常感激的，在宁丁州这么一个人生地不熟的地方，有这么一位好人，至少给了她们莫大的安慰，说到底，如果当初他一句话把她们打发了，她们也没有办法，在寻找工作这个问题上，她们永远是弱者。

他为什么对我们好呢？这好像没有理由啊！罗大妹也提出过自己的疑惑。

田花打趣说，那是因为大块头看中我们罗大妹罗大美女了。

看我不撕裂你的嘴唇！罗大妹扑上去说，他看中谁，谁知道呢，说不定是看中你呢，你的胸那么大，是男人都喜欢的。再说你是天然的，不像别的美女都是假货，是隆胸隆出来的 E 罩杯，你是货真价实的天然 E 罩杯！

你胡说！他是看中你了！田花据理力争，还翻出细节，你没看到只要你一到，他就追着你问你在体训大队的事！

你才胡说，他表面上是对我好，实际上醉翁之意不在酒！罗大妹说。

田花"扑哧"一声笑了，你看你看，那不是在说小艾吗？

罗大妹细细一想，还真是那么回事，她忍不住也笑了，是啊，怎么好像是在说大块头和小艾的事……

第六章

　　田花啊，今天要不是大块头，你就惨了……在盥洗室里，田花跌坐在地上，哀哀地哭，罗大妹边替她脱衣服，边小声地劝导着她，噢，乖，小宝贝，不哭，都过去了，一切都过去了……我会找石老板的，要他加钱，不然我们就提议，我们不干了……

　　田花嘟着嘴，神情悲凉地说，大妹姐，我是不是很傻？人傻了别人就要欺侮，别人欺侮我，我还不敢反抗，你叫我怎么办？

　　罗大妹难受得想哭，田花，我们不说这个好不好？一说这个，我就心里堵得厉害，就像有个鸭蛋塞在那里。

　　田花沉默了，但时不时地，还会有她吸溜鼻涕的声音传出。

　　罗大妹也不吭声，她手脚利索地把田花剥光了，然后开始用沐浴露帮她洗身体，她这里擦擦，那里擦擦，动作熟练的样子，田花却左躲右闪。罗大妹说，你躲干什么？田花老老实实地说，我怕痒，大妹姐，还是我自己来洗吧。她伸手要夺罗大妹手里的海绵块。罗大妹把她的手打掉了，说，你给我乖乖坐着，你不瞧瞧自己，连站的力气都没有了，还是我来帮你洗吧，下次我要没力气了，你帮我洗。

　　田花听话地继续坐着，偶尔，她会皱一皱眉头，那是罗大妹的手碰到了她的旧伤处。

哎，田花，还记得我们出门时你说过的那句话吗？罗大妹轻轻地问，她想找个话题让田花的情绪好起来。

哪句话？田花狐疑地问。

你对你娘说，要是挣不到钱，你就永远不回来了！罗大妹提醒她。

田花记起来了，那天，正因为她说了这句话，本来已经勉强同意她走的娘，又反悔了，她抱着田花的双腿不让她走，流着泪说，花呵，娘不要你挣大钱，娘要你守在身边，你大哥不管我们，你小哥也不管我们，你姐又嫁走了，现在你又要走，都想飞，我和你爹怎么办？

田花急死了，你想想，人家罗大妹已经等在她家门口了啊，此时不走，更待何时？她一用力，就把娘整个儿地抱起来，把她丢到了床上说，娘，你不要阻拦我，你现在阻拦我，你就永远不会有好日子过，你不拦住我，等以后我有了钱，会把你接过去，那你就有好日子过了，我会天天陪着你的。

娘闻言，老泪纵横，她说不出半句话来，伸出的双手，像两根枯树枝。田花咬紧牙关，竭力不让自己的眼泪掉下来，她背起自己的行囊，拉起田花的手，逃难一样地逃离了家。

在村口的池塘边，田花俯下身，掬了一把水，洗了把脸，又掏出木梳，蘸了一点水，细心地梳理着，梳完，对着明亮的水面左看看右看看，时不时地，她还歪歪脑袋，耸耸鼻子，临了，竖起三根手指，晃了好几遍。突然，她意识到什么，一抬头，看见罗大妹正目不转睛地盯着自己，她的脸顿时红了，忸怩了一下身子，说，大妹姐，你是不是又要笑话我了？

罗大妹摇摇头说，田花，你帮姐也梳一下，就梳成你那种发型，真的很好看的。

田花依言给罗大妹梳着，梳着梳着，田花停住了手，大妹姐，你剪短发肯定更神气，一定的！来，我来帮你剪。她自作主张地从包里取出一把剪刀，咔嚓咔嚓地剪起来，也就十七八分钟时间，她便剪完了，她对着罗大妹喊，嗨，你自己看看，行不行？

罗大妹往水面一照，心里一阵哆嗦，那还是她罗大妹吗？好像完全变了个样，变得她自己也认不出来了，她承认那发式很适合她，也很漂亮，有点像坐办公室的女白领的味道了。她站起来，拉住田花的手，在她红扑扑的脸上狠狠地亲了几口，田花啊，我的好妹妹，看不出来，你还会这个！我说嘛，你的脑子就是比我好使。

田花躲闪着，那里啊，是瞎弄弄的，就照着电视里学的……

你个死妮子，手怎么这么巧？罗大妹赞叹道。

你不学，你一学，保证也行的。田花从背后搂住了罗大妹的腰，下巴在她的肩上蹭着……罗大妹被她蹭得痒痒的，心里头却舒坦得很，她对自己的聪颖还是蛮自信的。

嗨，大妹姐，要是我真的挣不了钱，我就没脸去见我的爹娘了，那天，我真傻，怎么可以对着我娘说这种话。我这样说，不是要把她吓死吗？田花有些后悔地说。

罗大妹往她的胳肢窝里搔了一下说，不会的，我们田花现在有点钱了，她把钱都存起来了，放在银行里……

大妹姐，你也一样的，别以为我不知道，你挣的钱，一点儿都舍不得用……

说到钱，她们的情绪好多了，石林对待她们还可以，每个月开3800元的工资不说，还有出场费。虽然每场只有区区的60元，但她们心满意足了。这个数字，在她们没找到工作以前是不敢想象的。

罗大妹花上很长的时间来清洗田花和自己的身体，因为只有在盥洗室里，她们才可以放松，才可以把身上的那些屈辱啊，羞愧啊，疲惫啊，懊恼啊……经由哗啦哗啦的水，全都冲到水沟里去，换来一个全新的自己。洗完了，罗大妹还要去搀扶田花，田花推开了，说，大妹姐，现在我行了，我一点儿都没事了。

她们慢慢地走出了盥洗室。在拐角处，她们看到大块头还站在原来的地方，东张西望的，好像在等什么人，看到她们浑身散发着香味出现在他面前，他不安地搓了搓自己的手皮说，要不，我送你们回去吧。

罗大妹说，不用了，你还是忙你自己的吧，我和田花还想走走。

大块头关切地问，你们没事吧？

罗大妹说，没事没事，你放心吧。

大块头脸上的那两条红疤不由自主地跳动了几下，他挥挥手，说，有事，你们尽管吩咐，不要客气。

田花莞尔一笑，谢谢你，李哥。

大块头摇着手说，叫我大块头吧，什么李哥不李哥的，我一点儿都不习惯的。

田花说，你就是李哥嘛，我爱这么叫你。

大块头无可奈何地耸了耸肩。

在勇敢者俱乐部站稳脚跟后，罗大妹和田花已经搬出了那个旅馆的地下室，在九大堡那里租了一间农民房，有二十来平方米，她们俩各出一半租金。原来罗大妹想多支付一点的，她想我是姐，得让着一点儿田花的，但田花坚决不同意，说好了二一添作五的，就得对半分，咱俩谁是谁啊！

罗大妹哄她，说在外面，妹妹得听姐姐的。

田花强词夺理，说，你不是姐，你是大妹，也是妹。

罗大妹拗不过田花，只得依她了。

见罗大妹答应下来，她立马拉住她的一只胳膊，大妹姐大妹姐叫得亲热。她们乘公交车回到住处，都快累趴下了，浑身像散了架一样，她们互相说不上几句话，就呼呼大睡了。这样的情形，不单单是今天有，她们几乎天天这样，有时候，嘴里还嚼着东西，人却睡过去了。

在罗大妹和田花醒着，而且又闲着时，她们便情不自禁地想到远方的亲人，想他们这个时候应该在做什么，想得厉害的时候，也会发短信过去，但收到的信息却寥寥。她们不想打电话，倒不是嫌电话费贵，而是怕影响家人的情绪，老家人似乎对电话还存在着顾忌心理，每每打通电话，他们总是问，有事吗，有事吗，好像有事才打电话来。听说没什么事时，他们仿佛如释重负，但往往也是三言二语就把电话搁了，弄得她们老大的没趣，平添许多烦恼。有时候，还会碰到信号不好，或者家里没人，那电话就成了一件摆设。所以，很多时候，她们至多也只是在脑中把她们念想一遍而已。等每个月发了工资，她们的第一件事就是汇一笔钱给家里，这很重要，因为这既表明她们在外面生活得还可以，又可以让家里不愁油盐酱醋了。她们的家在十万大山里，但邮递员会把她们的绿色汇款单送进去。

有时候伤心懊恼一齐涌上来，罗大妹就会冲着田花发脾气，说，不干了不干了，这真的不是人干的活，老子再干就是一头猪！那些上台来的男人都不是人，是一群比禽兽还禽兽的魔鬼。

田花附和着说，让这群人下辈子统统变狗，然后把它们拉到赛狗场上去，让它们狗咬狗，咬死的算数，不咬死的，一律就地枪毙，啪啪啪，一枪一只，不行，起码开三枪，一枪打头，一枪打屁股，还有一枪打中间……

罗大妹咬牙切齿地说，想到卖钟表时，我就想跳河；想到被那些臭男人摔倒，我也想跳河。但伤心过后，该干什么还得干什么，这份活是我自己找的，又没有人强迫我干。我要是不干了，走了，相信还会有别的人接上去继续干的，不会有人太拿我当回事的……所以，我得咬咬牙坚持下去，该站的时候一定要站住，还要站得挺挺的，我不能输给了人家……

田花很乐观，她说，大妹姐，现在我尽量不去想我吃过的苦，我只想我吃的苦换回了多少钞票。我一直偷偷地想，等到我有了钱，我就不用再干这份活了。

罗大妹说，田花啊，难怪当年我们在体训大队，人家都爱把我们称作肚子肺头，是连在一起的，你看看你看看，我心里想的，结果都让你说出来了，你一说，我都没话说了。

田花掩住自己的嘴，笑得开心，大妹姐，你不知道的，有时候，那些客人上来，我爱给他们取绰号，叫什么的都有，死猪瘟狗鸟人臭屁屎壳郎流氓犯……只要有人把我摔倒，我就在心里说，这个是我孙子，这个是我的儿子，这个是我姨甥……反正我大人不计小人过，就当陪他们玩玩，帮助他们长大！

罗大妹咪咪地笑，一直笑弯到地上，她指着田花说，呵呵呵，还真有你的，你的脑子就是灵，你这样一想，就什么都值了。

田花吁出一口气说，我还想，有朝一日，我也开个俱乐部，也搞个摔跤场，我就玩真的，把上来的人一个个都摔趴下，叫他们满地找牙去！大妹姐，你信不信？

罗大妹笑出了眼泪，她郑重其事地说，信，姐信你！

田花一把抱住了罗大妹，莞尔一笑，大妹姐，还是你好，信任我。

她们对生活充满了信心，因为她们年轻，年轻就是资本，年轻就是希望，还有比这更重要的？

第七章

田花开始谈恋爱了,她开口闭口都是大顺发服装批发市场上那个小老板。

那个小老板姓汪,叫大雄,一说起他,田花就眉眼生动,脸上的每一个部位都闪烁着一种奇异的光亮。大妹姐,你不知道的,大雄对我真的是好,我想要什么衣服,他让我随便拿。他还让我多挑几件给家里。他还把我介绍给和他一起做生意的那些人,说我是摔跤冠军,准备在宁丁州发展……他还说过如果我有意,想邀我一起做生意……

田花就这么轻柔地说着,那些语言就像小河里的鱼一样活泛地游来游去,快乐得很,自由得很。

罗大妹的心痒痒的,一种若有所失的感觉弥漫了她的全身,她不无醋意地想,这么美的事怎么就落到了田花的头上?田花碰到的好事,我怎么就碰不到呢?是不是我真的不如她?但这样的心思往往一闪而过,是她故意要把这心思扼杀在摇篮里的,她常常责怪自己,罗大妹啊罗大妹,你太没出息了,你和田花计较什么呢,田花可是你最要好的姐妹啊,她找到了幸福,你应该衷心为她祝福才对,哪有死命嫉妒她的,这没有道理啊,怎么说都说不过去呀!

你觉得他人怎么样?罗大妹细声细气地问。

当然好啦,田花冲口而出,不信,你可以亲自去看一看。只有看过了,你才会真的觉得他的好。某个星期天，田花兴趣盎然地硬拖着罗大妹，偷偷地跑到大顺发服装批发市场去了。她们躲在别人的摊位那里，装模作样地挑选着衣服，而眼睛却死死地盯着斜对面的一个摊位，弄得那摊位上想做她们生意的服务员，老是紧张兮兮地盯着她们，唯恐她们顺手牵羊把衣服偷走了，毫无疑问，她把她们当作了小偷，因为她们的举止太怪异了，一副贼相。但她们两个却浑然不觉。

田花心情激动地指着其中的一个穿白色短袖衬衫的大个子青年说，喏，就是他，就是他！

诚如田花介绍的那样，那个叫汪大雄的小老板，络腮胡子，浓眉大眼，身材魁梧，看上去确实很精神，也很有男人味。这在当下这个满眼都是娘娘腔的男人世界里也是不多见的。

你看他长得像谁？田花神情激昂地问。

罗大妹看了半天也看不出他像谁，她摇了摇头。

田花微微一笑，告诉你吧，他长得特像那个打羽毛球的超级明星，印度尼西亚的陶菲克。

让田花这么一说，罗大妹想起来了，嘿，还真有点像，只不过汪大雄的个头比陶菲克矮了一些。陶菲克真人她们也见过，有一次在北京比赛，她们溜到羽毛球馆看球，碰到有人找陶菲克签名，她们也冲上去找他签了。签完了，她们还彼此开玩笑，说以后就轮到她们给别人签名了。罗大妹还恶作剧地对田花说，你给人签名要用左手。田花不解地问为什么。罗大妹嘿嘿地笑着说，右手你要用来托住胸部，否则，你的大奶会垂到签名本上的。

田花又气又恼，她用手臂夹住罗大妹的头颈说，你再胡说八道，我把你的脖子拧下来。

罗大妹讨饶说，好了，好了，我不乱说了……

可汪大雄是地地道道的宁丁州人，罗大妹想不通他怎么会看中貌不惊人的田花，要知道田花只是一个外来务工人员，文化程度也不高，她在宁丁州几乎一无所有，她忍不住把自己的疑惑说与田花听。

田花嘎嘎嘎地笑了，她点着罗大妹的鼻子说，你呀，就是傻，照你这么说，宁丁州人就一定只能和宁丁州本地女人结婚？有缘千里来相会，无缘对面不相识嘛。我和汪大雄嘛，就是属于有缘分的这一种。我一见他就来电，这叫眼缘，你懂吗？

不知怎么，那个时候罗大妹只想着给她泼冷水，呵呵，八字还没一撇，你就乐得屁颠屁颠，我警告你，在你没把对方弄清楚之前，就盲目地爱上他，你以后肯定会吃苦头的。

田花听了，一百个不乐意，大妹姐，你怎么知道我是盲目的？我一点儿都不盲目，你看我像是盲目的人吗？老实告诉你，大妹姐，这回我是最认真的一次，没有一丝丝的虚情假意，我想汪大雄也是这样的。我说大妹姐你呀，就别把我当三岁小孩看了，我不是几年前那个黄毛小丫头了，我是完完全全、正正式式的成年人了！

要真的是这样，那就好了。罗大妹说是这样说，但还是觉得不踏实，心里面好像老是有一层东西给挡着，那东西是什么，她也说不上来，于是她暗底下托人仔细地去打听了一下，一打听，她吓了一大跳，田花啊田花，汪大雄可不是一个寻常人，他的经历复杂着哩，他刚从牢里出来没多久，那大顺发服装批发市场里的服装摊位也不是他的，而是他的一个姐姐的，他在那里，只是帮助守守摊而已。说到底，也是一个打工者。

罗大妹把探听到的情况如实地说与田花听。田花一听，满脸的不高兴，她噘着嘴说，大妹姐，你干吗呢？你又在做包打听了，你是不是闲得发慌了？大雄这些情况谁不知道啊，凡是地球人都知道的，不瞒你说，他的情况，我都能倒背出来了，他不就是蹲过监狱吗？！可那都是过去的事，完全是陈芝麻烂谷子的事了。他为什么会蹲监狱？别的人不清楚，我还不清楚？那是他爱打抱不平，帮一个小朋友打架，结果把人家给打伤了。他这人就江湖气重，朋友的事看得比自己的性命还重。再说他现在已经出来了，和我们一样是合法的公民了……你们为什么要戴有色眼镜看他？为什么老是看到他的缺点？大妹姐，你太过分了，你说的，我不想听，一句都不想听。她把头一阵乱摇，最后还用双手堵住了自己的耳朵。

见她这副样子，罗大妹也不好再说什么，只是再三叮嘱，让她务必小心谨慎，这可马虎不得，那是一辈子的事，一点儿闪失都不能有。女孩不比男孩，是禁不起风吹浪打的。田花，我是为你好，我们在外面打工，人生地不熟的，一切都得靠我们自己，我是你姐，我当然得关照你。我不去帮你打听，这好像说不过去啊！

知道啦，我的大妹姐，跟你说过多少次了，我不是小孩子了，我今年都二十一啦，我会自己照顾好自己的。田花不以为然，她还是嫌罗大妹多嘴多舌，大妹姐啦，你没谈过恋爱，许多东西你都是不懂的。

罗大妹被抢白了一顿，心里觉得没滋没味的，充满了失落感。说也奇怪，她老是有一种不祥的预感，可她不敢把这种很不好的感觉说与田花听，生怕引起她的反感。有时候，她也埋怨自己疑心病重，为何一切都要朝坏处想呢？说不定他们俩真的是挺恩爱的。她也说不清为什么会有这种心理，因为她觉得还是那句老话说得实在，世界上没有无缘无故的爱，也没有无缘无故的恨！凭什么汪大雄会喜欢上田花？好像有点无缘无故啊！不管怎么说，汪大雄和田花之间还是有着很大的差距的。

除去俱乐部的摔跤工作，田花好像把心思全都花在了她的恋爱上，一有空就往汪大雄那里跑。每次出门，她都笑容灿烂地朝罗大妹挥挥手，大妹姐，我出去了哦，有事打我手机，拜拜。她一蹦一跳地出去了，那一举一动里，有着无限的欢乐。

那个下午，汪大雄又开着那辆巡洋舰摩托车来接田花了。田花朝罗大妹轻摇了几下手，嘴里轻轻哼着歌出门去了，罗大妹却怅然若失，心里头烦躁得一塌糊涂。

想到已往的无数日子，汪大雄总是兴冲冲地赶到她们的出租房来，他一来，罗大妹便只能悄悄地出去，她有自知之明，自己一走开，留给他们的空间就大了许多，可她其实并没什么事一定要出去，于是就只能在大街上闲逛，逛完了一个商场，又逛另一个商场，估摸着汪大雄该走了，于是慢慢地走回去。

只要看到门口他的摩托车还在，她只能重新回到街上。街上的人很多，但罗大妹一个也不认识，她茫然地走着，心里的委屈像潮水，一浪接一浪涌来。有时候，她也想去电影院里打发时间，可看看票价，又摇摇头走开了。

也不知过了多久，她重新回到出租房，那辆红色的摩托车不见了，这等于是告诉她一个信息：汪大雄带着田花出去了。

那时候出租房里安静极了，平时这个时候该是罗大妹和田花睡觉的时候，她们每天都睡得那么晚，只有靠这一刻来补充睡眠。但现在田花精神抖擞地约会去了，弄得罗大妹也睡不着了，只能傻坐着发呆。想想，叹口气，想想，又叹口气，也不知道叹的是什么。

远处有收破烂的叫喊声抑扬顿挫地传来。院子里田花刚洗过的衣服正滴滴答答地掉着水。看见那艳丽的衣服，罗大妹的眼睛有点痛，她知道那是那个汪大雄送给田花的。田花穿着它，比往日还真漂亮了不少，她也老是喜欢穿着它在罗大妹眼前晃来晃去的，不止一次地问：大妹姐，你猜猜，这衣服要多少钱？罗大妹不愿猜。谁知道啊，罗大妹有些阴阳怪气地说。

田花拥着罗大妹的肩，滚烫的脸就贴在罗大妹的后脖子上，你猜一猜嘛，你猜一猜嘛，又不是什么难事。罗大妹勉强猜了一个数字。田花摇了摇头。罗大妹又猜了一个。田花的脸在罗大妹的后脖子上来回地蹭了一下，还是表示不对。罗大妹狠命往贵处猜了猜。大妹嘎嘎嘎地笑起来，大妹，你永远猜不到的。

罗大妹的心隐隐作痛。

罗大妹赌气地把她的身子推开，是你要我猜的，又不是我要猜！我不猜了，有什么了不起的。

田花怔了一怔，可她马上又拥住了罗大妹，好好好，大妹姐，我不让你猜了，你说我穿着它合身吗？

罗大妹说不好，比你哪一件衣服都要差。罗大妹故意这么说，存心想气气她。

田花"嗷"的一声扑到了罗大妹的身上，罗大妹，你瞎说，这不是你的心里话,看我不撕烂你的臭嘴。

罗大妹躲闪着。

田花力气很大地摁住了罗大妹,你一定得说实话。她挠她的胳肢窝。

罗大妹痒得受不了,全身扭曲着,她讨饶说,我说错了还不行嘛,老实和你说,那衣服真的好,你穿着就像七仙女了。

真的?田花炯炯有神地望着罗大妹。

罗大妹点点头。

田花珍惜地上上下下摸着那衣服,几乎每一个地方都让她摸了一遍。我也觉得这衣服不错,穿着舒服,看着大方。听汪大雄讲,他进货时,一眼就看中了它,说我穿着保证好看,像那个老是演武打戏的杨紫琼。她喃喃地说。

罗大妹默然无语,她想,我穿了它肯定比田花更漂亮,因为我罗大妹个子比她高,她穿着稍稍显长、显大了些,因此有些拖泥带水了。

那天田花说了很多很多,但罗大妹一句也没有听进去,罗大妹只是反复地想,以后等我有了男朋友,我一定让他给我买很多很多的漂亮衣服。我要一件一件穿给田花看,馋死她,气死她。

风吹动着田花的衣服,发出哗啦哗啦的声音,罗大妹好像又看见她和汪大雄亲亲热热地说着话,簇拥着一起出去的情景。罗大妹的心里就像有条毛毛虫在爬着,后来毛毛虫就爬到她的心尖尖上去了。罗大妹站起来,翻出了一把剪刀。飞快地走到院子里,想把那件还滴着水的衣服剪碎。嘿嘿,田花,我把它剪碎了,你也穿不成了,看你还神气活现的!可在剪刀碰到那衣服时,罗大妹不禁打了一个寒噤,呀,我在干什么呀。田花回来一看见,她会怎么想?她肯定会想到是我干的,那我们俩的关系不就到此结束了吗?我不能这么干。

罗大妹在那里站了好长一会儿,然后把它从衣架上取下来,想把它藏到某一个地方去,噢,对了,让田花从此以后再也找不到它,找不到它,省得她老是在我面前嘀嘀咕咕地说它的好,让人心烦!那衣服在罗大妹手里,她觉出了它的柔软,她的温度。她心里痒痒的。穿上它会怎么样呢?自己不是一直在说穿着它会比田花穿着更好看。她脚步迅疾地走进屋,拉上窗帘,把原先的衣服扒下，然后换上了它。她往洗澡用的大塑料盆里装满水，拿它当镜子用，她左照照右照照，可惜那盆子不像池塘，照不出一个完整的她，可她的感觉还是挺好的。那衣服湿湿的贴在罗大妹身上，她全身却意外地舒坦起来，我说过嘛，我穿着就是比田花要好看。在屋子里逛了好几个来回，罗大妹都不想脱下来了。过了好久，罗大妹才依依不舍地重新换上自己的衣服。她想，该把那件衣服藏到哪里去呢？一时，她迟疑不决，想不好该放到哪里去，因为随便放到什么地方，田花肯定都会发现，这屋子实在太小了。

罗大妹又走出屋，想把它丢到垃圾箱里。刚出院门，罗大妹碰到了一个收破烂的。那人冲她谦恭地笑笑，问，大妹子，有什么不需要的东西卖掉吗？雪碧可乐瓶报纸杂志书废铜烂铁……都可以卖，我的价钱比一般人出得高噢！

罗大妹灵机一动，她想也没想就顺手把手中的那件衣服给了他，喏，送给你，怎么样？

收破烂的是个中年男子，他显然很惊讶，不明白这个个子高高的女人为什么要送他这件看上去挺漂亮的衣服，他很想说点什么，但那女人手又在腰里，冲着他挥着手，你要不要？不要，我要收回了，我给别人，总会有人要的。

那人往四下里一瞄，见没有什么人，便慌慌张张地将衣服接过去，往装满破烂的电瓶三轮车车兜里一塞，而后跳上车，飞快地走了，边骑车边回头看，生怕这个女人会突然反悔似的。

罗大妹木然地站着，眼前一片迷茫……

田花回来了，看得出来，她的情绪饱满，像盛满露水的荷叶，连走个路都是蹦蹦跳跳有弹性的。罗大妹惶恐不安地看着她，不知道她会发怎样的火，但田花好像并没有发现她那件心爱的衣服已经不见了，一直到第二天晚上临上班时，她才意识到，她有些疑惑地问罗大妹，大妹姐，我的那件衣服你帮我收了没有？

罗大妹说什么衣服？我没有收啊。

奇了怪了，怎么会没有了呢？田花百思不得其解。

是哪件？罗大妹装作什么都不知道地问。

就是汪大雄送给我，我最喜欢穿的那件，底色是浅黄颜色的，上面有一些大花的。她自言自语道。

罗大妹努力想着，后来她说，好像昨天还看见它晾着哪，怎么会不见了呢？你再找找，看其他的还少了些什么？

田花哦哦哦地答应着，大妹姐，你也找找，是不是也少了什么东西？！

让田花一提醒，罗大妹顿时茅塞顿开，她在一通乱找后说，啊呀，我晾着的一件内衣和两双丝袜也不见了。

田花奇怪地说，那它们会到哪里去呢？会不会让风刮走了？

罗大妹说风怎么刮得走呢？说不定是让那些捡破烂的顺手牵羊给牵去了。

田花骂了一声，说这些家伙也真是的，要我们这些女人的东西干什么呢？都是别人穿过的，不嫌脏啊，东不挑西不挑的，偏偏把我最喜欢的衣服给偷走了！

罗大妹心虚地附和她说，是呀，什么东西不好偷？偏偏衣服！提到偷字，她的脸烫得厉害。

此后在去上班和下班的路上，田花不止一次地提到了那件衣服，惋惜得不得了，老是咂巴着嘴说，不知道汪大雄以后能不能买到同样的衣服了，要买不到，那真是太可惜了。

罗大妹的心像是要跳出心口来，脚也软得很，高一脚低一脚的，就像踩在棉花絮上一样，她真怕田花会戳穿她的把戏。

田花后来对罗大妹说，大妹姐，我的运气真是差，汪大雄找来找去，就是找不到先前那种式样和颜色的衣服了。那件衣服我穿着，真是合身啊，好像专门是为我定做的，呸，是哪个缺德的人把衣服偷走了，他不得好死！嗨，大妹姐，你说我怎么这么倒霉？汪大雄劝我不要放在心上，说不就是一件衣服么？可我心里总是挂念着它，想忘也忘不了……

罗大妹如芒在背，浑身难受得要死，一直到这时候，她才如梦初醒，她暗暗责怪自己，哎，你这丫头，怎么这么坏，居然生出如此歹毒的坏念头来，想想也就罢了，居然还真的动了手。田花碍着你罗大妹什么了，你要发这么大的火干什么？你这是在吃她的醋，这根本没有必要啊，不要忘了，你们可是非常要好的小姐妹啊，你罗大妹应该为她祝福才对！再说，你比她大，是你把她带出来的，你真的不可以这样啊！罗大妹，你到底想怎么样？！

歉疚像潮水，一潮接一潮地涌来。在接下去的一段时间里，罗大妹吃不好，睡不着，心口像是压了一块大石头。有时候即使是在上班的时候，她的脑子里也会滑过那见不得人的一幕，她羞愧难当，于是常常走神。一走神，那活儿就做得有些粗糙。一粗糙，被客人摔得鼻青脸肿的事就经常发生。

田花也看出了罗大妹的心不在焉，她不解地问，大妹姐，你怎么啦？是不是身体不舒服？罗大妹连忙辩解，没有没有，我的身体好着哪！

那你为什么老是丢三落四的？有几次在台上，我看你差点让客人摔下台去……田花不满地说，直觉告诉她，罗大妹好像有什么事情瞒着她。

罗大妹吃惊地问，是吗？你都看出来了？

田花得意地笑了，大妹姐啊大妹姐，我说你有心事，你还不承认，这回赖不掉了吧，快告诉我，什么事？

真的没什么。罗大妹吓了一跳，自己怎么一不小心就露了馅？不能说出去，说出去，我就没脸见人了。

田花不相信，说你瞒不过我，你肯定有心事。这心事还挺大的，怎么，连对我田花也不愿意说？

罗大妹的头嗡地一下，她想，打死她也不能让她知道我做下的那点破事。罗大妹于是只得含糊其辞地说，我爹生病了。

田花着急地问，什么病？要不要紧？那你快点回去看看呀。

罗大妹说也没什么大病，哮喘发作，住院了。

是要钱？田花问。

罗大妹点点头。

钱不够？田花又问。

罗大妹低低地嗯了一句。

要多少?

罗大妹说要8000元,可她手头上的现金只有4000元。

我有3000元,我再向汪大雄借1000元。田花当机立断地说。随后她很快地从汪大雄那里借来了钱,她催促罗大妹赶紧去邮局汇钱。

罗大妹的眼泪"啪嗒""啪嗒"地往下掉,罗大妹呜咽着说——田花——她只叫了一声,就再也说不出话来了。

田花摇着罗大妹的肩膀说,谁都会生病,你怕什么呀,你爹那哮喘,都老毛病了,没有大碍的,就是发作的时候,痛苦一点,药一用,病情就会缓和的,他又不是第一次碰到,不要急,去吧,快去汇,你家里等着。

罗大妹在夜里把自己骂了个体无完肤,罗大妹啊罗大妹,你还是不是人,人家田花待你这么好,你却做出这样无耻的事来。罗大妹暗暗发誓,从今以后,自己再也不能做这样的傻事了,再做这样的傻事,你罗大妹就猪狗不如了,不但要吃巴掌,还得剁掉一根手指!

此后的某一天,罗大妹在一家服饰店里发现了一件和田花那件差不多式样和颜色的衣服,罗大妹试穿了一下,效果挺不错的,罗大妹毫不犹豫地买下了,尽管它花去了罗大妹685块钱。

当罗大妹把那件衣服送给田花时,她饱含深情地说,田花,你答应我,以后再也不要说那件衣服了,那件衣服又回来了,我看不得你掉魂的样子。

田花惊喜得差点雀跃起来,她笑得合不拢嘴地把那件衣服穿在身上,来来回回地走,嘻,大妹姐,你的眼力就是好。哈,我要穿着去给汪大雄看!她像一只发现了食物的小母鸡一样欢喜地咯咯咯叫个不停。接着,她飞到罗大妹的怀里,把她抱得紧紧的,大妹姐,你是我的好姐姐,比亲姐姐还亲,只有你知道,我心里在想什么,谢谢,太谢谢了……

罗大妹宠爱地看着处于幸福中的田花,那块一直压在她胸口的石头终于搬开了,她悄悄抹去了眼中的泪花,陪着田花一起高兴,看田花眉飞色舞地抚弄着那件衣服,一股暖流涌上了她的心头,这一刻,罗大妹体会到什么叫友谊，什么叫友谊带来的幸福。

　　大妹姐，多少钱，我付给你。田花说。

　　罗大妹按住她掏钱包的手，这是我送给你的。

　　田花瞪圆了眼睛，不行，我怎么能用你的钱。

　　你是不是罗大妹的妹妹？

　　当然是。

　　那就不要争了。罗大妹说。

　　我就喜欢看你穿得漂亮。罗六妹又说。

　　大妹姐，这衣服你到底花了多少钱？田花后来还是憋不住，又问。

　　罗大妹说685块。

　　田花愣住了，她说我那件不见了的衣服才270多元。

　　罗大妹也一愣，但罗大妹马上就说，你难道不配穿685块的衣服？

　　配，当然配！我田花还配穿3万元的！话未说完，她自顾自地哈哈哈笑起来。

第八章

　　有一天，一个虎腰熊背的男人走上台来，一副精神抖擞的样子。他的身高约在一米八左右，明显地高出罗大妹两个头左右，他剃着差不多快要露出头皮来的短发，胡子刮得精光，泛着青色的光泽，他笑容可掬地一抱拳，对着罗大妹说，久仰久仰，罗小姐，听说你在中国摔跤界排名在前十位，希望你今天能拿出真实本领来，我们好好地过过招。

　　好，看来你也是行家里手。罗大妹含笑答应了。但事实上，她是不会拿他的话当回事的，在稍稍几个回合后，罗大妹故意脚下一个趔趄，他一勾脚，罗大妹"扑通"一声倒下了。

　　台下一片喝彩声，好，郑总好身手！

　　被称作郑总的却默默地看着罗大妹说，罗小姐，你真的不要这么客气，刚才你是存心让我的，别人看不出来，我却知道。其实，我很想试试自己的能力。你一客气，我不就什么都试不出来了？

　　说到底郑总不是什么行家里手，罗大妹一过招就看出来了，但他也有他的优点，那就是力量特别足，在接下来的较量中，好几次罗大妹都抓住机会了，但就是无法把他摔倒。罗大妹想要对付他只有靠巧劲，罗大妹要借他的力把他摔倒。罗大妹故意露了一个破绽给他。郑总果真上当了。他猛扑过来。罗大妹搭住他的一只胳膊，顺势一拉，郑总不由自主地向前滑。罗大妹这时使出浑身的力气，用腿一钩，郑总"扑通"一声，像一只麻袋那样沉重地倒下了。这情形颇像当年罗大妹在全运会上比赛时与内蒙古的一位选手较量，因为她的破绽，让对方误以为是一个机会，结果放弃了必要的防守警惕，被她一举攻陷。

兵不厌诈嘛。这是罗大妹的教练说的，罗大妹牢牢地记在心中了。

郑总老半天没有从地上爬起来，他好像还在纳闷，自己怎么就倒地了？好像这事全是在瞬间发生的，他想自己甚至还没完全接触到罗小姐的身体，他就倒下了。

罗大妹用力地拉了一下他的手，想叫他起来，他却一点儿反应都没有，他还沉浸在那场较量中。后来他总算想明白了什么，自己一骨碌从地上爬了起来，冲着罗大妹竖起了大拇指，行，罗小姐，这回我算开眼界了，果然名不虚传，罗小姐，你真的是有本事的人，绝对不是做做样子的！哦，对了，什么时候，我们再好好切磋一番。

那天罗大妹准备回家的时候，大块头塞给罗大妹一个信封，说是郑总给的小费。罗大妹问，那个郑总是干什么的？大块头一脸的羡慕，郑总是做大生意的，主要是开发房地产，听说他的公司快要变成一家上市公司了。

罗大妹把那信封推开了。

大块头却固执地把那信封再一次塞过来，说，你放心拿着吧，没事的，郑总说了，他挺器重有真本事的人，他本来想当面给你的，怕你不肯接受，就让我转交了。他是我们俱乐部的老主顾了，前些时候他一直在山西、天津搞房地产，最近才回来。

田花推推罗大妹，说郑老板反正有的是钱，他愿给，你就拿吧。

回到出租屋，罗大妹才去看那个信封，一拆开，罗大妹仿佛叫人打了一巴掌似的尖叫起来，那叫声把田花都吸引过来了，那信封里竟装着8800元钱，比罗大妹和田花两个人一个月加起来的工资还多。罗大妹面对着那些钱，不禁倒吸了一口冷气。

田花幽幽地说，大妹姐，你的福气真是好，你要是每天都能这样收小费，我想你用不了多久，马上就可以变成一个富婆了。呵呵呵，郑老板为什么对你这么好？不会是他看中你了吧！

瞎说，我才不做这样的美梦呢，像郑老板这样的大老板，会看中我？那就是太阳西天出了，我既不漂亮，也不性感，一点儿吸引人的资本都没有。罗大妹自嘲地说。

田花捅了捅罗大妹的腰眼说，正房嘛，你当然没戏，做二奶、三奶嘛，估计也有难度，但做四房、五房嘛，我看还是有希望的。大老板吃惯了山珍海味，就喜欢尝尝农家菜。

田花，你流氓啊，你自己才是四奶、五奶！嘻，我知道你在想什么，你不是想要小费吗？罗大妹反唇相讥。

田花嘿嘿嘿地笑，小费么，只有你有，我没有，因为你是有真本事的。

罗大妹恼了，你讥笑我什么意思啊？

田花逗他，不是我说的，是你的那位郑总说的。

你再说，再说，看我不撕烂你的嘴！罗大妹冲田花挥了挥拳头。

田花伸伸舌头，做了个鬼脸。

你可以做小姐啊，小姐的小费是最可观的……罗大妹和田花开玩笑。

你做肯定比我有优势，人家男人一看见你的屁股，就想入非非了。田花嘻嘻哈哈地笑着说。

嘿，男人最喜欢的是你的大胸，一晃动，他们都馋死！罗大妹说。

田花乐了，她马上反击道，男人一看罗大妹的屁股，都想入非非，但罗大妹一伸拳头，保证他们屁滚尿流……

这个时候，通常是她们最开心的时候，她们无拘无束地开着玩笑，想方设法使自己的生活变得有点意思。

拿到郑一鸣郑总的那笔小费后，罗大妹和田花上了一回餐馆，用掉了六十元钱，她们各自喝了一瓶啤酒。喝酒时，那小酒店里正在放一首歌，是王菲唱的《流年》——

用一种魔鬼的语言\上帝在云端只眨了一眨眼\最后眉一皱头一点\爱上一个认真的消遣\用一朵花开的时间\你在我旁边只打了个照面\五月的晴天闪了电\有生之年狭路相逢终不能幸免\手心忽然长出纠缠的曲线\懂事之前情动以后长不过一天\留不住算不出流年\遇见一场烟火的表演\用一场轮回的时间\紫微星流过来不及说再见\已经远离我一光年\有生之年狭路相逢终不能幸免\手心忽然长出纠缠的曲线\懂事之前情动以后长不过一天\留不住算不出流年\有生之年狭路相逢终不能幸免\手心忽然长出纠缠的曲线\懂事之前情动以后长不过一天\哪一年让一生改变……

　　田花说她最喜欢听王菲的歌，说王菲的歌里，女人味特别足，也特有味道，耐听，动听，百听不厌。

　　罗大妹忍不住笑话她说，田花，你现在开口女人味闭口女人味，大概是汪大雄说你没女人味，像那个《水浒传》里卖人肉包子的孙二娘？田花恬静地微笑着，她一脸的自信，好像有些不屑于和罗大妹讨论这样的话题，怎么可能呢？汪大雄要是说这样的话，那就不是汪大雄了，我呢也不是田花了。

　　罗大妹不解地问，你云里雾里的，说得我一点儿都不懂。

　　田花伸出自己的手，翻来覆去地看着，看了一阵，她终于缓缓地说，如果我没有女人味，汪大雄会像一只小花狗那样老是围着我转吗？

　　罗大妹吃惊地看着田花，似乎不相信那些话是从她的嘴里吐出的，她们虽然朝夕相处，可许多地方，田花已经变得叫她捉摸不透了，她的心里突然生出了一丝异样的东西，可她没有往深处想，是她故意不朝那里想，她不想在这个难得的美好夜晚，把自己的心情搞得一团糟，她得装作糊涂。当然，接下去，她们之间的聊天便杂乱无章，就像在开无轨电车似的，而且，多半没有什么实质性的内容。不像她们刚开始时，对所说的话题，都非常有针对性，都非常投入……

　　等她们吃饱喝足，昂首走在马路上时，罗大妹的心情又好得像是刚刚中了一个大奖。她不住地做着扩胸运动,好像要把整个城市都包容在自己的怀里似的。

田花,只有经历了,才知道在大城市里有多么好!如果我们现在还在老家的十万大山里,那会怎么样呢?天天对着一座又一座大山发呆?罗大妹的话真多,她觉得自己好像刹不住车了。

田花娴静地看着罗大妹,她不插嘴,耐心地听着罗大妹说,这时候的她成熟大方,似乎她是姐姐,而罗大妹才是妹妹。在川流不息的车流和人流中,她和田花灵活得像两条金枪鱼。

一辆大红色的宝马轿车从她们的身旁驶过,驾驶员是一个长发飘飘的时髦女郎,车篷敞开着,音响开得震天动地,女孩似乎还不过瘾,拼命地摁着喇叭,仿佛要让街上所有的人都知道她来了。

田花十分反感,她往地上吐了一口唾沫,狠命地用脚碾碎了,呸,有什么了不起,以后我也会有一辆的,比你的还要大,还要好!还要贵!你不要狗眼看人低!

一个母亲推着童车在人行道上缓缓走着,边走边和童车中的孩子讲着话,罗大妹眼热地看着,有一阵,罗大妹都发生了错觉,以为那童车中坐着的是她的孩子,推车的人是她罗大妹了。

快走到立交桥时,田花对着一幢正在建造的高楼喃喃地说,我要是能住进这种宽敞明亮的房子,我一定要把我爹我娘接来,我答应过他们的。

罗大妹瞧她神往的样子,就附在她耳边说,田花,你可以让汪大雄买啊,他肯定有实力买的。田花摇晃着脑袋说,汪大雄买是汪大雄的事,我买是我的事,我买来是给我爹娘住的。

在宁丁州买房,那是要好多好多钱的。罗大妹叹口气说。

田花擂了罗大妹一拳,大妹姐,你要有信心啊,怎么能说丧气的话?一年前,我们还身无分文。现在不是也有点钱了?我想房子以后肯定会有的,只是大小而已。大妹姐,我一直认为我们都是有福气的人,你看我们俩的耳朵多大,耳朵大的人福气一定好,这是我娘说的……田花说着说着,突然哭了,她趴在罗大妹的肩头，任凭那些翻飞的泪水溅湿了她的衣服。她哽咽着说，大妹姐，我也知道很难很难，但再难，我也要努力……

罗大妹悄悄地说，田花，答应我，不要哭，你的好日子会来的，你想想，你都在宁丁州找到男朋友了，而且这男朋友还是宁丁州本地人，你多不起啊！你应该为自己感到骄傲……田花哭得更欢畅了，怎么劝也劝不停，罗大妹的鼻子也酸酸的，她清楚田花不会无缘无故地哭，她的心里，一定装着难以言说的痛苦。她不想去提，真的，人人都有一本难念的经，她一提，保不准自己的眼泪也会哗啦哗啦流出来的……

她替田花擦着泪，刮着她的鼻子说，你看你看，汪大雄来了！田花抬起了眼，罗大妹笑着说，嗨，一说汪大雄，眼泪马上就止住了，看来，他真的是你的一剂药啊！好了好了，你告诉我，你喜欢吃什么？今天的夜宵我请客。

田花对着罗大妹的背一阵猛捶，破涕为笑，大妹姐，说你是个精怪你还不承认，你呀，就好像是我肚子里的一条蛔虫，我现在在想什么，你都知道，什么都逃不过你。

田花和罗大妹她们在街上逛了很久，买了几件新衣服，吃了小吃，她们突然发现，自己其实和正宗的宁丁州人已没有很大的区别了，因为她们相信，只要她们住下去，住上三年五年的，总有一天她们也会学会说那像鸟叫一样的宁丁州话的。

你学起来肯定会比我快，因为你有汪大雄带着你。罗大妹羡慕地对田花说。

田花抿了抿嘴巴说，那我带你，我从汪大雄那里学一句，晚上回来就教你一句，这样，我们俩就可以同时学会了，省得你老是计较谁先谁后的，再说，以后，你说不定也会找一个宁丁州人做男朋友的。

罗大妹呵呵呵地笑了，她不无幽默地说，我其他的倒是不担心，我最担心的是，等到我们学会了那难学的宁丁州话后，宁丁州人却不再说宁丁州话了，因为那时候流行说上海话了……

田花也笑了，不对，那时候流行太空语，因为人都跑到天上去了。

第九章

　　石林有一天把罗大妹叫到了他的办公室，说有件事想请罗大妹帮帮忙。

　　罗大妹有些诧异，她不解地问，什么事呀，要劳驾你石老板亲自找我罗大妹？

　　石林笑得极为灿烂，因为灿烂，他整个人看上去就阳光多了，不似平时给人的感觉像一只秃鹫，老是昂着头，阴沉沉的。

　　我找你当然不会是大事，大事我一般不找人，我自己扛着就行，但小事，因为多，就不可能不找人了。你说是不是？噢，这小事对你来说也是好事。他意味深长地看着罗大妹，罗大妹让他瞧得有些不自在了，她捏着自己的手指说，石老板，你说吧，你不说出来，我肚肠根都痒死了。

　　石林看罗大妹的猴急样，会心地一笑，他问，罗大妹，上次来和你交过手的那个郑总你还记得不？

　　罗大妹点点头，同时，她眼热心跳的，她也不清楚为什么自己会这样，好像是预料之中的一样东西正顺风而来似的。拿过他的8800元小费后，她老是想，那个郑总不会平白无故给她钱的，他应该有什么要求。现在，她终于等来了。是什么样的要求呢？她忐忑不安。

　　郑总想请你当教练，你的意思呢？！石林的手中老是搓着那两个钢球，因而总是发出一些刺耳的金属摩擦声。

说老实话，罗大妹不喜欢男人这副样子，尤其是年纪轻轻的男人，手中玩钢球，那应该是老年人的做派，年轻男人一弄这个，无论如何就有些暮气了。当初一看到石林也喜好这个，她有好几次产生了劝他放弃的念头，但话到喉咙口又咽了回去，她想自己凭什么说人家，人家和你有什么关联呢？但那嘎嘎嘎的声音，总让她无缘无故地生出一身鸡皮疙瘩。

　　郑总喜欢摔跤运动，他很欣赏你的技艺，有意想让你辅导辅导他。石林又说。

　　罗大妹悬着的一颗心重新落回到心腔里，她随口而出道，那还不容易，叫郑总多来我们俱乐部就行了。她暗暗笑那个郑总，那些有钱人就是爱摆谱，喜欢小题大做，把事情复杂化。你想摔跤，只要过来就是了，你当面和我说一说，不就行了？非得通过石老板来说这个事，你烦不烦哪！

　　石林继续搓着钢球，那声音让罗大妹心里烦躁不已，后来他就慢条斯理地说，郑总有个家庭健身馆，他想叫你到他那儿去。

　　你不要我在这里干了？罗大妹的反应挺快的。

　　石林一摆手，这怎么可能呢，你是我们这里的台柱子，什么人都可以走，唯独你不能走，你一走，不要说我不答应，就是客人也不答应。我是这样想的，你在我这里基本上是上夜班，郑总那儿只要白天就行，一星期最多辅导一两次，很轻松的。郑总说过，报酬可以和你面谈。

　　罗大妹松了一口气，让她额外多一份工资，她何乐而不为？想起上次郑总的认真，她在心里悄悄乐开了花，这个郑总蛮有意思的，这年月，喜欢摔跤的老板还真不多。于是她便愉快地答应下来。罗大妹道，行，石老板，听你的安排吧，什么时候开始你告诉我一声。

　　石林从硕大的办公桌后站起来，说，罗大妹，你真是一个爽快人，像你这样爽快的女子还真不多，我喜欢你这种性格，怪不得郑总点名要你当教练，我估计郑总也是喜欢你这脾气的。行就行，不行就不行，不要扭扭捏捏。

　　罗大妹忽然有些不好意思起来，她搓着手说，其……其实……郑……郑总是高看我了。

石林摆摆手，你啊，不要谦虚了，过分谦虚就是骄傲嘛，你行不行，我们大家都有数。

不知怎么，罗大妹的脸唰地一下红了。

自从在俱乐部上班以后，罗大妹突然发现了一个秘密，这个石老板平时神龙见首不见尾的，看上去神秘兮兮的，其实还是一个比较随和的人，也很健谈，只是有些饶舌，好多话喜欢颠来倒去地说上好几遍，而且那声音不知是有意装的还是生来就是这样，听上去总有些女里女气的，尖不说，还特软，搞得罗大妹老是怀疑他的性别特征。

几天后，石林亲自开着车，把罗大妹带到了郑总的家庭健身馆。那是一幢别墅，位于宁丁州南至路最引人注目的建筑群落中，坐北朝南，依街傍巷，它的坡顶是平瓦的，墙是青砖垒的。石林介绍说，这别墅最具特色的是它的门窗和柱子，门窗都是小格的，柱子是花色的，这在别的别墅是没法看到的。

住在这里的人非富即贵啊！石林不无感慨。

石老板，你也可以在这里买一套房子住住。罗大妹讨好地说。石林黯然神伤，他摇摇头，唉，罗大妹啊罗大妹，你是看人挑担不吃力，这里的房子，我哪里买得起？这辈子恐怕也没戏。他深深地叹了口气。

罗大妹看石林情绪不好，赶紧住了嘴。她在心里埋怨自己，谁叫你多嘴多舌，其实，她看过电视上的介绍，知道那里住的可不是一般的老板，都是财大气粗的大老板。看石林闷闷不乐的样子，罗大妹连忙扯开了话题。千万不要自讨没趣啊。她思忖着。

罗大妹一走进那座房子，马上发现自己的眼睛不大够用了，她几近贪婪地看着。郑总给了罗大妹一张名片，直到这时，罗大妹才知道郑总大名叫郑一鸣，那名片有点特殊，和罗大妹平时见到的不一样，那上面没有郑一鸣的任何头衔，只写着公司名称，手机号码也空在那里，是郑一鸣手写上去的。

石林有些嫉妒地对罗大妹说，你厉害啊，这种名片，郑总一般很少给陌生人的。

罗大妹诧异地看着石林，不清楚他说的是什么。

郑一鸣不当一回事地挥挥手说，罗小姐啊，你别听你们石老板胡诌，我这名片其实也没什么，无非是我很少给人留我的这个手机号码。

罗大妹听了心里咯噔了一下，她想郑总说这话是什么意思呢？郑一鸣和石林聊了一会儿天后，就让他回避一下，说他想单独和罗大妹谈谈辅导费用的事。石林识趣地说，你们谈，你们谈，我先回去了。

罗大妹从来没有过这样的经历，尤其是和人面对面地谈自己的工资，她耳热心跳，其实她并不知道怎样的价格才算是合理的。她显得非常紧张，手心里全是黏糊糊的汗水。石林走的时候，她想拦住他不让走的，他一走，她更加六神无主了。这一点郑一鸣似乎也感觉到了，他含笑说，罗小姐，你不要紧张哦，你一紧张，我也跟着要紧张了。好，我们开门见山，你提一下要求吧。

罗大妹心虚地说，郑总你说吧，辅导费这方面我不太懂的。

价钱总是你说的，你说了，我觉得可以就成，不成就再谈。郑总爽朗地说。

罗大妹嗫嚅着说，郑总，不瞒你说，这方面我真的一点儿都不知道行情。开大了，对不起你，开小了，又怕对不起自己，所以我不敢随随便便说。罗大妹老老实实地说。

郑总像看外星人一样地看着罗大妹，后来他大笑起来，他轻轻地拍着手赞道，好，罗小姐，其实你很会说嘛，我喜欢你这种风格，我看就这样吧，我每个月付你1万元，如有特殊情况，我们再商量。

罗大妹一度怀疑自己的耳朵听错了，当郑一鸣将一份合同放到她面前时，她才相信这一切都是真的，而不是在梦里。她狠狠地掐了一下自己的大腿，提醒自己认认真真地看合同的条款。

罗大妹机械地说，郑总，那多不好意思，你给得太多了，真的太多了，还可以少一点儿的。

郑总说，不多不多，像你这么有水平的人，这点钱实在是微不足道的，刚才我不是说了吗，碰到特殊情况，我们再商量。

罗大妹浑身颤抖着在合同上签上了自己的大名。

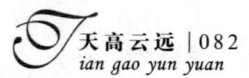

郑总和蔼地说，罗小姐，我估计下个月，我就可以向你正式学艺了。

罗大妹傻傻地笑着，没问题，没问题，郑总，你想什么时候开始就什么时候开始。

哦，罗小姐，那我们今天就这样吧，我还有点事，不送你了。

罗大妹忙不迭地说，郑总，那你忙，你忙，我先走了。

郑一鸣唤了一个人过来，说，小米，你送送罗教练。

罗教练，他叫我罗教练。罗大妹生平第一次让人称作教练，感觉很新鲜的，她嗫嚅着说，郑总，你不用这么客气的，你就叫我罗大妹或者小罗好了。

郑总心情愉悦地说，那怎么行，我应该叫你罗老师的，叫你罗大妹那可有点不大恭敬。

罗大妹紧张地舔舔舌头说，那就叫罗教练吧，叫罗老师，我更难为情了。

郑总的手机响了，他朝罗大妹挥挥手。

罗大妹识趣地也挥了挥手，然后走了出去。

那个被称作小米的瘦高个驾驶员把罗大妹送回了勇敢者俱乐部。一路上，罗大妹很想向他打听一些郑总的情况，但看戴着墨镜，耳朵里塞着耳机，嘴巴里老是嚼着口香糖，一副拒人千里之外的小米，她打了退堂鼓，只能像只小老鼠似的龟缩在硕大车座的一角，怯怯地看着外面一晃而过的车景。

罗大妹一回来，就忍不住把她心中的这份欢乐告诉了田花，田花高兴地抱住了罗大妹，趁她不备，一下就把她摔在床上。大妹姐啊大妹姐，你的运气真好呵，那可真的是天上掉馅饼了。以前我还不相信有这句话，现在，我真的信了！我想我们在宁丁州留下来算是对头了。田花激动得声音都变了。

罗大妹自己也觉得有些不可思议，自从到了宁丁州以后，好事接踵而来，凭什么好运就落到了自己的头上，先前好像也没有什么预兆呀，唯一的解释就是上苍对自己真的太厚爱了，因为前些年在广西受了那么多的苦，老天爷都看在眼里，现在想着法子来补偿她了。天道酬勤啊！先前教练说过的话又在她的耳边响起。

她们实在太激动了，于是开始用摔跤取乐，这是她们独特的庆祝方式，她们互相摔着，你一下，我一下，你摔倒我，我又摔倒你，摔到后来，她们都没了力气，便颓然倒下。人倒下了，欢乐还在继续，于是她们头碰头，脚碰脚地并排躺在垫子上，喁喁私语，就像一对得胜的蟋蟀，说着她们永远也说不完的悄悄话。她们说得那么投入，就连额头上不断冒出来的汗水也顾不上擦一擦，腹部那里呢，因为剧烈运动刚过，还在一起一伏……

第十章

郑一鸣学摔跤进步很快,这一点,罗大妹看得出来,他好像真的非常喜欢这项运动,每次看他全神贯注投入的样子,罗大妹都有一种由衷的感动,为什么感动?具体的,罗大妹也说不上来,她只是依据一种感觉,反正觉得这项运动是她喜爱着的,只要有人和她同样热爱着,她都会感动。

想想也是,全中国有13多亿人呢,喜欢这项运动的人有多少,恐怕连一个零头都不到。有时候,罗大妹就觉得自己特别自豪,这份自豪感来自于郑一鸣,她手把手地教着他,他的一招一式全是她罗大妹教的,罗大妹的心里充满了成就感,好像郑一鸣真的是她收的一个徒儿一样,每次他一亮相,罗大妹都会默默地想,你千万不能有破绽露出来。千万!

很多时候,罗大妹挺佩服郑一鸣的,她对那些跌打滚爬后冲出来的人,有一种与生俱来的好感,因为通过比照他人,罗大妹就会联想到自己,是的,她罗大妹不正是靠自己一步步的努力才冲到今天吗?想当年练摔跤的人有多少啊,单她们县里就有上百个,可后来走出县里的有几个?走得最远的还不是她罗大妹?她要怕苦怕累了,还会有今天的罗大妹吗?今天的罗大妹虽然不怎么样,但比起老家的许多人来,那已经是天上地下了,她坚信自己以后还会有更大的希望的。可以这么说,在宁丁州打拼的过程中,她对自己越来越有信心。

我一定要做得比别人好，吃得苦中苦，方为人上人。平时，罗大妹就不断地把这些爹娘不止一次说过，教练也不止一次说过的话翻出来，一遍遍地用来鼓励自己。

曾经在某些时候，罗大妹有过想和郑总说说她自己故事的冲动，但郑一鸣好像并不愿意听，一直顾左右而言其他，郑一鸣的态度让罗大妹索然寡味，委屈的眼泪在眼眶里直打转，你就不能听我说一说吗？我就说一说，憋在心里好难受啊。好在她很快就会用自己的方式消除这些不快，她总是这样安慰自己，不要见怪，人家不愿意听，是人家的自由，你凭什么叫人家一个大老板听你倾诉？你是什么身份，人家又是什么身份？你现在这种境遇够可以了，你不要得寸进尺！

其实，她之所以愿意在郑一鸣面前说说自己的事，也是抱着想让他了解自己，博得他尊重的愿望，有些惺惺相惜的味道在里面。

当然，罗大妹想请他指点一下迷津的想法也有，他能把企业做得那么大，肯定有着非凡的经历，她愿意从他那里学一点儿。既然郑一鸣不想听她的故事，那么听他的故事总可以吧。每次等练完摔跤，闲空下来，罗大妹总会见缝插针，试着问他，郑总，你说说你的事嘛，我想听。

可郑一鸣很快就把她的这个提问弹回去了，不说了吧，我们就不说这个了吧，都是陈年往事了，不值一提，我这个人一点儿都没有什么值得大书特书的地方。有多少媒体想采访我，都让我一口回绝了……俗话说，好汉不提当年勇，当然，当年我也算不上什么汉子，老实说，想做一条汉子的念头倒一直有，包括到现在为止，因为还想着做这个好汉，旧事就免了吧，省得失去这份动力。往事总是不尽如人意的……郑一鸣要么不开口，一开口就把罗大妹说得一愣一愣的。

看罗大妹大睁着双眼，一副小学生似的茫然样，郑一鸣马上便没有了说话的欲望，但他还是把话说得富有幽默感。

没想到，郑一鸣愈是这样说，却愈发勾起了罗大妹了解他的兴趣，而且这种兴趣越来越浓。是的，她真的很想知道郑一鸣到底是怎样的一个人，因为郑一鸣和她接触过的男人都不一样，她一点儿都看不透他，于是她想方设法捕捉着有关他的信息。偶尔地，会从他嘴里听到一些他漏出来的东西，一星半点的，有些鸡零狗碎的味道，根本凑不成一个完整的东西，但罗大妹已经很满足了。

郑一鸣好像永远忙碌着，但却永远是精力充沛的，只要罗大妹到了他的健身馆，他总是雷打不动地准时守候在那里。罗大妹耐心细致地教着，她把自己的教练传授给她的那一套原封不动地教给他。他对每一个招式都尽心地学着，每当罗大妹把他摔趴下时，他爬起来第一句话总是问罗大妹，罗教练，我什么时候可以把你摔倒了？罗大妹安慰他说，快了快了。

慢慢地，罗大妹发现自己对付郑一鸣不像刚开始时那么轻松了。刚开始时，郑一鸣凭借的是他的一身蛮力，他喜欢猛打猛冲，一点儿也不怜惜力气，其敢作敢为的勇气和精神可嘉，但因为没有技巧，那身蛮力便形同虚设。经过罗大妹的悉心点拨，特别是罗大妹教给了他一些即使是摔跤选手也不一定懂得的诀窍以后，他的蛮力便成了优势，罗大妹不敢掉以轻心了，她不得不像和别的选手正式比赛一样，用上了她的真本实领。当然，她在传授时，还是有意识地保留了一些，这是人之常情，她不可能傻到把什么都和盘托出。虽然没有徒弟杀师傅的担忧，但意识里总归有所保留。

郑一鸣的情绪日渐高涨，到了后来，他都有了一种亢奋感，这可以从他的表情和举止中看出来。罗大妹暗暗有点害怕，她的直觉告诉她，接下来好像会有什么事情要发生，因为郑一鸣太好强了，他已经不单单是健身和爱好那么简单了，他总是想着把罗大妹摔倒。天知道他心里是怎么想的。

罗大妹尽量不去想这个，想到这个罗大妹便会变得心神不宁。

春天过了是夏天，夏天往往是勇敢者俱乐部生意最清淡的时候，这时候罗大妹有更多的时间去辅导郑一鸣，不再像原来那样仅仅局限于白天。有时候，晚上她也过去，俱乐部里她和田花是轮流着上班，碰到田花当值，她就有空了，只要郑一鸣也有空，她一准会赶过去。郑一鸣给他的酬劳也水涨船高。照例，罗大妹是欢愉的，但欢愉过后，她有种隐隐约约的担心，担心什么，她自己也说不上来。

郑一鸣像一块海绵那样吸收着，罗大妹已经教完了她的所有招式，这些招式基本上都是带过罗大妹的几个教练教给她的，她把它们全贩卖给了郑一鸣，郑一鸣好像还不满足，他总是催罗大妹教他新招式。罗大妹说，郑总，你厉害，你把我十年里学的东西全都学了，我呢，也把肚里的那点货全都教光了，我已经没有招式可教了！

真的没有了？！郑一鸣炯炯有神的眼睛紧紧地盯着罗大妹不放，那眼光里明显地有着一些不信任，既然你说你把所有的招式全都教给了我，那我为什么还是无法把你摔倒？

罗大妹心里一动，她想这郑一鸣真是明察秋毫，说话总是说到点子上去！

她见绕不过去了，便笑笑说，郑总啊，你摔倒我，那我的生意不是都要让你抢光了！到时候我不是要喝西北风了吗？罗大妹开着玩笑。

郑一鸣大大咧咧地说，你怕什么，有我呢！

罗大妹说，我又不像你，能够把摔跤当业余爱好，而我是当饭碗，饭碗叫你砸了，我就惨了。

郑一鸣盯着罗大妹看了一会儿，那你的意思是说，你还留了一手？

罗大妹见郑一鸣有些情绪不佳，便连忙解释说，郑总，你多心了，其实，该学的你都学了，要摔倒我，那就得看你的领悟力了，不是说，师傅领进门，修行在个人吗？

郑一鸣微笑着拍了拍手，说得好，你继续说。

罗大妹窘得满脸通红，她不安地用脚尖在地上画圈，郑总，我是瞎说的，你别当真。

郑一鸣若有所思地看着她，就像在琢磨什么似的。那样子，叫罗大妹惴惴不安。

有个星期天，正好轮到罗大妹去郑一鸣那里，辅导他摔跤。那天，正好碰到罗大妹和田花她们搬家，她们新租了一个房子，那里距离她们上班的地方更近了一点儿，原本计划是早可以搬好的，她也打算好了，等一搬完，就赶到郑一鸣那里。但在搬家的过程中，出了一点儿小差错，罗大妹把一个包忘记在了原来出租屋的卫生间里，得重新回去拿，这一折腾，就把时间给耽误了，等到她心急火燎地赶到郑一鸣的私人健身馆时，比平时晚了大约有半小时左右。

郑一鸣照例准时地等在那里，看到罗大妹，他一句话也不说，但脸却有些阴。罗大妹连忙说，对不起，对不起，郑总，我来晚了。她把她为什么迟到的情况向他做了解释，哎，都怪我的坏记性，明明那包放在卫生间里，我还以为早拿到车上去了……郑一鸣并没有说什么，只是朝罗大妹挥了挥手，意思是别的无关紧要，别说了，可以开始他们的摔跤训练了。

罗大妹赶紧闭上了嘴，开始和郑一鸣对练。

练到一半，郑一鸣说，罗教练，我今天很想和你来一场比赛，货真价实的比赛，怎么样？

罗大妹一听，顿时愣住了，说实话，她没有这个思想准备，而且刚才搬家，花去了她不少的力气，要扎扎实实来场比赛，有一定难度，于是她便婉言谢绝道，郑总，我们之间还讲什么输赢？没什么意思的。

不，怎么会没有意思呢？摔跤就一定要有输赢，没有输赢，那才真的叫没意思，输赢就是任何一个竞技项目的最终目的，罗教练，你说对不对？郑一鸣皮笑肉不笑地说。

罗大妹语塞了，她涨红着脸说，郑总，要论说话，我总是说不过你的。可我今天有点累，都是搬家惹的祸。要不，改天吧。

你的意思是无法进行摔跤了？郑一鸣如电的眼睛又盯在了罗大妹的脸上。

罗大妹一阵心慌，她犹豫着说，我也不知道我的体力能不能跟上？

那你答应还是不答应？郑一鸣紧追不放。

被郑一鸣逼到这个份上，罗大妹也不好再推托，不管怎么样，千万不能扫了郑一鸣的兴致，她清楚他的脾气，他是个喜欢说一不二的人，决定下来的事，一般不会轻易放弃，于是勉强答应下来，她装作坦然地说，郑总，你一定要比，那就比一下吧。

罗大妹知道郑一鸣不好对付了，所以一上来罗大妹就很认真，一点儿都不敢疏忽，郑一鸣呢？更是认真，他铁青着脸，像是要把别人生吞活剥的样子，罗大妹不由自主地感到害怕，一瞬间，她后悔了，怎么就轻易答应和他比赛了呢？这样做，不是把自己逼到乌江口了？！但箭已在弦上，不发不行了。郑一鸣那咄咄逼人的气势，让她顿生警惕。都过了有三招了，但他们还是谁也无法把对方摔倒，他们开始处在了僵持中。

罗大妹说，郑总，今天我看我们就算了吧，就算打个平手，改天我们再比！

不行！郑一鸣声音很响地说。

于是继续过招，罗大妹想尽快结束这场比赛，便率先发力，不想用力过大，一个趔趄，她的脑里闪过一丝恐怖，完了，完了。

郑一鸣终于看到了罗大妹的破绽，他及时抓住了这个机会，一伸手，拦腰抱住了罗大妹，头抵在她的脖子处，一发力，大喊一声，给我下去，然后将罗大妹重重地摔倒在地上，他自己因为失去重心，而重重地跌坐在罗大妹的腰上。罗大妹感到一阵钻心的疼，但她顾不得去查看，而是装作发出了惊喜的尖叫，郑总，你赢了！

郑一鸣像没有听见，一会儿，他突然站起来，振臂高呼：哈哈，我终于赢了，我终于可以把她打败了。老子打败的是全国72公斤级摔跤排在第九位的著名选手啊！我早就说过，没有我郑一鸣战胜不了的东西……全国第九名有什么了不起，老子练了短短几个月，就可以轻松把她放倒……

罗大妹的腰隐隐作痛，但她的心里更痛。郑一鸣歇斯底里的号叫让她很不舒服，但罗大妹不得不承认，今天她真的是输了，完全没有相让的成分。让罗大妹感到后怕的是：郑一鸣太善于吸收了，她和他说过的，他几乎全装在了脑子里。不但装在脑子里，而且，在关键的时候，他全都用了出来。她明白，一个选手能在关键时候发现对方的破绽，进而用自己的力量将对方攻下，那表明他对这门竞技已经有了很深的了解。因为在摔跤比赛中，很多对方的破绽并不是真正的破绽，而是诱敌深入的陷阱，这分寸和度的把握，就是一个选手水平高低的具体体现。这时候，有一些苦涩的东西，慢慢地从她的心里弥漫开来，她想自己是不是真的不行了？真的像体训大队那些头头脑脑所说的那样，我罗大妹已经没有向上的空间了，我基本上到此为止了？想想郑一鸣——一个对这项运动一窍不通的人，只用了半年不到，就可以把我随便放倒，而我整整学了十多年！

在郑一鸣的狂呼声中，她觉得很沮丧，沮丧过后，她又心生不满，你郑一鸣，你叫什么叫？像条疯狗，疯狗才这样不顾一切地叫！你为什么要这样，存心想杀杀我的威风，你完全没有必要这样做的！再怎么说，我是你的师傅！你不是口口声叫我教练嘛，有你这么对付老师的？！罗大妹犹如叫人剥光了衣服似的无地自容，罗大妹也不知道自己是什么时候站起来的，总之，她站起来了，她悄悄地走到处于狂喜中的郑一鸣的背后，轻而有力地拍拍他的肩说，郑一鸣，你不要这样，一次赢不算什么，你没有必要这样骄傲的，骄兵必败！

郑一鸣诧异地看着罗大妹，他好像也感觉到了罗大妹第一次直呼其名，他的脸因为激动而扭曲得厉害，我刚才就是打赢了你嘛，你不服气？不服气，我们再摔一下，三局两胜！

罗大妹默默地答应了，她发现自己血管里的血流动得特别快，有些迫不及待的意味。那种感觉久违了，是决战前的号角！他们于是接着摔。这一次罗大妹无论如何也不敢掉以轻心了，她憋足了气，铆足了劲，只是二十来分钟时间，她就把郑一鸣连着摔趴下了两次！她清楚自己用的是揣的动作，揣虽然是常用动作，但练得好坏与否，那真是天壤之别，罗大妹在这方面下的功夫特别深，也颇有心得，她常常把它们当作自己的独门绝技来使用，如左手抓住对方偏门或直门叫揣花；揣可变化成抱胳膊别子，手别，手脚别，躺刀等动作，这些动作看似花哨，其实暗藏杀机，揣的常用步法有盖步、上步、撤步、背步、三点步……平时她不大会用这些，现在被郑一鸣逼到了这地步，她也就不管不顾了……她有些骄傲，郑一鸣学的都是一些皮毛，他哪里知道精华的深邃？当她的右手抓住郑一鸣的袖子，郑一鸣习惯地以为她的左手会去抓他的跤衣，哪知她根本没将左手往那里去，而是直接进入他的肩和腰，接着，她的左手按住了他的右侧，并迅速地往上撩，郑一鸣看得眼花缭乱，他还没准备好怎么应招，她低头，并将脸转过来，右手狠狠地卡紧了……郑一鸣一个惯性跌倒在她的跟前……

因为消耗太多，郑一鸣跌倒在地上起不来了，他像条垂死挣扎的大鱼，不甘心地盯着罗大妹，那眼光是歹毒的。罗大妹暗暗有点慌，她想，罗大妹啊罗大妹，你这是在干什么呀，昏了头了，你瞧你，牛脾气又来了，你和郑一鸣较什么劲，这里又不是运动场！一直到这个时候，罗大妹才醒悟过来。而在此之前的一段时间里，她一直被一个念头驱使着，你不能不把我放在眼里，你没有资格侮辱我！因为你不配，你只是一个业余选手！

罗大妹有些过意不去地弯下腰，想拉郑一鸣起来，她甚至还用玩笑的口吻说，郑总，我说过，你不可能一直赢的……

罗大妹的话还没说完，郑一鸣却突然发狠地把她推倒在地，他动作很快地站起来，随后骑在了罗大妹的身上，他用力地撕扯着罗大妹的衣服，一把接一把，就像在扒拉青草似的，罗大妹的衣服很快就被他撕开了。

你干什么，你干什么啊！郑总，你放手，我是罗大妹啊！罗大妹魂飞魄散，她压根儿没有想到会发生这样的情形。

罗大妹拼命地反抗着、喊叫着，但郑一鸣充耳不闻，他一如既往地撕扯着，那动作幅度更大了。

在力大如牛的郑一鸣面前，罗大妹很快放弃了抵抗，也停止了哭喊，在这空无一人的健身馆里，谁会听到她的哭声呢？不一会儿，罗大妹便被他剥得一丝不挂。罗大妹的眼泪出来了。罗大妹像一个死人那样躺在那儿，一动也不动，事实上，她连一点儿力气也没有了。

郑一鸣半跪在罗大妹的身边，他的手和嘴在罗大妹的身上不停地动着，就像猪在拱啃食物，一点也不在乎罗大妹身上的汗水啊泥垢啊……

第十一章

过了一段时间，罗大妹发现田花白天也老老实实地待在家里了，乖巧得像个听话的"宅女"，而那个汪大雄呢，似乎也好久不来和她约会了，她依稀地觉出一些不对劲来，便随口问道，怎么？不出去找汪大雄玩啊？居然有心思陪你大妹姐？我看今日这太阳好像是从西边出来了？

田花"腾"地一下便跳了起来，犹如遭了蜂蜇一样，她双手插在腰间，嘴巴像煮开的开水壶那样往上张开着，唾沫四处溅开来，哎，你挖苦我干什么？老实告诉你，从现在开始起，再也不许你提什么汪大雄，我早就和这个王八蛋分手了。这鸟人，想得倒美，说不结婚，就同居，还不准我生小孩。把我当婊子啊，他倒好，不给我钱，还伸手问我要钱，我好像撞见鬼了……

他们两人怎么会分手了呢？瞧他们先前如漆似胶的样子。罗大妹蒙了，她一下觉出了事情的严重性，于是一把扶住了田花的肩，不敢相信地问，田花，你不要骗我啊，这到底是怎么一回事啊，你给我说说看，我都急死了！

田花双手抱在胸前，沉着脸说，没什么，真的没什么。

罗大妹急了，说，怎么会没什么，没什么你这样跟我发脾气？说吧，或许我可以给你出出主意。

哎呀，我说过了，真的没什么，就是没什么！田花一跺脚，重新坐回到床上。

田花——你又不听话了,我们出来时,你怎么答应我的?你说不管大事小事,都要和我说,现在,你是不是反悔了?罗大妹不乐意地说。

田花叹了一口气,她把脸偏向一边,算了,大妹姐,没意思,我的事太复杂了,说给你听,你也不一定能弄得明白。

罗大妹一听哭笑不得,要是眼前站着的是别人,她早就不管了,她吃饱了撑的啊,没事找事,可对方是田花呀,田花是她最要好的小姐妹啊,她们是一起出来打工的,情同手足,更何况,她比田花大一岁,哪有做姐姐的不管妹妹的。田花显然说的是气话,她估摸事情恐怕没有田花说的那么简单轻松。

见田花吞吞吐吐的,罗大妹也知道她心里肯定难受得要命,所以也没有紧接着追问,她只是告诫她,碰到什么,一定得告诉她,她得对她负责。两个人扛事总归比一个人扛要好。

田花的心情不佳,她闷头闷脑地嗯了一声,便闭起眼睛,假装着睡着了。

罗大妹在心里巴望着田花和汪大雄之间,只是发生了一点儿小矛盾或者小摩擦,他们还会重归于好的。恋人之间,总归是这样的,相处时间一长,彼此怎么会没有磕磕碰碰呢?牙齿和嘴唇还经常打架呢。罗大妹心里还留存着一点儿希望,那希望就在于田花曾经为汪大雄怀过孕。想到田花初怀孩子时的欢乐,罗大妹的心里不由得酸酸的。

那好像是春天里的事了。有一天,临睡觉的时候,田花突然悄悄地钻进了她的被窝,她全身滚烫滚烫的,就像刚从浴池里出来似的,她抱住罗大妹半晌不说话,整个身子也在轻微地战栗。怎么啦?发生什么事了?罗大妹心里一个咯噔。田花还是没有说话。她的一根手指在罗大妹的背上轻轻地划着,罗大妹不知道她是什么意思,但她清楚她肯定有话要和她说。她催着她说,死鬼,你倒是说话呀,你再不说,我把你赶出去。

田花突然"扑哧"一声笑了,她拉过罗大妹的左手,将它轻轻地放在自己的小腹上,你摸摸,你摸摸,是不是可以摸到他在动?罗大妹起身顺手扯亮了床前的电灯。

田花幸福地微笑着，她掀起了自己的衣服，她的小腹微圆，光滑得像是一块绸布。你怎么就有了？什么时候有的？和谁？罗大妹的声音粗了，她一连串地问。

田花嘬嘬嘴，说，大妹姐，你轻一点儿好不好？小心吓坏了我肚里的小宝宝。同时，她也白了罗大妹一眼，大妹姐，你没谈过恋爱，真是什么都不懂，问这些无知无识的话，和谁，当然是和汪大雄，不和汪大雄，我还会和谁？我去过医院了，医生说有两个多月了……

汪大雄他是一个什么样的态度？罗大妹关注地问。

还没跟他说哩，我要等孩子再大一点儿，然后出其不意地给他一个惊喜，让他高兴死！田花神往地说。

田花，你现在就得跟他说，说了才知道他是什么想法，说不定他会立马娶你的。罗大妹提醒道。

田花也坐起了身，她想了一会儿，说，对呀，我应该让他马上把我娶回家去的。

哎，大妹姐，我出嫁，你要当我的伴娘啊，真的对不起，本来应该是我当你的伴娘的，可我占了先了，谁叫你磨磨蹭蹭呢？田花呵呵地笑了，你一落后，那就什么都落后了，你结婚要比我晚？你的小孩也肯定比我小，这叫什么？这叫晚稻超早稻。凭什么一直是你做老大，现在也该我做老大了，也该轮到我威风威风了……田花像一只花喜鹊，叽叽喳喳地叫个不停。

罗大妹讥讽她，你啊，见了风就是雨的，才两个多月，就要我摸你的儿子，哪里摸得出来？

田花撒娇地说，应该有的，我感觉得到的。哎，我们说定了，不管以后是男的女的，都得叫你干妈。以后，你的小孩，就叫我干妈。

那算什么？烦不烦啊！

不烦不烦，这样有意思。

……

但这样的欢乐并没有持续多久，因为此后田花就很少谈她肚子里的孩子了，几个月过去，也没见她的肚子大起来。那时候。罗大妹还有过打算的，等到田花的肚子瞒不住石老板的时候，她就去和他说，让田花留下来，她的活由她来干。她私下里问过田花，田花轻描淡写地说，不想要了，我把他做掉了，反正我还年轻。

田花怎么会是这个态度呢？她是那么喜欢她肚子里的孩子，想起她告诉她怀孕时的情景，罗大妹就陡生羡慕，想想以后自己一旦有了身孕，也一定要在第一时间把这份欢乐让田花和她分享。可现在田花却来了一个九十度直角转弯，她倒是有点丈二和尚摸不着头脑了，不知道田花葫芦里卖的是什么药。那到底是为了什么呢？汪大雄是怎么说的？一切事情总有原因的。她火烧火燎地问她。

田花的眼圈红了，她迟疑了半晌才说，汪大雄的意思是时机和条件都还没成熟，因为他现在一没房，二没钱的。结了婚，有了小孩，日子会变得很艰难的。在宁丁州这种地方，生活的成本实在太高了，现在他们自己也活得磕磕碰碰的，要是再添一张嘴，那可不是闹着玩的。

小孩都有了，做掉多可惜，那是你的头胎啊！罗大妹哑巴着嘴说。

汪大雄他真的没钱，他现在就住在他姐姐家里，老家的房子小，他爹娘住着不说，还有一个还在上大学的弟弟。据说开销也很大。田花有气无力地说。

他哪里冒出个弟弟来了？罗大妹记得上次田花和她说过，他有三个姐姐，他是最小的。

田花抠着自己的指甲，半晌才吐一句，我也不久之前才知道的，说是他后妈带过来的，他一直不愿意承认，所以就不把他弟弟……

那你们俩打算怎么办？罗大妹想不通汪大雄和汪大雄的家里怎么会对田花怀孕视若无睹，要知道，她怀的可是汪家的亲骨肉啊。

田花摇摇头，不知道，汪大雄也不知道，他还说这样其实也挺好的，两人在一起快快乐乐的，他不想那么早就踏入三人世界，有了小孩，那有多烦哪！

罗大妹叮咛道，田花啊，这事你得盯着点汪大雄，结婚这事情总得有个时间概念，一年是一年，两年是两年，哪会没有时间限制呢，他存心想开无轨电车啊，这不好。还有，这该挣的钱总得挣，不能老是想着玩乐，玩乐总归是容易的事，但玩着玩着，心就野了，心一野，就愈发不想成家立业了……

田花满腹惆怅地看着罗大妹，几次欲言又止。有些话，她真的不想说，说了以后她怕自己会控制不住自己的情绪，当场失态的。

当她把自己已经怀孕的消息告诉汪大雄时，她的内心真的充满了期盼，她甚至在说之前想象着汪大雄会宠爱地把她抱起来，然后送上几个甜蜜的吻，然后抱着她在空中转圈……影视剧里，都是这样表现的，看看那些男女主角们，有多么欢乐啊！但现实和想象的差距实在太远了，汪大雄听了以后，不但没有表现出惊喜，反而是一脸的惊恐，他火烧眉毛似的说，哎，你怎么这么不小心，说有就有了，快去做掉，快去做掉，生孩子有什么意思？一点儿都不好玩，碍手碍脚的。

犹如晴天霹雳，田花被打晕过去，她有点口吃地问，大雄，你……你什么意思？

汪大雄不断地挖着自己的鼻孔，说，我想趁着年轻，再好好地玩几把，弄个孩子来拴住我们自己的脚，那太没劲了，再说，我带孩子肯定不行的，我一点儿都不喜欢小孩。吃啊拉啊屎啊尿啊……呵呵，没劲没劲！我想想都头痛！

生下来，我来带。田花坚决地说。

汪大雄按住了田花的手，好像他不按住，田花就会跑去生了一样。千万不能生，你硬要生，我警告你，我们俩的关系就到此结束。

田花委屈得哭了起来，她没有理由不委屈，因为这在已往是从来没有过的，汪大雄一直像一只小花狗，一直赔着小心，一直围着她的脚后跟转，他什么时候说过这么狠心的话？

汪大雄不挖鼻孔了，转而搔头皮了，搔了好一阵子，让头皮屑在空中漫无边际地飞翔，才吞吞吐吐地说，花啊，其实，我跟你说心里话，孩子我也是想生的，可我家里人没有一个同意我结婚的，说我一没房，二没钱，结什么婚。他们连结婚也不同意，更不要说同意生个小孩下来，小孩要真来了，你说搁哪里？

那你什么时候有房子，有钱？田花睁着蒙眬的泪眼问。

汪大雄蹲在地上，一声不吭。后来，他揪着自己的头发说，花啊，都怪我，我没有本事，我也怨死自己了，怎么就没钱呢？怎么就没房呢？别人都有的，凭什么我就没有？

田花起先一直是怨恨着汪大雄的，觉得这个看上去也算一表人才的男人，其实像一条大青虫，是一点都禁不起碰的，一碰，他就稀里哗啦了，但慢慢地，她的心里又生出一丝同情，觉得眼前这个男人真的很可怜，他没经济地位，没社会地位，有的只是一副臭皮囊，外加一张会哄死人的嘴……她忍不住深深地叹了口气，她替汪大雄拿掉了挂在头发上的一小片树叶。

汪大雄趁机抱住田花，一阵狂吻，花啊，你不要离开我，你离开我，我就真的一无所有了，我真的就是一个彻头彻尾的穷光蛋了……

田花麻木地任由他吻着，她想不明白，当初怎么会如痴如醉地爱上他，真的是被他的英俊外表和一张甜嘴给迷上了？当然，有些事情她是能想得明白的，比如，他的宁丁州户口，他本地人的背景，他个人条件一般，更容易让她有平等感……但有些她是完全想不明白的，比如，只要一看到汪大雄的那张脸，她的整个身子就会发胀，发热，心里会莫名其妙地产生想要他爱抚她的念头……还有，在宁丁州这个人生地不熟的地方，又有谁愿意听她的唠叨，愿意被她呼来唤去？只有汪大雄，心甘情愿地陪着她，走过了一个又一个寂寞难熬的日子，这样的日子，她欢喜，他也欢喜，两个欢喜的人在一起，当然满是欢喜了。所以，还有什么理由不在一起呢？

这些非常私密的东西，只有她自己知道，却从没有说与他人听，哪怕罗大妹也不行。

第十二章

　　像田花自己估计的那样,那件事最后还是不了了之,在万般无奈之下,她只得在某一天,让汪大雄陪着去了医院,把待在她肚子里两个多月的肉块给拿走了……随后,她和汪大雄的关系恢复正常,两人又如漆似胶了,接下去他们还经常约会,当然,在她身体复原后,两人经常做爱,像一对恋人那样无拘无束。不要说外人看不出来,就是罗大妹,也一直以为他们的关系正朝着婚姻的方向发展着。

　　但田花清楚,自从那事后,她和汪大雄之间有了裂痕,就像一只碗在地上掉过一样,虽然看上去并不能看出什么来,但细微的缝在那里留着,这是一个不可更改的事实。实际上,他们之间的摩擦也越来越频繁,虽然每次都能化干戈为玉帛,但和平共处的时间却日渐减少。她烦躁不安,她一点儿都搞不懂她和汪大雄的关系怎么处到这种境地,内心惶恐着,可她又不想把这分不安袒露在罗大妹面前,在她面前,她真的努力想装扮成一个幸福的人,一个沉浸在爱情甜蜜里的人。

　　田花的心不在焉,让罗大妹无比担心,她隐约觉得,似乎有什么重大的事情即将发生。事实证明,罗大妹的担心不是没有道理的,此后没多久,那个汪大雄就找到俱乐部来了。说是要跟田花有个了结,他主要的目的是想让田花把先前欠他的债都还了。那时田花正在摔跤场上和客人热火朝天地摔跤,并不知道汪大雄来了。

先是李勇强接待他的，汪大雄说找田花，大块头说，好的，你耐心等一会儿，田花还在上班，现在正在忙着。

汪大雄无聊地在接待室里喝了一会儿茶，和大块头攀谈了几句，当他听说李勇强只是俱乐部的总经理助理时，他马上换了一副嘴脸，变得不屑和他说话，他趾高气扬地说，哎呀，我和你浪费那么多口舌干什么？原来你不是老总啊，你不是老总逞什么能？你好像没资格和我说话，快叫你们老板出来。

大块头强压制住内心的不快，努力扮出一副笑脸说，不好意思，我们总经理不在这里，要么你现在和我谈，要么，你改天再来。

汪大雄吹了一声口哨说，说你笨你还不相信，你不会打电话？快叫你们老板过来，我有要紧事要和他说，他如果不肯来，到时候出了事情，你可别赖账，别说我事先没有和你们说过。

大块头恼火归恼火，但他也吃不准来的是哪路神仙，他客客气气地说，你到底是找田花还是找老板？汪大雄打了个呵欠说，田花要找，老板也要找，你废话少说，先把老板叫过来再说。

你能报你的大名吗？大块头问。

汪大雄说，你和他说，一位朋友汪大雄找他，要谈十万火急的事。

大块头和石林通了电话。

石林如坠十里雾中，汪大雄？汪大雄是谁？我没有这么一个朋友啊。

大块头说，你还是过来一次吧，他非见你不可。我让他跟你通电话，他却死活不肯，说电话里说不清楚，我看你还是来一次吧，他好像有什么重要的事要和你亲自说。

石林尽管一百个不愿意，但大块头在电话里这么说，他就没有办法不来了。

当石林心急火燎地赶过来，和那个叫汪大雄的一见面，并且弄明白来的人原来是田花的男友时，他长长地松了一口气，俱乐部没少碰到来自三教九流的人，石林采用的办法是兵来将挡，水来土掩。这方面，他积累了不少的经验。既然眼前这个人是为自己手下的一个员工而来，那事情总归也大不到哪里去，他甚至在心里责怪大块头有些小题大做，这么点皮毛的小事，也用得着我亲自出马？你这个总经理助理是怎么当的？你就不会自己处理？非得把这个皮球踢给我？可他不会发作，他说话向来是和风细雨的，他态度和蔼地问汪大雄，朋友，到底什么事搞得你火冒三丈啊？

汪大雄瞧着石林不停地把玩着手里的两个钢球，不知怎么，心里虚了一半多，可看石林说话软软的，说的每一句话都像要掉到地上去的样子，他的腰板就挺直了不少，他实事求是地说，石老板，我是找田花要钱的。

找田花要钱你要我出场干什么？石林觉得莫名其妙。

汪大雄咧嘴笑了，你老板在场，有些话好说。

田花欠了你多少钱？石林问。

汪大雄又是咧嘴一笑，不多，6万多元钱。

石林皱了一下眉头，左眼皮也下意识地一跳，想这个田花在搞什么名堂啊，一个打工的，怎么会欠别人那么多钱？可他还是搞不明白，田花欠他钱，他找她要就可以了，何必要追到俱乐部里？而且还要他出场，这唱的是哪出戏？他不解地问对方，兄弟，你吵到这里干什么？好像和我没有什么大的关系啊！

汪大雄嘿嘿笑了一下，他用力地抹抹嘴，说，其实也没什么，就是想让你在场作个证，这样，我们三头六面就说得清楚了。

哦——原来你是有目的来的，想让我作证人？好！石林若有所思地点点头说，那你等一下，等田花工作结束了再说。

等田花换上干净衣服出现在汪大雄面前时，石林发现她的眼睛亮了一下，整个人像是要腾起来然后扑过去的样子，大块头抢在她前面说，田花啊，怎么回事，这个先生说你欠他的钱，要你还钱！

本来田花的脚步是轻快的，身子是轻盈的，她一直以为汪大雄特意赶到这里来是来向她赔礼道歉的，她等着他的道歉已经不是一天两天了，她终于等到了这一天，她不禁心花怒放，想自己到底还是有魅力的，这不，这汪大雄不是乖乖地来了。但当她听了大块头的话后，顿时愣住了，她停住了脚步，愕然地看着所有在场的人，好像不大相信这会是一个事实。

石林指了指汪大雄说，朋友，你和田花说说情况。

汪大雄清了清嗓子，然后把来意说了一遍，他说，田花，我最近手头紧，也没办法，只好向你来要欠账了！

田花的脑袋"嗡"的一下，她的脸扭曲了，你放屁，什么时候我欠你过钱？你不要想钱想糊涂了。

大块头拉了田花一把，把她按倒在椅子上，田花坐不住，她气愤地站起来，用手掌拼命地拍着墙壁，整个接待室里全都是啪啪啪的声音。

那些衣服不是钱？你自己穿的，送给你家里的，还有外出吃的饭，游玩的地方，看的电影……都不是钱？汪大雄从口袋里掏出了一张纸，一笔一笔地替田花算着——某月某日，在哪里吃的饭，某年某月在哪里替她买了一条裙子，花去了多少钱，哪月哪日，一起去苏州乐园玩，花去门票钱多少，各个项目的钱又是多少……到江西三清山，坐缆车的钱……

田花丰满的胸脯急剧地起伏着，她盯着汪大雄的嘴巴，一声不吭，突然她就伸出一只胳膊，笔直地伸到汪大雄的面前，你还我孩子！

什么孩子？汪大雄莫名其妙，在一旁站着的石林和大块头糊涂了，连闻讯赶来的罗大妹也糊涂了。

田花一字一顿地说，那个做掉的孩子啊，你以为打掉了就万事大吉了？还有，我把自己的身子给过你多少次？要不要我把那些短裤都拿出来？那上面有你的东西，你想赖也赖不掉……别以为你会保留证据，我也会！你不义，我就不仁……你光荣啊，丑事都放到这里来说了，你不要脸，我还要脸……我看你就别丢人现眼了，门前做人，门后做鬼！

汪大雄的脸色骤变，一阵红一阵白的，渐渐地，他听不下去了，重重地给了田花一巴掌。

你敢打我，我也要打你，田花不依不饶地扑上去，往汪大雄的脸上也狠狠地抽了一巴掌，声音之大，就像放了一个鞭炮。

汪大雄迅速伸手，想摁住田花。

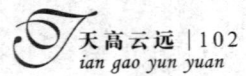

田花却一个鲤鱼翻身,扭身就逃,她蹿出了接待室,然后往楼梯上跑,汪大雄在后面拼命地追着。田花走投无路后,跃上了俱乐部顶层的平台,她对着越逼越近的汪大雄大喊,滚开,你再走近一步,我就跳下去,大家都看到的,是你逼我跳下去的,我跳下去,你又要去蹲监狱了……

汪大雄跳着脚说,臭婊子,想不还我钱了?你想都别想,有种你就跳下去,是你自己要跳下去的,和我有什么关系?你不跳,你就是一个臭三八!

田花脸涨得像鸡冠花一样红,她喷着唾沫说,我就是死了也要变成厉鬼来缠住你,叫你做噩梦,生大病,然后死掉,不但你,还有你爹娘,你姐姐,你弟弟,所有你的亲戚,我都要缠……

汪大雄没词了,他只能反复地说,有种下来,下来,老子打死你!

石林劝着汪大雄,兄弟,和女人有什么好计较的,看她也不容易,放她一马吧。你真的逼她跳楼,你恐怕也脱不了干系的,现在你还谈什么钱不钱的,以后再说。兄弟,听我一句劝,退一步海阔天空啊,不要搞得鸡飞蛋打的。

汪大雄一看田花来真的,他也慌了神,他可能也从来没经历过这种场面,也不知道该如何应付这种场面,生怕事情闹大了,他会收不了场,一时,他僵在那里,整个人像块石头似的动弹不得。石林给了他一个台阶下后,他立马顺着他的话头说,姓田的,看在你们石老板的面上,我先宽限你几天,到时候你不把钱付清,我叫你好看!汪大雄狠狠地拍了一下自己的大腿,脸色铁青地走出了勇敢者俱乐部。

一场虚惊,在场的人都替田花捏了一把汗,人在这种时候,最容易做出过激的事来。要是那个汪大雄不依不饶,田花会怎么样呢?

等田花下来后,石林仔细问过田花,哎,你和那个汪大雄到底怎么回事啊?谈恋爱怎么会向他借钱?而且借这么多。

田花诅天咒地地说,天打雷劈,我要是向他借过一个子儿,我田花就是乌龟王八蛋,我从来不做这种偷鸡摸狗的事情。如果说钱,也就是他刚才说的我欠他的那些钱,那些都是平时我们两个人吃喝玩乐什么的,凭什么都要算在我一个人头上。他难道没有消费啊？他还是不是男人？他和我干什么？他是在和我谈恋爱啊……这个鸟人，枉披了一身人皮！

石林阻止田花说一些具体的细节，他发现田花一激动，说话就有些语无伦次，什么样的话都敢说出来。他慢条斯理地说，你要是确实没有向他借过钱，你就不要理睬他，他要缠你，你就报警。

田花的脸色坦然了不少，她笑眯眯地说，我就知道石老板会为我撑腰的。

石林耸了耸鼻子说，这个男人人高马大的，看上去也一表人才的，怎么就绣花枕头一包草呢？要人品没人品，要姿态没姿态，整个一个垃圾。

田花的脸皮一阵热。她想以前看汪大雄，怎么会怎么看怎么好呢？是不是女人一谈恋爱，智商就低得像个婴儿一样了。而现在让石林这么一说，还真是那么回事。她很为自己的眼光平庸沮丧。

罗大妹实际上比田花更紧张。当田花高喊着说要从平台上跳下去时，罗大妹的腿立马就软了，好像站在那儿的不是田花，而是她自己，她想这个田花，也真是的，哪里不好逃，偏要逃到高高的五层平台上去，逃到那里也就算了，偏还要说跳楼不跳楼的，汪大雄真要激你，你跳还是不跳？还有，她也看不惯她的胆怯，你跑什么跑？若论打架，他汪大雄还不是你的对手呢！你把他狠狠地摔趴下几回，看他还神气活现的？所以田花一从平台上下来，她就想迎上前去，狠狠地说她一通，不想石林先把田花叫走了，等到田花从石林那里回来，她就不客气地批评她说，田花啊，你搞什么搞？为什么要逃？多丢脸！

田花这时好像恢复了一点儿元气，她有些难为情地说，大妹姐，其实我也不想逃的，但那时候不知道怎么回事，反正打了他一巴掌后，看他恼火的样子，我就想逃，我没有其他的念头。她使劲地拍着脑袋，很为自己的行为懊恼。

早就跟你说过，碰到什么事，和我说说，我们两个人的力量总归比你一个人的要强，你就是不听话。罗大妹的脸上像刷了一层糨糊，她埋怨意味很重地说。

田花勾着头，闷闷不乐地说，我也想不到汪大雄会冲到俱乐部来闹，他平时不敢这样的，她似乎也在纳闷，汪大雄怎么一下子由一只小田鼠变成了大老虎？

你啊你，老是说平时怎么样，平时怎么样，平时都是没用的，这和比赛一样，你平时训练得再好，赛场上如果一输，那就前功尽弃！别人看的是结果，而不是过程。罗大妹不停顿地数落着田花。

田花把头深深地埋在自己的双膝间，皱着眉，苦着一张脸，老老实实地听着。

记住了吗？以后碰到事，不要闷在肚子里烂掉，也不要放在嘴巴里吃掉，要说出来，哪怕我解决不了，我们也可以一起商量……要是什么事都一个人闷在肚里，那会烂出大问题的，说不定会把整个肚子都烂掉的，因为你盛不下了嘛！罗大妹指手画脚地说，这时候她感到特别惬意，有多久没有这样训田花了？在以往的很多年月里，她习惯于这样训斥田花，而田花百分之一百耷拉着脑袋，乖乖地听她说。

直到她训累了，才没好气地问，懂了吗？

田花点点头，懂啦。

罗大妹当然也提到了钱的事，汪大雄那里，你是怎么打算的？这个烂货，太过分了！

田花因为事先和石林沟通过，心里有了底，因此显得无所谓地说，汪大雄口说无凭，想诈我的钱，没门。他也太小气了，两个人一起吃喝玩乐花的钱，怎么变成我的债务了？存心想敲我竹杠？他还算男人吗？账记得那么清楚，幸亏他不伪造借条，如果他拿出借条来，我不是哑巴吃黄连，有苦说不出了？

罗大妹及时地劝告他，如果有借款，就还，没有借款，单单是吃喝开销，就没必要还了，恋爱期间的许多事，不是一句话两句话能够说得清楚的。

知道啦知道啦，我就知道你喜欢管住我，把我管得像团面团，任你搓，任你捏，你就开心了，你想叫我圆我就圆，你想叫我扁我就扁！田花看罗大妹像教练训话那样，心里头也不是很畅快，便赌气地说道。

罗大妹又好气又好笑，她拧着田花的耳垂说，像你这种人，不管你行吗？你不要把好心当作驴肝肺！当年怎么对我言听计从的，现在是不是翅膀硬了，不服管了？你不让管，我还不想管呢，那我以后不管你了！

田花愣了一下，她马上扑上来，抱住了罗大妹的一只胳膊，我也就是说说嘛，你老人家大人不记小人过，就当我放屁好不好？

罗大妹又好气又好笑。

田花冲着她做了一个鬼脸说，哎，大妹姐，你看我像不像电影《画皮》里的那个女鬼？

好了好了，也老大不小了，怎么像个孩子似的？罗大妹故意板着脸说。

要是我是那个女鬼就好了，等汪大雄来了，我悄悄地附在他的身上，把他的灵魂吸走，叫他变成一具僵尸！

罗大妹忍俊不禁地笑了，这个田花，这个时候，还有心说笑！

汪大雄后来又到勇敢者俱乐部来过几次，追着田花，跟她要钱。

田花生气地说，汪大雄，你到底是人还是鬼？是人，你就坐下来，一五一十地给我说清楚，我什么时候欠过你钱。你拿得出借条来，我就还给你；拿不出证据来，哪怕你说得天花乱坠，也是没用的。如果你是鬼，你就给我滚开！我才懒得和鬼打交道！

汪大雄恼羞成怒地说，你这臭婊子，少跟我耍嘴皮子，你不还钱，小心你的脑袋！

田花火气也上来了，汪大雄，你这样算小账，我难道不会算？！你喜欢喝冰可乐，是不是？每次一起出去，哪一次我不是三罐五罐地给你买？到酒店吃饭，你钱老是带得不够，还总是问我要。你明明带了钱包，总骗我忘记带钱包了，你说，是不是这样的？！田花一说，就收不住了，她将手指一直戳到了汪大雄的额头上。

汪大雄被揭了短处，顿时气不打一处来了，他抬起袖子，就要打田花。

田花也不肯示弱，拉开架势说，想打架？好，打就打，我还怕你不成？闹笑话了！

大块头把他们拉开了，他瞪着一双铜铃大的眼睛，朝汪大雄吼，你小子什么意思啊，呱唧呱唧专门跑这儿来捣蛋来了？你还让我们做不做生意，要是生意被你搅黄了，我跟你没完！

汪大雄看大块头凶神恶煞的样子，知道自己若是动武，肯定是占不了上风的，于是他骂骂咧咧地走开了。

还有一次，田花还在台上摔跤，汪大雄又来了，那时正好碰到石林从外边回来，一看汪大雄又在寻衅闹事，便警告他说，上次不是跟你说过吗？叫你不要到这儿来，你偏来，你什么意思？你倒是给我说清楚，你来这里干什么？

汪大雄爱理不理地说，我想到哪儿就哪儿，碍着谁啦？

石林那天心情不好，一听，就来气了，你小子胆子不小啊，到我头上来拉屎拉尿来了？小李，你跟他讲讲道理，叫他脑子清醒清醒。大块头本来就手痒得厉害，碍于石林，才没发作，现在得了石林的命令，他速度很快地冲过去，拦腰将汪大雄放倒，然后挟着他，把他丢在了门外。汪大雄又吵又闹，他撒野似的搬来了一块大石头，狠狠地砸在了俱乐部的匾额上，砸出了一个很大的窟窿。

石林的眉毛扬了起来，他将手里的钢球砸到了地上，嘴里发出又尖又紧促的声音，这小子欠揍啊，给他点厉害尝尝，看来你这小子是不见棺材不掉泪，他居然到太岁头上来动土来了……

大块头挥了一下手，一下就来了三个俱乐部的工作人员，都是一米七五以上的高个小伙子，他们把汪大雄摁倒在地，用毛巾裹了茶杯，扎扎实实地揍了他一通，最后是汪大雄一把眼泪一把鼻涕地讨饶才放过他。石林叫大块头给他算了一笔账，砸坏匾额赔1万，影响他们做生意赔3万……

汪大雄一听脚就软了，他后来跪倒在石林脚下说，石老板，我汪大雄有眼不识泰山，对不起了，真的对不起了，你老人家看在我不懂事的份上，就放我一马，我以后再也不来捣乱了……

石林将那钢球转得嘎嘎作响，他的眼斜了，怎么，你想赖账？汪大雄说，石老板，我错了，但你开的价也太高了，什么區要1万元？我明明没有搅你们的生意嘛，偏要我赔3万，这不是敲竹杠是什么？

石林说，这点小钱你也拿不出，那还混什么混。兄弟，我看这样吧，这儿的钱呢，算了，田花欠你的钱呢，也算了，就算一笔勾销，怎么样？

汪大雄踌躇了一会儿，才不情愿地说，好，我听你石老板的。

石林怕他反悔，叫大块头拿来了笔，让他写一张保证书，保证以后不再来这里找田花的茬儿。汪大雄不情愿地说，我不会写。石林乐了，你不会写不要紧，你只要会说就行了。他戈人替汪大雄写，写完，念给他听，问他有没有意见？没有意见就叫他签上自己的大名。

汪大雄气呼呼地说，我名字也不会写。

石林拍拍汪大雄结实的脸说，你呀，少跟我装蒜了，你会不会撒尿？你千万不要告诉我，你连这个也不会！

汪大雄僵持了一会儿，才歪歪斜斜地写下了自己的名字，还按了一个手印。

你可以走了。石林头也不抬地挥挥手，示意汪大雄走。

汪大雄想从正门出去，石林阻止了他，他朝他努努嘴，示意他从后边开水间的小门出去了。

汪大雄羞愧难当，他的脸涨得通红，低着头，慢慢地走了……

田花从台上下来，听说了此事后，热泪盈眶，她特意跑到石林办公室，语无伦次地说，谢谢石老板，你叫我用什么来报答你啊？石林淡淡地笑笑，你在这儿好好干就是了，对了，以后交朋友，长长眼睛，跟这种烂仔有什么好交往的？幸亏现在断掉了，要还来往，以后你会吃不了兜着走的。

田花把头点得像鸡啄米似的。

但随后的第二天，田花就遭到了汪大雄凶狠的报复，他采用突然袭击的方式，把田花扎扎实实地打了一顿，她被打得皮开肉绽，连额头上也被打开了一个小口子……她用手帕紧紧地绑着，血把整个一条手帕都染红了……当她一瘸一拐地回到她们租住的房子时，罗大妹吓得魂飞魄散。她急喊，田花，你傻啊，怎么不报警，快报警啊，你不报，我来替你报！

田花阻止住了罗大妹，她虚弱不堪地说，大妹姐，不要报警，我躺会儿就没事了，真的。

你为什么不让我报警？得让警察好好地治治这个汪大雄，把这个王八蛋关进去，叫他再去坐牢。这个坏胚，其实是嘴硬骨头酥的马鲛鱼，不让他吃苦，他不长记性！罗大妹握紧拳头说。

田花哀求地说，大妹姐，算了，我和他扯平了，从今以后，谁也不欠谁了。

怎么扯得平，你吃了多大的亏？！

田花呜呜地哭起来，像一只受伤的小獾子，大妹姐，你不知道，你不知道的。

我怎么会不知道？你就是不说，我也知道你在想什么！你不就是想和他好吗？罗大妹怒其不争地说。

田花还在流着泪，大妹姐，我真的想和汪大雄好，想在宁丁州留下来，可他不要我了。都是千刀剐万刀宰的汪大琳，在汪大雄面前说我坏话，说我手脚不干净。什么手脚不干净啊，放她的臭屁，不就是那次，我帮汪大雄看摊子，有个客人来买衣服，没有零钱找，我就用自己皮夹里的钱换了，后来因为事多，没有把那客人给的100元钞票放回去，汪大琳从此抓住此事不放，动不动就拿这个来损我……不就是100元钱嘛……我当时真的是忘记了……谁稀罕这100元钱啊……田花泣不成声……大妹姐，我的命怎么这么苦啊？

罗大妹摸着她的头，觉出她的身子在簌簌发抖，额头上裹着的手帕上，血像无数条蜈蚣在逃命似的爬着。她一句话也说不出来，她也不知道该怎样劝说田花。接着，她自己的身子也发起抖来，怎么也控制不住。

第十三章

　　罗大妹把郑一鸣像沙包一样摔到在地,郑一鸣又像沙包一样压在罗大妹的身上,然后他粗暴地撕开她的摔跤衣和内衣,上上下下一阵乱摸,一直摸到罗大妹嗷嗷嗷地叫唤不停,然后强行进入到她的身体里……这样的游戏接二连三地出现在他们之间,罗大妹发现自己对此都有点上瘾了。

　　郑一鸣也对这样的游戏充满了兴趣,他和罗大妹见面,总是先要摔上一阵,彼此都累得气喘吁吁,随后,他会像一根蟋蟀草那样惹得罗大妹性起,不由自主地听从他的摆布。

　　郑一鸣在完事后会情不自禁地喊:爽啊!罗老师,你怎么样?

　　罗大妹害羞地垂着脸,她使劲地点着头。

　　那你跟着我喊。郑一鸣鼓励他。我喊什么,你就喊什么!真刺激!

　　罗大妹沙哑着喉咙也跟着喊:刺激!刺激!太刺激了!

　　健身馆里全都是他们疯狂的叫声,那些声音撞来撞去,好像在吵架似的……

　　他们喊累了,便像两条搁浅的大鱼一样躺在塑料垫子上一动不动,就像死过去似的。过了一会儿,他们渐渐地缓过劲来了,又开始像两只野兽一样打斗起来,然后继续恬不知耻地赤裸……

　　郑一鸣的健身馆成了罗大妹和郑一鸣的性爱乐园,罗大妹在那里沉醉,完全忘记了自己是谁。只有到了勇敢者俱乐部，罗大妹才知道自己叫罗大妹，是一个退役摔跤运动员，现在则是俱乐部的工作人员，专门表演摔跤，间或，她还和客人过过招，陪客人练练，供他们发泄情绪，在这个过程中，被一个又一个的男人摔倒，在他们刺耳而得意的笑声中，度过一天又一天。这就叫生活，这生活像乱七八糟的破棉絮，尽管不值一提，但它还有一点儿温暖，使罗大妹有了栖身之处，有了足以糊口的资本……

田花嗅出了罗大妹身上的一点儿不同，她们是相处多年的好朋友，罗大妹的一点一滴都休想逃过她的眼睛，她问她这段时间怎么啦？

罗大妹欲言又止，她想这样的事怎么能和田花说呢。罗大妹的理想和现实大相径庭，她怕说出来会因此而让田花看不起，于是她十分潦草地说，也没什么啊，我想我可能是有点累了，这段时间太忙，有点力不从心了。

田花哼哼地冷笑一声，大妹姐，你不要瞒我了，你以为我什么都不懂啊，其实这方面我比你懂多了，因为我经历过，所以一清二楚，你别忘了，你这个月老朋友没来，你说，这是怎么回事？

罗大妹让田花一提醒，顿时吓出了一身冷汗，仔细想想，再掐掐手指，她的脸白了，她奇怪地想，这怎么可能呢？不会的，绝对不会的。因此她嘴巴很硬地说，田花，你嚼什么舌头啊。我这段时间真的太累了，大姨妈推迟来了，我以前也经常会这样的……

田花看罗大妹说得信誓旦旦的样子，便满腹狐疑地说，我看你这病恹恹的样子，想你应该是有身孕了，本来我还想问问我姐夫是哪一个呢！让我也认识认识。

去你的，我哪像你，巴不得早早把自己嫁出去，老是呱呱地叫着，你们谁来娶我？你们谁来娶我！你说你像不像一只抱窝的母鸡？罗大妹尽量使自己的口气变得平稳一些，她甚至还和田花开起了玩笑。

田花嘟起了嘴，她一定想到了自己失败的初恋，她的脸上马上乌云四起，她泄气似的说，我好心没好报，算了，我就知道你会挖空心思挖苦我。

罗大妹拥住她说，你瞧你瞧，现在怎么这么不禁说了，一说，就嘴巴上翘得可以挂油瓶了？

　　罗大妹嘴上硬朗，心里却暗暗发虚，和田花交谈完后，她便偷偷地跑到药店，买来了一张孕试纸，一试，结果真的呈阳性。罗大妹的眼前顿时一片漆黑，她难过地想，我怎么会这么倒霉呢？可她还是不相信这会是真的，她不死心，又一次跑医院去看医生。经过一番检查，医生的脸上涌出了一大堆的笑，她笑盈盈地说，恭喜你啊，你有孩子了。

　　罗大妹的脸蜡黄蜡黄的，她懊恼地想，自己只顾和郑一鸣像口香糖一样地黏在一起，玩自己想想也觉得荒唐的性爱游戏，却彻底忘了自己是一个育龄女，她没有这方面的一丁点儿经验，怎么办？她的脑子里乱糟糟的，她的第一个念头就是想给郑一鸣打个电话，可猛地想起他说过的"别随便给我打电话"的叮咛，她犹豫了。要不要打？要是惹他不高兴了，是不是会自讨没趣？可这事全是由他引起的，应该让他知道。

　　罗大妹试着给他打电话，她还是第一次主动打他的电话，平时，总是他打电话给她，但对方一直忙音。怎么回事？他难道时时刻刻都在打电话？她不死心，继续拨打，她打了有多少次啊，到后来，她都失去了耐心，郑一鸣，你难道每时每刻都在打电话！罗大妹心里难受得要命，这是她第一次有孩子，这要是在她的家乡广西，那可是件了不得的大事，孩子他爸会像陀螺一样在她身边旋来旋去的，亲戚朋友也会奔走相告，犹如逢年过节一般热闹，可现在，她什么都没有，只有一个人独自担惊受怕着，她发现自己的脚软得厉害，怎么也迈不开步子，她虚弱地给田花打电话，让她快点来医院接她。

　　田花不解地问，什么事啊？你怎么会在医院？

　　我快要死了。罗大妹一下子就哭出了声。

　　田花问，出什么事了？

　　我……我……罗大妹"我"了半天还是没能说出下文。

　　大妹姐，你别说了，你在哪个医院，我现在就赶过来。田花急忙阻止她。

　　罗大妹虚脱一般地说，在市一医院门诊大厅里……

　　在等待田花的时候，罗大妹又好几次给郑一鸣打电话，但他的手机一直是忙音。你快去死吧，你这个××养的！她恶狠狠地嚷，气得差点把手机都给砸了。

田花心急火燎地赶了过来，当她弄明白罗大妹是因为怀孕才这样狼狈时，她指着她的鼻子破口大骂，哈哈，罗大妹，你现在厉害了，抖起来了，威风凛凛了，居然不把我田花当回事了，这么大的事，你居然还瞒着我，那天，我就怀疑你这个人有点不大对劲，你还嘴硬，拼命为自己辩解，说没事的，只是有点累，有点困，哼哼，这叫没事吗？你瞧瞧你自己，都成什么样子了？我看完全像一个鬼了！田花就这脾气，三句话不对她路子，她会把你骂得抬不起头来。

罗大妹低着头一声不吭，她知道这件事她真的做错了，而且是大错特错。

你说，是哪个流氓给你下的种？我田花找他算账去，我打不过他，咬也要咬他几口解解气，大不了来个鱼死网破，这年头，谁怕谁呀？！

罗大妹抿着嘴，小声地劝田花，你别这么说人家，他人倒是一个好人，他就是你也认识的郑一鸣。

郑一鸣郑总？那个上市公司的老总？田花的眼睛瞪圆了，她凝视了罗大妹大概有十来秒钟的时间，然后她变掌为刀，狠狠地往下一劈，郑一鸣他把你罗大妹当什么？你是运动员，又不是小姐！田花的喉咙粗粗的，一喊，老远的地方也能听见，不少行人神情紧张地朝她们张望着，不知道她们发生了什么，以为她们吵架了，生怕她们会突然地大打出手！

罗大妹轻轻地触碰一下田花的一只手，害羞地说，你轻点好不好？你还不了解情况，就这样猛烈开炮了？你这种火爆脾气，叫我怎么和你说事？

哼！像郑一鸣这种人，对他有什么好客气的？！他让你怀孕，本身就不安好心。他又不是没有老婆的人，凭什么要欺侮你？田花气恼地嚷。

罗大妹不想和田花吵架，特别是在医院门诊大厅这样非常公众的地方，她轻轻地说，田花，你赶紧扶我回去吧，等回去以后，我把什么都告诉你，我很想和你说啊。她的眼里飞起了泪花。

田花张了张嘴，想说点什么的，但看罗大妹可怜兮兮的样子，最终并没有说，硬是将堵到喉咙口的话又重新咽了回去。

在那辆有些破旧、开起来总是哐啷哐啷响个不停的出租车上，罗大妹柔软无骨般地靠在田花身上，上嘴唇死死地咬住下嘴唇，她的下身刀割过一般的痛，她紧皱着眉，气若游丝。此刻，她双手抱住自己的肚子，好像抱着一个孩子一样。田花看在眼里，又好气又好笑，这个罗大妹，说起别人来，道理多得像天上的星星，可一轮到自己，就连屁也不肯放一个了。

回到她们住的地方，田花的喉咙又响了，喂，罗大妹，到这里你总可以说了吧，那个郑总，我第一眼看到他，就觉得他不是个好东西，他凭什么一次性就给你8800元小费，他是存心在下套。下套，你懂不懂？你看你，一不小心，不是被套进去了？不瞒你说，我早就在估摸这件事了，这小子是黄鼠狼给鸡拜年，没安什么好心，天上是有掉馅饼的时候，可惜那馅饼不会落在你的头上，因为你还没那个命，你和我一样，生来就是苦命……

罗大妹的眼圈红了，她把和郑一鸣交往的过程，断断续续地和田花说了一遍，说一段，抽泣一阵，再说一段，又抽泣一阵。从石林介绍她去郑一鸣的私人健身馆开始讲起，一直讲到她去医院确认自己已经怀孕了。当然，在讲述的过程中，她省略了好多的内容，其中最重要的一块便是她和郑一鸣的特殊性爱游戏的内容。当然，在说的时候，她还是想到了这些内容，那些逼真的画面也经常性地在她眼前闪烁、跳跃，搞得她面红耳赤、胆战心惊的，好像田花知晓了她的秘密似的。

田花双手叉在腰里，目光如炬地盯着罗大妹，你说，你打算怎么办？

罗大妹无言地摇摇头，我能说出什么来？关键是要听郑一鸣的。

你啊，刀子嘴巴豆腐心，看你熊的，你的事，干吗要听郑一鸣的？她的浓黑的眉毛往上不断地耸动着。

罗大妹看田花又要发作，便连忙刹车说，田花，你别说了，你让我先睡一觉好不好，我快要支持不住了，等我有了精神我再和你说。她要田花帮她在石林那儿请个假。

田花在屋里转了几个圈子后，气呼呼地出去了。

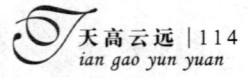

田花一离开，罗大妹马上又给郑一鸣打电话，这回通了。

接到罗大妹的电话，郑一鸣显然很惊讶，他非常奇怪地问她到底有什么事？怎么会想到给他打电话？而且是在这个时间段上！不是早就说定了吗？有事找她的话，他会主动打她电话的——这是他和她曾经约法三章过的！

对于罗大妹的突然违约，郑一鸣有说不出的恼火。

罗大妹紧咬着牙齿说，郑总，你快点到健身馆去，我也赶过去，我有重要事情要和你商量。郑一鸣乐了，声音马上变得轻浮起来，他压低嗓音说，呵，呵呵，罗老师，你厉害，又憋不住了，前天不是刚给过你！你也太贪了！

罗大妹强压住悲伤地说，郑总，你别打岔，我是和你说正经的。

郑一鸣更得意了，哪一次你没正经过？你总是一本正经的，你越正经，我越喜欢。他还想说什么，却发现对方早搁了电话。这个女人，有意思，真的不同于一般的女人，这世上还有这么单纯的女人，真是难能可贵了。郑一鸣想了想，这么想着时，他的全身一阵燥热，他不可避免地又想到了那个令他欲罢不能的刺激场面，他决定回自己的健身房，继续操练。

罗大妹全身发飘地去了那里。

郑一鸣想看到的场面没有出现，他固执地以为罗大妹一看到他，又会像雨天的棉花糖一样黏上来，贴着他不放，然后和他认认真真地摔一跤，然后和他重新温习一遍不知玩过多少回的游戏。但这回罗大妹一见到他，却态度十分严肃地和她说，郑一鸣，我怀上你的孩子了。罗大妹一说完，就静静地看着他，仿佛等着他说点什么。

郑一鸣不敢相信自己耳朵似的把罗大妹从头到脚看了一遍，接着又看了一遍，然后显得特别愕然地说，你——你也会有孩子？！真是不可思议，我……我一直以为你和我们男人一样的……

罗大妹做梦也没有料到，她千辛万苦等来的居然是这么一句话，她气得差点伸出手在他脸上来一爪子，还会不会说人话！她板着脸不说话，气却喘粗了。

你说怎么办？郑一鸣吸了口冷气问。

我要把他生下来。罗大妹赌气地说。

放屁！生下来算什么？你又不是我的什么人。郑一鸣断然地一挥手，根本不假思索地说。

我不管，这是我的第一个孩子，我要生，我要对得起他。罗大妹坚决地说。

哎，当初是你逼我和你做那事的。郑一鸣提醒她说。

你——罗大妹的眼泪"啪嗒""啪嗒"地直往外冒。

郑一鸣围着罗大妹转了好几圈，然后他说，罗老师，把孩子做掉吧，我给你一笔钱，这样，对我们双方都有利。8万，怎么样？

罗大妹的全身都在抖，像在发烧一样，她一句话也说不出来。

罗大妹，你看这样吧，我再加你2万，总共10万。郑一鸣像是和别人谈生意似的说着。说完，他点起一支烟，静静地看着罗大妹。过了一会儿，他又说，我还有点事，先走了，希望你不要意气用事，否则后果自负，你再想想吧。

罗大妹扑在那塑胶的地上号啕大哭，一边哭，一边拍打着地面，好像要把地面拍碎似的。

健身馆那位看门的跛脚老泉敲了敲门，用破铜锣一般的声音喊，罗老师，到时间了，你现在可以走了！我也要下班了。随后，他从窗口看着罗大妹，一言不发，只是像看猴戏一样地看着她……

罗大妹不理他，这是一个长着一双斜眼的小个子男人，整天沉默寡言，似乎老是在想着什么心事，罗大妹有些惧怕他阴不阴阳不阳的神态。郑一鸣在的时候，他对罗大妹客气得不得了，罗老师长罗老师短的，等到郑一鸣一离开，他就会马上换上另一副嘴脸，对罗大妹爱理不理的。那双斜眼里，全都是轻蔑，哪怕走路时七高八低的，他也照样在她面前昂首挺胸，主人公的意识非常强烈。

罗大妹独自用手扶着自己的肚子，慢慢地撑起了身，悄悄地从他身边走开了，就像一片缓缓移动的云，她懒得和他说话，他看不起她，她还看不起他呢！有啥了不起的，不就是一条看门的狗……

第十四章

罗大妹知道自己快要发疯了，她是那么想把孩子生下来，那天在街上看到的那个漂亮妈妈推着童车走在大街上的美好画面，不知多少次地出现在她的眼前，那是她梦寐以求的。求求你，郑总，让我生吧，生下来，我保证我不会来缠着你的，我可以写保证书！她哀哀地哭着，声泪俱下地求着郑一鸣。

但郑一鸣坚决拒绝。他说，罗老师，其他事情都可以商量，唯独这个事情没有任何商量的余地，我绝不会容忍你这样做的，你敢这样做，那你就绝对没有好下场！我不是吓唬你，是好是歹，你自己掂量掂量！

那段时间里，罗大妹常常是想想，哭哭；哭哭，想想。当她的眼里再也流不出一滴泪的时候，她暗暗下定了决心，这个孩子无论如何她都要定了，哪怕上刀山下火海她也要生！自己没有好下场就没有好下场，反正她豁出去了，她吃了秤砣铁了心了。她做出这个决定，很重要的一点在于，她不想自己落得和田花一样的结果。那次田花怀孕，最终还不是以她的退让而告终，她不想在田花面前失了她的自尊。

郑一鸣这一回吃惊不小。老实说，这样的事在他那里，原本是算不得什么事的，经历得多了，他有的是应付的办法，无非是一哄二吓三塞钱，一般的人都是过不了这三关的，这三关还没过，那就表明事情还处在萌芽状态，他喜欢将问题消灭在萌芽状态。

可罗大妹不吃他那一套,她过了郑一鸣常用的三道关,他便有点恼羞成怒了,这个罗大妹想干什么?她吃了豹子胆了?昏头了?想和我郑一鸣抗衡了?他起先是想用第四关的,那就是给她点厉害瞧瞧,或者干脆废了她,这样做也不是什么难事,但这样的方式方法他从来没有在一个女人身上用过。他思量来思量去,却不敢轻易下手,原因有这样几个,一是不想让此事闹得满城风雨,传出去,脸面上不大好看,和一个粗笨得犹如男人一样的摔跤选手搞在一起,会让人笑掉大牙的,人们会说他郑一鸣落魄凤凰不如鸡,居然档次不高到这种程度了,他真的掉不起这个价;二是他还迷醉在摔跤游戏里,以后若是罗大妹消失了,那他还能到哪里去寻找这么刺激的游戏?后来他决定还是用钱来解决这件事。他打电话给石林,想请他出面,做做罗大妹的思想工作。

这个广西女孩,犟得像一头牛,不就是有了身孕嘛!大惊小怪,好像天塌下来了一样!他讪笑着说。

石林搓钢球的声音和他软绵绵的声音一同传过来,郑总也为难了?很难得嘛,你呀,就是喜欢四处播种,还老是让我去给你擦屁股!我去试试,成不成,还很难说。他奚落成分很重地说。

郑一鸣说,石老板,这事你一定得帮我搞定!搞不定的话,我会很难堪的。该花的钱要花,你放心,搞定了的话,我不会亏待你的。

嗨,郑总,你是大哥,你的事就是我的事,你不必那么客气的,你等我消息吧。石林喜笑颜开。

石林在他的办公室和罗大妹好好地谈了一次。他推心置腹地说,罗大妹,我们开门见山吧,就是说你肚子里小孩的事,我知道你心里憋着一股气,有气就发出来嘛。

罗大妹沉默不语。

石林和颜悦色地说,你和我说说为什么要把孩子生下来。

罗大妹还是不吭声,她想,郑一鸣算什么名堂,自己像只缩头乌龟,躲着不肯出来,还要搬个石林来,他想干什么?请石林当说客,做我的思想工作,没门！我才不上他的当呢！

石林自顾自地说，罗大妹，你不想说，我来替你说，你是不是想做郑一鸣的老婆，想取代郑一鸣的太太？

罗大妹惊跳起来，瞎说，我从来没有这样想过。

石林接着说，那你想做郑一鸣的二奶，让他金屋藏娇把你藏起来？

罗大妹摇摇头，不可能，我从来不做这种白日梦！

那你是想做他的地下情人，一直悄悄地陪着他？石林转动着那两个钢球问。

罗大妹默然不语，自从和郑一鸣有了肉体关系以后，她也曾许多次地扪心问过自己，你和郑一鸣到底算什么关系？以后两个人会走到哪一步？她一点儿都不知道，她也不愿意去想那些事，因为只要一想，她就心虚气短了，内心里恐慌得一塌糊涂。喜欢这个男人吗？她承认是喜欢的，她喜欢他的聪明、他的举止得体、他的温文尔雅、他的豪爽气派……甚至他的霸道、他的粗暴、他的蛮不讲理……她也喜欢。可这些喜欢都是没用的，她不但做不了他的妻子、他的二奶、他的情人，恐怕连女朋友也做不成，他在想什么，他要干什么，她也不清楚，可以说是一无所知，这，才是她真正感到痛彻心扉的地方……

石林哧哧地笑起来。石林不能笑，一笑，罗大妹就浑身起鸡皮疙瘩，因为那笑不像是从他嘴里发出的，而是从另外一个又尖又细的女人嘴里发出的，先是刻意抑制住，然后才徐徐挤出来。在自己的笑声间隙，石林说，罗大妹啊罗大妹，我该怎么说你呢，我发现你是生活在梦想里，郑一鸣既然什么名分都不肯给你，你又何必帮他生孩子呢！再说，你想通过生孩子来取得你应有的名分，那更是蠢之又蠢的举动，完全不切合实际，郑一鸣不会答应你的。你如果指望以后通过孩子来要挟他，我劝你还是早点省省这份心思。郑一鸣可不是什么善良之辈，相信你也有所耳闻，他哪里会让你牵着鼻子走呢？你想通过儿女情长来打动他，对别人或许还可以，但对郑一鸣，那可是连门都没有，简直就是痴心妄想。他什么样的事没经历过？当然，你也可以说，你什么都不想要，就要孩子，郑一鸣不会这样想，只要你把孩子生下来，他就有一种压力，这种压力会陪伴他一辈子，他是不会要这种压力的……

罗大妹的眉头越皱越紧，最后在眉心那里聚成了一个小团。她不得不承认石林说得有理。有时候她也犯过疑，生下来有什么意思呢？孩子一出生，就没有了爹，自己苦不算，还要连带着无辜的孩子跟着一起吃苦。可有时候她又想，万一郑一鸣心肠软了，能容忍她所做的一切，那她和孩子也就有了着落，就像空中悬着的水滴，终于卓到了地上，有了一种归属感，但这样的概率又有多少呢？

是的，她就经常处于这样的矛盾中，无法自拔，想到这一些，她泪眼婆娑。

石林语重心长地说，罗大妹，听我一句劝告，算了吧，你想想你自己，多不容易，与其苦苦地追求一个很遥远的梦，还不如脚踏实地一点，找个你喜欢他，他也喜欢你的居家男人，你以后的日子还很长，趁早将肚里的孩子赶紧去做掉，让郑一鸣赔你一笔钱，这件事就像生活中的一个小插曲，你呢，就当让黄蜂蜇了一口，留点教训长点见识……

罗大妹的心里被挖开了一条口子，血汩汩地流出来，她只觉喉咙口一阵腥味，她何尝不想这样？她甚至还痴痴地想过，假如郑一鸣真的对她好，真的愿意娶她，她会好好待他的，帮她生儿子不算，还要帮他打理事务，她可以帮他开一个俱乐部，就让她来当经理，她保证也会让生意做得红红火火的……明知道这是不可能的事，但她还是奢望着。万一呢，万一郑一鸣迷上我了呢？这也不是没有可能，郑一鸣和她做爱时的那种投入，让她感觉到他不会对她一点儿感情都没有，作为女人，她一清二楚。还是田花说得对，爱情这种东西，谁说得清呢，又有谁能抵挡呢？

石林看罗大妹坐在沙发椅上沉默不语，以为她还在犹豫，便趁热打铁地说，罗大妹，我话也说了一大箩筐了，打从你来到俱乐部以后，你可能从来没有见过我说过这么多话，但这些，我都是开诚布公地和你说的，你听得进去也好，听不进去也好，都是你的事，反正我把道理都说了，还有，你在这里的表现，我都看在眼里，好好干，你是有前途的，我不明说你也清楚，有了钱，你的翅膀就硬了！没钱，如果再没工作，重新让你回到从前，你想会是什么滋味……看罗大妹还是不开口，石林终于拿出了他惯用的手法，他为难地说，罗大妹，其他的我就不说了，我就再说一句话，你就当看在我石林的面上，把这事答应下来，让我在郑一鸣那里和一班朋友面前有点面子！郑一鸣把这个包袱甩给我，就是让我做恶人。我其实呢，也不想做这个恶人的，但考虑到你是我的员工，我必须这么做，这也是爱护你，我不想看到你身败名裂，更不想看到鸡蛋碰石头的悲惨结果……

看石林说到这个份上，罗大妹没有退路了，尤其是她听出了石林的潜台词，你若不答应，我只好炒你的鱿鱼了。炒鱿鱼的结果，罗大妹不可能不知道，她难以想象自己离开了健身馆以后，还会干点什么？想到搞推销的日子，她就不寒而栗。她很委屈，这个郑一鸣也太过分了，明明是他们两个人之间的事，怎么又把石林拉扯进来，通过石林来给她施加压力。她特别气恼的是，这种事情怎么还可以毫无遮拦地跟石林说，要知道石林是她的老板啊，几乎天天要打照面的。他真不是个东西，比狗屎还不如！

这么一想，对郑一鸣仅有的一点儿好感也消失殆尽，她软弱地点了点头，石……石老板，我听你的……说完，她双手掩面，放声大哭，双肩耸动得像海里的一艘小舢板……

石林强忍住笑，他停止转动手中的钢球了，好了，好了，一切都过去了，记住，世上任何悲欢离合，在时间面前，都不值得一提。我可以向你保证，你叫郑一鸣赔的钱，我会和他说的，你放心！

谁也不知道罗大妹这时在哭什么，只有她明白，其实她是在哭自己的幼稚，老是爱做美梦，还希望美梦成真。她记得自己曾经偷偷地跟踪过郑一鸣几回，也曾看到过他和他太太肩并肩走着散步的情景，他们有说有笑，视周围的一切如无物，仿佛沉浸在他们独有的天伦之乐里。他们的和睦像一幅色彩鲜明的油画，固定在她的脑海里，每次出现，她都有一种刺痛。她不无悲哀地想，这个世界好像是专为漂亮女人设计的，只有她们才可以大摇大摆地走在城市的每一个地方，而像她这样的丑女人只配在她们的影子里面偷偷地生活。

当她还不认识郑一鸣的太太时,那个女人至多是一个名字,存在于她的脑中,只有在说起的时候,才会跳出这个名字来,但一认识,那情况就不一样了,名字往后退了,她的形象却无孔不入。应建岚,应建岚,你快给我滚开,我不想看到你!罗大妹确实很自卑,连应建岚的影子在自己的面前一出现,她就不由自主地心慌意乱。

那个叫应建岚的女人娇艳,匀称,有点像电影明星周迅,但比周迅要难看一点儿,她爱穿豆绿色的衣衫,每次罗大妹看到她,她都是以绿色示人,而且以裙子为主,照例讲,像她这个年龄——她估摸着她该有四十多岁了,不应该再穿这么鲜嫩的颜色和式样了,可她照穿,而且穿得颇有味道。刚开始,她以为她是公务员或者教师什么的,她的言行举止也和这一类人差不多,等到有一天,她得知她就是郑一鸣所在那个将要成为上市公司的董事长时,她生生吃了一惊。郑一鸣已经够厉害了,还要冒出一个比他更厉害的应建岚,罗大妹觉得自己实在太微不足道了。

大块头告诉罗大妹,郑一鸣发家,靠的就是应建岚。当然,在应建岚接手这个公司时,这个公司已经如日中天了。是应建岚的父亲打下的基础,他打下江山却无缘坐江山,一次车祸,让他和心爱的公司阴阳两隔。作为独生女的应建岚辞了一所建筑学校的教职,接了父亲的班,老公郑一鸣也由体育中心的一位干部成了公司的总经理。

他们两个关系怎么样?罗大妹装作无意地问大块头。

大块头摇摇头说,不是很清楚,应该还可以吧,郑一鸣不敢对应建岚怎么样的,毕竟那家公司的大权都在应建岚那里掌控着。

哦——罗大妹若有所思地点点头,心里头却是一片苦涩。是的,她罗大妹是有过成为郑一鸣老婆的念头,尤其是和他有了多次的肉体关系以后,这种念头愈发强烈,但也仅仅是念头而已。

她委婉地和郑一鸣说过,郑总,你想想,我都快累垮了,要是做你的老婆肯定更累。

郑一鸣不当回事，把她说的当作玩笑，说，你现在不就是我的老婆之一吗，老让我抚啊摸啊……

罗大妹感到屈辱，她想这算什么呀？我这么做，不就是一个小姐吗？我陪他玩，陪他睡觉，陪他玩摔跤游戏，有时候还陪他一起喝酒。她打自己的耳光，恨自己怎么这么下贱，像一只哈巴狗那样屁颠屁颠地跟着郑一鸣，指望着他能和她好。明明看到他一副趾高气扬的样子，却装作没有看见。她让自己的虚荣心搞得不知所措。说心里话，她特别希望别人都知道她有一个威武高大并且非常有钱的男友，这个男友还对她体贴入微，虽然贵为公司的总经理，日理万机，但还是非常注重体育锻炼，常常和她过过摔跤的招式……

这样的美好念头时时搅得她坐卧不安，以前她是不敢想，现在有了这机会，她没有办法不想，因为理想近在咫尺，但就是那么近的距离，她却无法去逾越……她被这痛苦搞得异常难受，有时候，就会有一些恶毒的念头出来，比如应建岚暴亡啊，应建岚和情人离家出走啊，比如应建岚和他父亲一样，也遭遇车祸啊，死最好，不死起码也得是个植物人等等，虽然十分荒诞不经，可她乐意去想，在这虚幻中得到一些满足。

罗大妹流了无数的泪之后，终于决定去打胎了。别了，孩子，我没有能力把你生下来，我对不起你。她想石林说的是对的，好高骛远，最终的结果只能是竹篮打水一场空，结束这没有任何意义的等候吧，还是脚踏实地一点儿好，对了，自己就得找个我对他好，他也对我好的男人，我还年轻，我还得有自己的生活，我不能让郑一鸣来绊我的腿脚……

罗大妹去医院那天，风很大，大得有点离谱，好像要把罗大妹刮起来似的，她像纸片一样地在风里走……

从手术台上下来后，罗大妹发现自己像是被掏空了，每一脚都像是踩在棉花堆里。罗大妹没有让田花陪她，她一点都不想听到她对自己的责怪，当然，她也不指望郑一鸣来陪她。我在他眼里，不知道还抵不抵得上她老婆应建岚经常牵在手里的那只藏獒。她不无悲哀地想。

医生很惊讶，就你一个人来？

罗大妹强忍着悲痛说，难道还要几个人来？你不看我旳身体有多粗壮？这是小事啊。

那倒是，眼前这个女人和男人其实没多大区别，甚至比一般的男人还要强壮。医生忍俊不禁地笑了。

罗大妹从手术室里出去后，跟医生要了一点点从自己肚子里刮下来的胚胎。医生奇怪地看着她，她不理睬他们幸灾乐祸的目光。她歪歪斜斜地走进了一家名叫"世纪花苑"的花店，买了一盆五针松，然后带着它回了家。她把那胚胎埋进了五针松里，默默地说，孩子，真的对不起你，我没有办法当你的妈妈，因为你爸爸不要你啊，我一点儿法子都没有啊。你就当自己是棵树吧，妈妈会每天看看你的，这是妈妈的第一颗果实……

郑一鸣对石林的调解结果很满意，他表扬他说，石林兄，你可以去省妇女干部学校开一课，专门讲如何应对女人的怀孕问题，可以非常到位地劝女人去做人流手术……呵呵，还可以去做广告，就说，怀孕嘛，就是被蜜蜂蜇了一下后，肿起来的一个包……

石林尖尖的笑声飘浮过来，郑总，那广告费你出，嘿嘿，我看当务之急还是赶紧把钱给罗大妹吧，省得夜长梦多，我怕她反悔。

郑一鸣心知肚明，他鼻子里哼出一声，他想这个石林，眼睛就盯在那几张花花绿绿的纸上，明明是向他要酬金，还偏偏把这套在罗大妹头上，显得他是为他人着想，好人好事都让他一个人做了。他爽快地说，行行行，你开了口，我还能不同意吗？他给石林开了一张3万元的支票，给罗大妹开了一张10万元的支票，两张支票一开完，他就把笔一掷，双脚搁到了大班台上，对着那两张支票轻松地吹了口气，他×的，有钱真是好啊，有钱能使鬼推磨，什么事都能摆平。他记得有个生意场上的朋友引用一位作家说过的一句话：这年月，能用钞票摆平的事情基本上都是小事情，只有用钞票无法摆平的事，才是大事情。他想那话说得精辟啊，细想想，不正是如此吗？生啊死啊这些大事情，哪里是这些花花绿绿的纸能搞定的？

罗大妹拿到那张10万元的现金支票后，她又一次想哭。郑一鸣拍拍她的肩说，罗老师，好好调养调养身子，等你身体恢复了，我们再来练摔跤。他轻松地笑着，好像在说一件跟自己完全没有关系的事。要照往日，罗大妹也会肉麻兮兮地跟着他一起傻笑的，她没有办法抗拒他，他仿佛有一股魔力，让她不由自主地想走近他，亲近他，可现在罗大妹不，她抿紧了嘴，仇恨地盯着他，眼珠子一错不错，胸脯那里起伏个不停。

郑一鸣停止了说笑，他努力扮出一副平静的表情说，罗大妹啊，我的罗老师，要想把你摔倒，真难哪，不知要到猴年马月！

罗大妹恨恨地说，郑总，在你眼里，我是不是像你家那条藏獒一样凶狠？

郑一鸣愕然地看着她，不知道她这样说是什么意思。

郑总，下次你就让它和我比一比吧，我情愿死在它手里，那也要比死在你手里有意思得多。

郑一鸣紧张地看着罗大妹，他还是没听明白她在说什么。

罗大妹叹了一口气，然后慢慢地说，一个人的良心假如让狗吃了，那还说什么呢？她低着头，闷声不响地走了出去……

一场轩然大波不动声色地被消除了，连一个浅浅的印痕都没留下。罗大妹狂热的脑袋平静下来后，她的脸上就自然而然地少了许多笑容，笑声自然也像一个休止符号，突然就停住了。罗大妹整个人都松弛下来了，便显得懒懒的，做什么事都提不起精神来，就像吃多了安眠药似的。

田花没少埋怨罗大妹，说你罗大妹闯荡江湖也不是一天两天了，怎么会跌进这种明显是很低级的陷阱里？你也太高看自己了，以为那个郑总真会看中你？他要真看中你，那天下那些美女干什么去了？你让她们喝西北风去啊？他之所以会在你肚子里下种，那是因为好奇，他是在寻求刺激！你不见那个郑一鸣怎么和石林说的？他说罗大妹也会怀孕，那太阳真的是从西边出来了，我一直以为她和我们男人一样，是坚不可摧的，你瞧她的身体，她全身的肌肉……呵，和我们男人有什么区别？我还撑得住，能做到没事，要个子小一点儿的男人，还不让她生吞活剥了……大妹姐啊，那些人什么十恶不赦的事干不出来？杀人放火也敢，又怎么在乎玩一个外地来的女人，就你痴情！你也不掂量掂量自己有多少分量，你以为你是一个公主啊！让人笑掉大牙了！

　　罗大妹连一句辩解的话也不愿意说，因为田花说到她的痛处了，她想，田花，你懂个屁啊，说大话谁不会啊，连我自己都搞不清楚自己的身体是怎么回事，你一个外人又哪里能搞得懂呢。她怎么会不知道郑一鸣平时是怎样的一个人？在没接触他的身体以前，她一直保持着相当高的警惕性，对他防范有加，他说的任何一句话，她都会仔细加以辨别，从而理智地决定，哪些话是可以听的，哪些话是不可以听的；哪些话是可信的，哪些话是绝对不能当真的。但奇怪的是，只要一碰到他的肉体，她就什么都忘了，设的那一道又一道防护堤坝，早让激情之潮冲得七零八落，什么廉耻、什么危险、什么后果……统统都给丢到了一边去了，要的就是疯狂，刺激，再疯狂！再刺激！一浪高过一浪的疯狂！一场胜过一场的刺激！

　　你连做梦都想做郑一鸣的太太，希望他能娶你，从此过上阔太太的生活，做个名副其实的宁丁州人，住别墅，开奔驰宝马……田花越说越激动，她喷出的唾沫不断地溅到罗大妹的身上，那副样子，就像要把前些年罗大妹对她的数落全还给她似的。

　　罗大妹想，田花说的也不错，说她对郑一鸣没有一点点的非分之念，那肯定是假话，实际上，类似这样的念头确实不止一次地在罗大妹的脑子里盘旋过，有几次她的梦中还真的出现过像田花所说的这样的情景。她甚至有过退而求其次的想法，只要郑一鸣愿意把她留在身边，承认他和她的关系，哪怕做三奶四奶，她也认了。

　　田花说得一多，罗大妹就觉得厌烦，尤其是让她说到痛处时，罗大妹便产生了一种在大街上被人剥光了的耻辱感。她跳起来，不由分说要拧田花的嘴巴。她愤愤地说，我就爱这样，关你屁事。你就是一只花狐狸，吃不到葡萄，就说葡萄是酸的。如果你碰到这件事，或许你比我还要放不下呢！就说那个汪大雄吧，一个牢改释放人员，当初你不也是把他像一尊菩萨那样捧在手上，汪大雄能和郑一鸣比吗？汪大雄连郑一鸣的一个小脚趾都不如……

田花彻底惊呆了,她看着处于盛怒中的罗大妹,不知道该怎么办。她的眼睛里露出了哀怨,她脱下手上的一串檀木珠子,狠狠地砸向罗大妹,不管你就不管你,你以为自己是什么啊,真以为自己是个角色了?也不撒泡尿照照自己,一头蠢驴!我还懒得管你这破事呢!你以为钓到金龟婿了吗?你做梦去吧!

罗大妹愣了一会儿,终于从嘴里嘣出了这么一连串的愤怒——谁要你多嘴多舌,我哪怕被人抢劫,被人强奸,也和你没有关系,我愿意,我希望这样!

田花冷笑起来,嚪,这样的破事,你还当光荣看待啊,要不是看你可怜,我才不想过来劝你!早知道你这副德行,杀了我也不会来,你以为我吃饱了撑的啊?!

我看你就是吃饱了撑的,你就是想看我的笑话,你那点小肚鸡肠,我会不知道?别假惺惺了!你巴不得我越惨越好,最好倒在路上起不来了!罗大妹丝毫不肯相让地讽刺着田花。

罗大妹和田花你一句我一句,谁也无法控制自己的情绪,她们第一次发生了激烈的争吵,吵到后来,两人摩拳擦掌,都快动起手来了。

罗大妹也不想和田花吵的,可她怎么也阻止不住来自身体里的愤怒,那愤怒就像一头猛兽,竭力要蹿出来,大肆闹腾一番,她无法掌控,她不断地诉说着田花的不是,好像所有的不快都是由她带来的。你这个大奶妹,就是见不得我和郑一鸣好,你最希望看到我和一个讨饭叫花子好,这样,你心里就舒服了,就能显出你的高贵来了,你高贵吗?呸……你就是一只地鳖虫!

田花被罗大妹骂急了,她一蹦三尺高,不停地跺着脚叫嚷,丝毫不肯相让,她把一些平日里绝对不会说出口的恶毒话也全都说了出来,你是猪,一条没人要的母猪,你只配上当受骗,你是癞蛤蟆想吃天鹅肉,可惜啊可惜,癞蛤蟆总归是癞蛤蟆,再怎么蹦啊蹦,也蹦不到天上去!

罗大妹的嘴笨,说着说着,她就没了词,只好干瞪着眼着急。

田花见罗大妹的猴急相,愈发得意,说得也更加起劲了,眉飞色舞不算,还佐以形体动作,她伸出一只小拇指,往罗大妹眼前一送说,你呀,也就是这么一点小花样。

　　罗大妹彻底被激怒了,她向前迈了一大步,想一个大背包把田花摔到地上去,然后再狠狠地踩上一脚,叫她彻底闭嘴。可她一发劲,下身却隐隐作痛,不禁龇牙咧嘴地"哎哟"了一声,并立马蹲在地上,整个人蜷成一团。

　　田花说得起劲,一下子还刹不了车,看罗大妹突然蹲了下来,她马上觉得不对劲,头脑冷静下来,她跟着蹲下去,抓住罗大妹的一只手问,怎么啦怎么啦？罗大妹头上不断地有冷汗冒出来,脸白得像一片纸,田花急得眼泪也出来了,她小心地扶罗大妹躺下。

　　她抓起她的一只手,往自己的脸上扇着耳光,都是我不好,都是我不好。大妹姐,瞧我这见了风就是雨的臭脾气,我看你让人家欺侮,我就来气,我就想和你急,大妹姐,我没有坏心,我真的是为你好,你要相信我……

　　罗大妹也哭了,在郑一鸣面前她都不流泪,但此刻在田花面前,她却哭得像要断气一样。

　　田花！

　　大妹！

　　大妹！！！

　　田花！！！

　　……

　　罗大妹和田花互相呼唤着,就像两头互相舔着伤口的猫。

第十五章

　　罗大妹休息了一段时间，很快就痊愈了，这一点她很感激自己年轻而强壮的体魄。换了普通人，再休息上几个月，也不见得恢复得有她那么好。

　　重新上班的第一天，大块头笑着和罗大妹打趣，说，罗大妹啊，你一段时间不上班，人家客人还以为你跳槽了，跑到更好的地方发展去了。我和人家开玩笑，说你嫁人了，客人还真的相信了，只是说，这个小姑娘结婚也太早了一点儿！这么急着结婚干什么呢？现在最要紧的是挣钱。

　　罗大妹心里一动，她自嘲地说，嫁人？嫁给谁？谁要我这丑八怪？你还不如说，让人家拐卖了，卖到深山老林里去干伐木工去了。嘿，说这个，别人才会相信。

　　大块头看罗大妹的眉宇间流露出淡淡的哀愁，便安慰她说，罗大妹，你不要客气，你长得不错的，关键是你的白马王子还没出现，他一出现，你在他眼里，就和西施一样了。

　　罗大妹奇怪地看了大块头一眼，大块头说这样的话，她还是第一次听到，那话从粗笨得像一段榆木的大块头嘴里说出来，就像滑稽演员在背台词似的，她憋不住，哧哧地笑了，还西施了，我连东施也算不上。

　　大块头还想继续安慰她的，可想了好长时间，也没能组织上恰当的词来，于是干愣在那儿，手摸着自己的后脑勺，好像要竭力要从那里摸出一句话来似的。

罗大妹想，这个大块头真逗，你一时想不起该说的话，你换句话说不就得了，非要这样拼命地想啊想啊，你能想出什么名堂来？我看你还是别说了，好好的话让你一说，别人听了浑身起鸡皮疙瘩。她刚要这样和他开玩笑，这时，大块头手里的对讲机响了，他如获救星地打开了对讲机。

那边是石林。

石林问，罗大妹在你那里吗？

大块头回答说是。

石林说，你让她到我办公室来，你也一起过来，有些事要商量商量。大块头哦哦哦地答应着。

罗大妹和大块头一进石林的办公室，石林就丢给罗大妹一张报纸，让她看一篇文章，他只字不提她休假的事，好像她压根儿没有休息过，而是天天在上班似的。罗大妹自然有些不习惯，在进这扇门之前，她还在想，该怎么和石林说，石林对那件事的来龙去脉是一清二楚的，面对他，她想自己会不会尴尬？她在心里准备了一些话，但这些话一句也没派上用场。她静静地看着那篇文章，她看得很慢，一字一句地，生怕漏掉一点儿什么。

那文章写的是，在斯洛文尼亚这个国家里，每年都要举行泥地摔跤比赛。作为一项历史悠久的活动，得到了广大民众的拥戴，据说只要一有比赛，参赛者便纷至沓来。选手中男男女女，老老少少都有。其中最吸引人的要数"垫赛"，那么什么是垫赛呢？顾名思义，就是在正式比赛开始前都要举行的比赛。垫赛上出场的是两个赤裸上身的女子，她们模仿各种动作在泥地里摆POSE，而后再进行激烈的比赛……

罗大妹看完，抬头看看石林，因为她一点儿都不明白石林让她看这个干吗？石林手心里托着那两个钢球，正聚精会神地盯着她，那两个钢球静止着，发出锃锃的光亮。罗大妹让他盯得有些不好意思了，她垂下了头。

石林问，看完了？

罗大妹点点头。

你有什么想法？石林轻轻地问。

罗大妹莫名其妙，她摇摇头，什么想法？我没什么想法。石林让她把报纸交给大块头看，而把她叫到了他的办公桌前，他的电脑开着，上面是两个美女在摔跤，她们赤裸着上身，那美妙的身材叫人叹为观止。罗大妹，你看看，这些图片和报纸上的内容是一样的，报纸上没图片，这里有，你看看。

那图片是自动翻的，总共有十来张，每张的画面都不一样，照片中有两位美女在摔跤，有单独亮相的，也有两人互摔的，但更多的就是和各种男人一起摔跤，将自己的身体搞得一片狼藉……罗大妹看得耳热心跳，因为那两位美女摔到后来，近似全裸了……

罗大妹的脑子在飞快地转，这个石林打算干什么呢？她想让我和田花也这样？这样的比赛怎么能比呢？那和跳脱衣舞有什么区别，羞死人了……

正想着，大块头开口了，石总，你的意思是说我们勇敢者俱乐部也可以开展这样的项目？

石林开始慢慢地转动钢球了，他伸出肉嘟嘟的胖手，向大块头竖起了大拇指，小李啊，你到底是我的助理，我在想什么，你马上猜到了。罗大妹，今天我找你来，就是想和你商量一个事，这个事嘛，就是刚才小李已经提到的，我们俱乐部准备推出新项目吸引客人，这新项目和你、和田花有关，也是关于摔跤的，不过和传统的古典式摔跤和自由式摔跤有所不同，最大的不同点是比赛场地不同，是要在泥地里进行的，斯洛文尼亚能将这个项目在全国范围内推广，那表明它是有市场的，我也想试一试……

罗大妹心一紧，果然如她所料，她脱口而出，石老板，这不行，我们不会裸体的！

石林笑了，他尖细如女人一般的声音又一次响起来了，罗大妹，我看你坐立不安的样子，就知道你在担心这个，你放心，我不会依样画葫芦的，我要改良，绝对不会叫你们裸体上去比赛，不要说你们不愿意，就是让我干，我也不可能这么干，我一干，我这俱乐部明天就可以关门了，公安局肯放过我？我们这是哪里？是中国！

罗大妹快跳到喉咙口的心，重新一点儿一点儿回复到原处。

石林不疾不徐地说，我打算再改造一个摔跤场地，和斯洛文尼亚一样，也是泥地，但比他们的泥地还要烂一点，摔跤难度系数有所增加……罗大妹，你和田花在开始的时候，是一定要参与一下的，等到它有了一定的知名度，我准备再招几个女摔跤退役运动员，到时候，你和小李负责招聘工作，要挑那些身高马大的……哎，罗大妹，今天我找你来，有个事是一定要告知你的，等会儿我还要找田花谈，你们上去比赛，在穿着方面可能要改变一下，不一定像电脑里那两位美女一样裸着上身，但得暴露一点，不能像以前那样穿摔跤衣，浑身上下裹得严严实实，看不出性别……我的意思是你们可以穿特制的三点式泳衣上去……当然，你们肯定会比以前辛苦，付出也要多一些，但我的想法是，我们可以减少场次，用不着每天都工作，你们可以每周工作二至三次，至于报酬嘛，肯定会大大提高，我不能亏待你们……

石林问罗大妹有没有意见，有意见可以提，我们可以边准备边完善，这也是一件新生事物，谁都没有干过，我们大家都是摸着石头过河，有可能搞好，也有可能搞不好，但不管怎么样，我都想试一试。

罗大妹一时不知道该说什么好，因为她没有这个心理准备，穿着三点式泳衣摔跤，她从来没有试过，连想都没想过，老实讲，像她这种粗短壮实的身材，她是不大喜欢穿裸露的衣服的，不要说别人的感觉，自己看了也不好受，还有，自己那水桶般粗的腰，穿泳衣还不一定穿得进去。她顾虑重重地说，石老板，不是我想扫你的兴，实在是我们穿泳衣并不好看，我怕到时候客人都逃光了……要想和图片上一样的效果，我估计肯定做不到，要不，你可以招一些美女来……

石林面带笑容地说，不错，你说得不错，我也想过招美女，可美女都不会摔跤，她们也不肯来，来了，客人也不满意，不要忘了，我这里不是夜总会，这里是健身俱乐部，是以体育运动为主的场馆。我考虑来考虑去，觉得还是由你们来担当。你们放心好了，我说过的，行就办下去，不行就撤，反正我们有回旋的余地。

罗大妹还是答应不下来,她面露难色地说,石老板,让我想想,好不好?还有,你得问问田花,她如果不答应,我肯定也不答应的。

石林手里的钢铁转动得快起来,就像磨盘似的,咔啦啦,咔啦啦,那声音刺耳,听了心烦。他却乐此不疲,此刻他若有所思地望着电脑,不知道在想什么。

坐在罗大妹身边的大块头踢了踢她的脚,朝她做了一个点头的动作。罗大妹望着她,不知道他要干什么。看罗大妹没有反应,他又一次踢了踢她的脚,这回踢得比上次还重。罗大妹被踢痛了,她皱起了眉头,眼睛不解地盯着他。这时,石林开口了,他像酝酿好了似的说,好吧,罗大妹,你回去再想想。

罗大妹转身要走,石林像想到什么,他要大块头先出去,却要罗大妹留一留,说还有几句话要交代一下。大块头一走,他对她说,罗大妹,我接下来给你的工资要比田花多3000元,我的意思是这个新项目主要还是靠你。你明白就好了,不要和任何人提起,包括小李。说完,他挥挥手,示意罗大妹可以走了。他一手转着钢球,一手拿起办公桌上的对讲机,说,小李啊,你叫田花到我办公室来一下。

罗大妹心事重重地往外走,大块头等在门口,说,你等我一会儿,我有话和你说。他动作迅速地从摔跤馆里叫来了田花,将她领到了石林那里,然后小跑着到罗大妹身边,一起回到了前面的俱乐部接待室。

大块头小心翼翼地掩上门,轻声说,罗大妹,那事你得答应下来。你不是不知道石总的脾气,他决定的事,是绝对不会改变的,他已经决定的事,你要叫他反悔,那简直比登天还难。你当场不答应下来,我看他的脸色已经不大好看了。我实话跟你说,你们现在的那个项目,参与的人越来越少,客户越少,利润越薄,石总曾经想过砍掉它,和我也说过好几回了,我的意思是让他等等。现在他能想出新点子来,那说明,他还是想保留这个项目的,保留这个项目,意味着你们就不会被炒鱿鱼,你们的饭碗才不会丢……刚才,我吓坏了，石总他要是说，那就算了，他要是这样说，那你们就真的算了，你和田花准备打道回府吧。

噢，原来是这样啊！罗大妹如醍醐灌顶，顿时吓出了一身冷汗，她不禁埋怨道，李哥啊李哥，你为什么不早说？你踢我脚，我怎么知道？你说就是了。

大块头撮了撮自己的酒糟鼻子说，你以为那个时候我能随便说吗？我一说，石总以为我和你们是串在一起的，他这人最恨别人当场否定他的想法，也不许我给他人出主意！还怕我和他有二心，搞拉帮结派那一套，说来说去，他疑心病很重的……

石老板的这个决定，你事先知道不知道？罗大妹幽幽地问。

我怎么会知道？他从来不会说的，我不是和你一起看了报纸才知道的吗？大块头不满地说。

那我现在就去和他说。罗大妹着急地说，现在还有什么比丢掉饭碗更让她揪心、更焦急的？

大块头说，那倒不必，等田花出来后，你们两个合计一下，然后再回复他。他这个人讲究形式，什么事都喜欢按程序来。虽然不在官场里混，那一套一套虚头巴脑的东西，却比当官的来得热衷。

罗大妹后怕地吁出一口气，她看着大块头头上的那两条深深的疤痕，一下子觉得好像不那么狰狞了。她感激地说，李哥，这回亏了你，你要不提醒，我还真的蒙在鼓里呢，就想当然地以为可以和石林讨价还价。

大块头不好意思地抹抹自己的嘴巴，在罗大妹面前，他好像有些不太自然，小动作多得像是突然得了小儿多动症，不动一下，就浑身不自在。呵呵，跟你们说过嘛，不要叫我李哥，叫我大块头，我在你和田花这里说得上话，别人都不爱听我的。

还是叫你李哥好，要不然，叫大块头大块头的，别人还以为是骂你呢，不礼貌。罗大妹实事求是地说。

没关系没关系，我喜欢你们叫我大块头。石总从来不叫我大块头的，他总叫我小李。大块头憨厚地冲罗大妹露齿一笑。

罗大妹细细一想，还真是这么回事。

田花在石林那里停留了不过五分钟就出来了，她同样是愁眉苦脸的。一见罗大妹，她就大呼小叫地说，大妹姐，怎么办啊，石老板让我们穿泳衣比赛，那不羞死人？我们怎么穿泳衣呀？我胸大，你屁股大，穿着要多难看就有多难看……她一直把脑子里想说的全像冲锋枪一样扫射出来后，这才发现大块头在罗大妹边上坐着，她尖叫一声，捂住了自己的嘴，啊呀，李哥，你怎么也在啊，你在，我就不会说这些了，羞死我了。

大块头连忙站起来说，你们说，你们说，我走开一点儿，哎，刚才你们说什么，我可没听到，我听人说话老是一只耳朵进，一只耳朵出的，记不住东西！

罗大妹说，不碍事不碍事，田花这么一咋呼，不要说你，外边有人也早听见了。

大块头走后，罗大妹附着田花的耳朵，悄悄地把大块头和她透露的情况告诉了田花。田花吃惊心地张大了嘴。田花，我看我们还是先答应下来，干什么活不是干呢？石老板让我们穿泳衣，我听他说了，是穿特制的。是特制的，我们就要求加厚，加大，那些关键部位可不能露出来。老实说，长这么大，还从没穿过那玩意儿呢，那么少的一点点布料，哪里能挡住身体呢！

我也是，想想穿那么少，我的背心里就冒冷汗。田花说。

哎，石林有没有和你说加薪的事？罗大妹问她。

田花眼睛露笑地说，说了，可没说具体的数目。

那就干吧，反正天塌下来也有高个子顶着，我的个子比你高，所以有什么事，你不要担心，我会替你扛着。罗大妹笑呵呵地说。

田花突然坏坏地一笑，怪不得你屁股大，原来都是让天给压的。

你看看，三天不撕你的嘴巴，你又无法无天了，你还说我呢，你自己呢，胸那么大，说不定是让天给瞧大的。罗大妹反唇相讥。

瞧瞧也能大，你倒给我瞧瞧，看是不是还会大一圈？田花乐了。

我瞧当然瞧不大的，但天瞧就不一样了，天那么大，一瞧，当然就瞧大了。还有天白天瞧，晚上瞧，天天二十四小时瞧你，哪有不大的道理。罗大妹嘿嘿嘿地笑着说。

田花见被罗大妹捉弄了，就追着要打她，罗大妹像一只麻鸡似的东躲西藏。

第十六章

郑一鸣打罗大妹的电话,问她是不是又可以教他摔跤了?我的亲爱的罗老师,几天不见你,倒真的有点想念了。他的声音听上去很轻松。罗大妹清楚肯定是石林把信息传递给了他,告诉他她又重新开始上班了。

一听到郑一鸣的声音,她就来气,这个男人太冷静了,他基本上一直能做到波澜不惊,好像什么都无所谓,什么都了然于胸。于是她的声音便透着一股讥讽味,免了吧,郑总,你已经全部学完了,像你这样的高才生,我教不了你了,你再学,都可以当全国冠军了。

呵呵,还在生我的气?罗老师啊,你可不要小肚鸡肠,都说……哎,过来吧,我一段时间不练练摔跤,骨头都松了,你也大概如此吧。

罗大妹一点儿都不想去,特别是听到他又提到孩子不孩子的,她的心里一阵酸痛,当即便合上了手机盖,她不想听他的油腔滑调,她熟悉了他的那套小伎俩,他说所有话的目的只有一个:让她陪他摔跤,陪他睡觉。

手机又响了,一看,还是郑一鸣的。她不接,想等它自然停止,但那手机铃声没有停的意思。罗大妹"啪嗒"就将它关掉了,这个鬼,又来缠人了!她恶狠狠地骂。

罗大妹可以不接郑一鸣的电话,但她没办法回绝石林。

石林让大块头来找她,说,伸手不打笑脸人,给郑总一个面子吧,郑总已经让他的驾驶员小米把车停在俱乐部门外了。

帮个忙吧，要不然，我就没法交代了。其实也没什么大不了，你出去一下就是了，直接和小米说，你没空或者不想去就行了。你老躲着也不是个办法。大块头低头哈腰地说。

罗大妹冲着大块头发脾气，你就知道做应声虫，有本事替我把这差事挡了，什么郑总，一个王八蛋，我不想去。

大块头不安地用脚搓着地，小声地提醒她，郑总把电话打到石总那里，石总也没办法，我看你去吧，应付一下，看在钱的分上，你就当自己去上班，不就是陪他练练吗！

不要和钱过不去！想到这个，你就什么都可以扛过去。大块头接着说。

罗大妹心里不痛快，就想逮着谁和他吵一架，看大块头小心谨慎的样子，她想骂他是奴才，谁给根肉骨头，就跑得屁颠屁颠的，还要做出哈巴狗的媚态来，看着就叫人恶心。可还没等她把那股火发出来，小米已经进来站在她面前了，小米弯下腰，做了一个请的姿势，罗老师，我们可以出发了吗？郑总已经催过好几遍了，问怎么还不到。

罗大妹心里窝着一股火，胸口堵得慌，还是坐着不动。

小米搓着手皮，可怜巴巴地说，罗老师，你不要为难我了，我一个打工的，讨口饭吃也不容易，我如果不把你送过去，郑总又要对我发脾气了，说不定又要扣我工资了。

罗大妹见推不过去了，便狠狠地剜了大块头一眼，深深地叹出一口气，然后腾腾腾地迅速往前走了，戴着白手套的小米一路小跑才能跟上。

路上，小米小心翼翼地想她说话，她却绷着脸，不想理睬他，后来索性闭上了眼睛装睡。小米叹一口气，也不知道他为什么叹气。

郑一鸣一见罗大妹就问她，你是不是怕我？

我怕你？鬼才怕你！罗大妹大大咧咧地说。说出这话，连她自己也吓了一跳，自从一个月前的那一天，她和郑一鸣吵过一架后，就被郑一鸣私人健身房的那个阴阳怪气的跛脚看门人"请"出了门，罗大妹当时就对自己发誓说，罗大妹，我和你说，你要再把郑一鸣当人看，那你自己也不是人！现在那话还在她耳边回荡，她觉得自己果然就有些气壮山河了。

郑一鸣也突然一怔，显然他也没意识到向来温顺的罗大妹说话也会这么冲，但他马上风度翩翩地说，呵呵呵，罗老师，你不得了啊，几天不见，都脱胎换骨了，居然这么幽默了，好，很好，很有意思。我喜欢。我早就说过，你是一个可塑性很强的人，你如果没有本事，我郑一鸣哪里会把你当座上客呢？来吧，来吧。他很谦恭地把她迎进了健身房，卖弄味道很浓地说，罗老师啊，知道你要来，我特意让人将摔跤场地做了一些改造，听说你们勇敢者俱乐部即将要推出新项目了，准备在泥地里摔跤，我呢，也是喜欢图新鲜的人，就来了个捷足先登，请你验收一下，看看是不是合格？

罗大妹生生吃了一惊，她想怎么回事啊，那个石林也真是的，怎么会事无巨细什么都跟郑一鸣说，郑一鸣又不是他爹，他没有必要统统向他汇报啊。其实勇敢者俱乐部那边的那个泥地摔跤场还在建造过程中，郑一鸣不但把底细了解得一清二楚了，而且还先于那边把自己的泥地摔跤场建立起来了。而当她一看见健身房里摔跤场地上那足有十来张乒乓球台那么大的一个泥地时，她全身的皮肤就绷紧了。

郑一鸣嘿嘿嘿地笑着说，来来来，罗老师，实不相瞒，这个泥地摔跤场，主要是为你和我设计的，我这个人呢，你肯定也清楚，就喜欢摔跤，几天不摔上一跤，心里头好像少了一样什么东西，全身的肌肉也在发痒。怎么样，今天我们在这个全新的场地里，先好好练练，看是不是合适，要是不合适，我们再慢慢改进，一直改到最佳状态。罗老师啊，你教导过我的，熟悉比赛场地和了解对手一样重要，因为一个是硬件，一个是软件，要软硬件一起来！他换上了摔跤衣后，催着罗大妹也换，来，试一下，都是新买的，旧的全部让我处理掉了。

罗大妹僵着不动。

郑一鸣向他招招手，不要摆架子了嘛，其实，你这个人和我一样，都是摔跤的命，只要一到了摔跤场，人就兴奋，你说是不是？

罗大妹全身一震,她咬牙切齿地想,这个男人太了解她了,她的一举一动都逃不过他的眼睛,连心里头的那点念想,他也了如指掌。她承认自己刚才也被新的泥地摔跤场吸引了,也产生了上去试一试的想法。可她不愿意让自己的心思全都让郑一鸣看穿,她显得不情不愿地说,郑总,你是人家肚子里的一条蛔虫?什么都知道。

我是瞎猜的,罗老师,来,去换衣服吧。他将她的摔跤衣甩了过来。

罗大妹深深地叹了一口气,拎着摔跤衣去了盥洗室,换衣服时,她心里却是稍稍松了一下,幸亏还是穿摔跤衣上场,不是穿三点式泳衣,看来,关于这一点石林还没透露给郑一鸣,还处于保密中。看来那个石林也是有分寸的,那是他的商业机密,他是粗中有细,细中有粗,虚虚实实,实实虚虚,没人弄得清楚。

罗大妹之所以肯换摔跤衣,很大程度上是她心里还记恨着郑一鸣,她想趁机将心中的那股火发到郑一鸣身上,准备好好地教训他一顿,她要让郑一鸣看看,她要是把狠招都用出来,那他只有满地找牙的份儿,因此,她一进入那个场地,就没有一点儿相让的意思,她几乎一上去,就处处甩出撒手锏。

郑一鸣被罗大妹连着摔倒了三回,有一回把他摔倒后,罗大妹的脚踩在他的胸口,她想只要我的一只脚站上去,他的肋骨说不定会断几根,我的两只脚都上去,然后再狠狠地踩一下,那他的心肺就会被踩扁,想到郑一鸣的老奸巨猾,她差一点点就这样做了。踩伤他,把他踩成一个残疾人,让他永生永世处于痛苦中!

但这个时候,被摔翻在地的郑一鸣说,喂,我的罗老师,我早就怀疑你身藏绝技,果然是这样,嗨,人比人,比死人,实话跟你说,和你一同来的那个田花不行,技艺比你差多了,她到这儿来过几回,没有一回不让我摔倒的。

罗大妹及时收回了脚,她收回脚,很大程度上,是因为郑一鸣提到了田花。田花到这里来过?她从来没有和她说起过啊。

田花也来这里?教你?罗大妹的气喘粗了。

她教我?你不要侮辱我好不好,怎么可能呢?罗老师,在你面前,我只有俯首称臣，但在她那里，我还是可以当老师的，你教了我那么多，我随便露几招出来，就足足可以教她了。哎，她哪方面都不如你啊，就是胸部还有点意思。郑一鸣耸耸肩，抖掉一些泥水。

罗大妹想也没想一下子又把郑一鸣摔倒了。

你干什么？搞突然袭击？！郑一鸣恼羞成怒地说。他一个鹞子翻身，拦腰把罗大妹抱住，然后用蛮力压住她，先是脱掉她的摔跤衣，再后用嘴巴拱开了罗大妹的内衣和胸罩……他走这个程序走得干脆利落，一点儿都不拖泥带水，好像训练有素的样子。

罗大妹拼命地喊着，你放开，你放开！你这个王八蛋！她的尖叫声在健身房里响起来。

郑一鸣随手拿起她的胸罩，塞进了她的嘴里，尖叫声被挡住了，只有呜呜呜的声音还在继续，就像汽车轮胎在漏气似的。罗大妹恨恨地想，早知这样，就该下那个狠手的，踏上一只脚，让郑一鸣的肋骨断掉几根，他就不会耀武扬威了。她用尽全身力气，阻止着郑一鸣的企图。但一会儿，她就没了力气，仿佛一只反球漏光了气便瘫软在了地上，与此同时，她的全身开始发烫，她不无悲哀地想，自己体内的那只猛兽又蠢蠢欲动了，她想拦也拦不住。

郑一鸣捡起罗大妹脱下的那些衣服，非常冷静地一一帮罗大妹穿上，他脸无表情地说，罗老师，我们还是继续摔跤吧……

罗大妹如遭晴天霹雳，她难以置信地看着郑一鸣，就像看一个陌生的人。他的眼睛躲开去，虚弱地落在健身房的某一处，脸上却是一副幸灾乐祸的得意样。罗大妹猛地明白了什么，她咬牙切齿地打了他一巴掌，郑一鸣，你这个王八蛋——你不是人！不是人！！

郑一鸣不敢相信地看着罗大妹。罗大妹也勇敢地将目光迎上去，然后死死地黏在他的身上。她脸无惧色地说，你看我什么，你看我，我也要说，你是恶鬼！一个枪毙十次还嫌多的恶鬼！

郑一鸣噼里啪啦地打着罗大妹的耳光。

罗大妹不躲闪，任由他打着，他打，罗大妹骂，罗大妹骂得他狗血淋头，她把他十八代老祖宗全骂上了！你这个杀千刀，死了让狗拖，让鱼嘬，叫你一点儿东西都不留在世上！

郑一鸣下手更重了，他的两腮不住地颤动着，就像得了病似的。

罗大妹后来终于让他打火了，她像一头被激怒的狮子，狠命地扑上去，重重地在他的肩上咬了一口……他像杀猪一样地叫着，边叫边把罗大妹推倒在地，并一屁股坐在她的身上，用自己的屁股一个劲地蹾着。罗大妹受痛不过，尖叫着，郑一鸣就像嗜血的豺狗，一闻到血腥味，他顿时血脉贲张，他兴奋地用拳头狠狠地击打着罗大妹，仿佛击打沙包一样，罗大妹全身的每一处都挨上了他的拳头……

罗大妹反抗着，可郑一鸣的力气太大了，她只有招架之功，而无还手之力，她只好用头顶撞着他，他一拳击在罗大妹的太阳穴上，她马上晕过去了……

罗大妹后来是怎么出的健身馆，她自己一点儿都不知道，当她醒来后，才知道自己被送进了一家私人诊所。医生告诉她，她被送进来时，全身都是乌青和红肿块，身子比平时大了至少有一圈，特别是她的两只眼睛肿得厉害，就像是一只大熊猫……

罗大妹紧张极了，也害怕极了，她颤抖着声音问，我会不会死啊？

医生笑了，那倒不至于，你要真的到了死的地步，我还敢收留你？早把你往大医院送了。她又问，那我还能不能站起来？我现在全身都痛啊！医生同情地拍了拍她伸在被子外的手说，没事没事，只是要好好地休息一段时间，你的伤都会好起来的。幸亏都是一些皮外伤，要伤了内脏，你就没那么轻松了……嗨，你老公下手真狠，有什么事不能说，非要把你打到这种程度？

罗大妹苦涩地咽下了一口口水，她想，这个郑一鸣哪里是我老公，如果是我老公，他不会这么打我，因为他舍不得，正因为我和他没有一点儿关系，他才像一头野狼那样对待我，还让我怀了孕，怀孕了又不让我把小孩生下来，强行逼我做人流……他处处刁难我……看我出洋相……把我当玩物一样……我瞎了眼，怎么会同意去做他的摔跤教练……悔恨漫上了她的心头，可那个时候，她又怎么知道他是这样一个人，当初他留给她的印象是那么美好——衣冠楚楚，温文尔雅，谈吐得当、出手大方……她真的没有办法拒绝他，何况，那活儿又是自己的老板石林布置的，她不可能违背……泪不知不觉地涌了出来。

医生看到了，她理解了罗大妹的难处，便说，我也是随便说说，你别介意，每个人都有一本难念的经啊！她悄悄地走开了。

罗大妹醒来不多一会儿，郑一鸣就来了，他的一只胳膊用绷带吊着，脸上全是罗大妹的指甲印，东一条西一条，像一张蜘蛛结的网，他装出一副轻松的样子，摇头晃脑对罗大妹说，罗老师啊，这一个回合，我们俩打平手了，你受了伤，我也受了伤，我们谁都没占到上风，你说，我们是不是扯平了？

罗大妹厌恶地把头扭至一边，不理他，这个狼心狗肺的男人！下手居然这么狠！

郑一鸣捻了一个响指，笑得抑扬顿挫，罗老师啊罗老师，说你是小肚鸡肠你还不承认，一点儿气度也没有，我难得一次把你摔倒，你就伤心到这种程度了，你想平时，我让你摔倒了多少回，我有没有这样计较过？我从来没有，算了，我们不说这个了，你放心养你的病吧，你的损失我来补。他要罗大妹开个价。

罗大妹把眼闭上了，她不想和他说话，也不想看到他那张老是在琢磨什么的脸。这个男人最喜欢做的一件事，就是把钱放在嘴上，好像离了钱，他就不会说别的了。这时候，她觉得太阳穴像是要爆开来，一张口说话，那里就隐隐作痛。她痛苦地想，不要留下什么后遗症哦，留了，那就完了。

郑一鸣看她难受的样子，他轻轻说，石林那里，我会帮你去打招呼的，你可以多休息几天，他那边的损失嘛，我也会补结他的，我希望你快点好起来，等你好了，我们还可以继续摔跤、继续较量。

罗大妹的鼻息重了，她怨恨自己该下手时不下手，那时候，她只要用力地踩他一脚，现在躺在病床上的应该是他了。

看罗大妹紧闭着眼，一句话也不想跟他说，郑一鸣自觉没趣，他坐了一会儿就走了。

罗大妹一个人躺在医院里，孤孤单单的。石林来过电话，说是要来看看她，她推辞了，说没什么，医生关照她要静养，最好不要有人来探望。石林说，郑一鸣这家伙，搞什么名堂，怎么会把你摔伤呢？她要石林替她保密，不要说她是在医院里养伤，若是有人问起她的行踪，就说家里有事，需要出门几天。

她住院后，田花是第一个打她电话的人，她问她在哪里？罗大妹差点就要说，田花，你快过来！我在一家医院里，但突然想到那件事，她的心就隐隐不快，于是话到嘴边便完全改变了方向，她说，田花，我要到外边去玩几天，这几天，你一个人在家，要小心一点儿，有事可以打我电话。

田花奇怪地问，大妹姐，你要到哪里去？我也要去，我陪着你去。

罗大妹胡诌说，是别人叫她去的，她没办法邀她。

田花不乐意地说，那你到什么地方去？罗大妹随便编了一个地方——南奔。田花不知道南奔在什么地方，她问罗大妹去那里干什么？罗大妹不想和她啰唆。

便说，就是玩吧，除了玩还有什么呢？罗大妹存心要气气她，便说，如果玩得好的话，我回来给你说。

田花充满妒意地说，大妹姐，你福气好，老是有人请你吃啊玩啊，我怎么就没有人请呢？哎，是不是郑总请你出去？

不提郑一鸣还好，一提郑一鸣，罗大妹的火气就又上来了，她冷冷地说，你问那么清楚干什么？这事和你有关吗？她"啪"地合上了手机盖。

田花背着罗大妹到郑一鸣的健身馆，这叫罗大妹非常反感，还要好的小姐妹呢，明明知道她和郑一鸣之间有着说不清道不明的关系，她还非要去插上一脚。这算什么？这个田花也太坏了，老是做这种躲躲闪闪、偷鸡摸狗的事，她怎么能这样呢？你去了也就去了，为什么这个屁也不放？这么大的事，你瞒得了初一，还能一直瞒到十五？你真把我当猴耍啊？还想让我永久蒙在鼓里？罗大妹的心境被田花的一个电话搞得一团糟，她没有

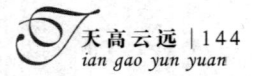

心思去想其他的,只能在脑中慢慢地梳理着田花的一些往事,那些往事像萤火虫,不时地明明灭灭。

罗大妹感慨万分,自己算是了解田花的,可实际上她对她的了解又有多少呢?其实,她也清楚,任何一个人都是无法走入别人内心的,就像她,怎么可能知道郑一鸣的心,石林的心,大块头的心。不要说这些人,哪怕就是生她的亲爹亲娘,养她的干爹干娘,她同样也不知道他们在想什么,要干什么。

石林终于还是赶过来了,是大块头陪着他一起来的。他说放心不下罗大妹的伤势,特意过来看看。对于石林他们会来,罗大妹很诧异。因为在电话里她说过不要让他们来,石林也答应了。

石林一脸的诚恳,他率先检讨说,不好意思,我出尔反尔了,本来想不来,但受郑总的委托,只得来了。郑总本来想自己过来的,因为有点事走不开,他托我替他来看看你。

罗大妹没好气地说,我就知道是郑一鸣让你来的,因为要想搬动你石老板的人宁丁州城没几个。

石林拍拍手笑道,罗大妹,你在宁丁州待了不到三年,就把宁丁州人的人情世故全收在眼里了。当然,主要一点,还是我想来看看你,因为我们的新项目马上要推出了,在这个关键时候,你可千万不能有什么闪失。

石林告诉他说,他来是和她商量事情的,郑一鸣不想把事情闹大,也不希望罗大妹报警。他愿意私了,给你3万,事情就算了了。石林伸了个懒腰说。

罗大妹暗暗惊讶,郑一鸣好像没有必要这么草木皆兵,照他的脾性,他也不是一个优柔寡断的人,他怎么可能担心她报警?她吃不准他葫芦里装的是什么药。其实她压根儿没考虑过报警,这是她和郑一鸣两个人的事,何必要让别人知道。有一点,罗大妹还是惶惑的:郑一鸣那么怕这件事干什么,做了就做了,何必这样!她从心底里有些看不起他,算什么男人,还财大气粗哩,一点儿都沉不住气!从郑一鸣的蛛丝马迹里,她觉出他似乎变了不少,特别是他变得谨小慎微起来。

你不反对，那就是表示同意了？石林问。

罗大妹不表态。

石林自言自语道，罗大妹，你也知道，我是一个消防队员，哪里有火，我就往哪里冲。其实，在我看来，你和郑一鸣的这个纠纷，你应该选择报警，因为你报警的话，你得到的赔偿可能会多一点儿。

罗大妹狐疑地看看石林，今天石林唱的是哪出戏啊，他不是来替郑一鸣当说客的吗？怎么现在倒替我着想起来。她猜不透，猜不透，她就索性不猜了，她没好气地说，石老板，麻烦你叫郑一鸣自己来，我要和他当面说！

石林浅浅地笑笑，手中的两个钢球转动得飞快，他一字一顿地说，罗大妹，有些东西我得提醒你，该让郑总赔的钱就得让他赔，不必客气，比如说，你得让他赔一点儿误工费，你躺在这里，我那里就不可能发你工资了；比如营养费也得补偿，你是摔跤手，营养跟不上，那等于是把你的武功废了，这一点儿你自己和郑总说；还有精神损失费，你受到的创伤那么多，他不可能一个子儿都不花……你放心，郑总有的是钱，他是不会在乎这几个小钱的，只要你说得出理由，郑总是喜欢理由的，任何东西都要有出处，只要你说得出理由的，他总是会满足你的……

石林当着罗大妹的面和郑一鸣通了一个电话，他大声说，郑总，解铃还须系铃人，初步的事，我已替你办妥了，具体的细节，罗小姐要你自己来，她和你谈，你如果不肯来，她说就要报警了！他朝罗大妹挤了挤眼睛。

罗大妹怀疑自己的耳朵出了问题，这些话怎么可能是从石林的嘴里吐出的？他到底站在哪一方？他不是郑一鸣派来解决纠纷的吗？她都糊涂了，石林的举措，有悖于以往啊。可石林那关切的叮嘱声，还字字响在她的耳边。

石林收线后就带着大块头告辞走了。他笑嘻嘻地说，等一下郑总来了，你要和他说一句，你这么大的一个老板，就赔这么一点点，算什么大老板，他保证还会再多给你一点儿！听我的话没错，我是为了你好！其余的话，我就不说了，说多了也没多大意思，你要见机行事！

罗大妹僵在那里，半天都回不过神来，她一点儿都猜不透石林的心里是怎么想的。石林是作为郑一鸣的说客来的，他应该帮着郑一鸣说话，但石林却反其道而行，一门心思帮罗大妹。石林为什么要这样做？她难以理解，她想了好久，还是想不出个所以然来，她这时发现自己的脑袋有些不够用了。

郑一鸣是在石林他们走后大约一个多小时后到的，他一来，罗大妹就照石林所教的鹦鹉学舌地学了一遍。

郑一鸣摸摸脑袋，他狐疑地看着罗大妹，我的罗老师啊，你这口气好像是石林的嘛！他这家伙，又教唆你什么了？我警告你，不要跟坏人学，跟坏人学，你会越学越坏的，像石林这种坏人，枪毙十次也不算多！

罗大妹心里一慌，差点就要说，这本来就是石林说的话嘛，我只不过照着他鹦鹉学舌而已。好在郑一鸣并没有追究下去，他只是有些不乐意地说，上次看你时，你态度还好好的，怎么我一转身，你就给我使绊子了，说是要报警，还拍了照片，把你那些伤全露出来，还说要验伤，你搞什么名堂？老是和我过不去？！我就知道你记恨着我，怪我不让你把孩子生下来，可那孩子是你想生就能生下来的？别自作多情了，那小孩要是真的生下来，恐怕连你自己的命都会没有的！你以为这个世界上所有的事，都是青葱拌豆腐一清二楚？做梦去吧，那里面的水深着哪，完全不是你所想象的……好了好了，我不跟你说这些了，跟你说这些你也不懂。唉，你这个人，老是给人添乱！你不知道这段时间我有多忙？他话音刚落，口袋里的手机就响了起来，他接听了，正听着，他包里的另一部手机也响了。郑一鸣恼火地嚷，还有什么事，你快说，你不说，我收线了，你不见我还有电话……

郑一鸣接听包里的那个电话，是跑到病房外去的，等到他转回病房，他已经坐立不安了，他不耐烦地说，罗大妹，我也不想听你说这个费那个费，我再加你1万，总共4万元，这样总可以了吧！随后他叽叽咕咕道，石林这小子，这点事也处理不好，还总说自己有本事，简直就是饭桶一个。

罗大妹差点笑出声来，郑一鸣威武和高傲的外表下还有那么一点点可爱，这是罗大妹没想到的。但笑过以后，她有些担心，石林和郑一鸣彼此之间是怎么说的？什么报警，她真的连想也没想过，还有什么照片？还要验伤？这些全都是无稽之谈！石林他怎么可以这样和郑一鸣说呢？石林能代表她吗？他到底想干什么？她私下里也嘀咕，要不要和郑一鸣说穿。说心里话，那钱，她觉得自己拿得有些不尴不尬的，有些趁火打劫或者欺诈的感觉。当然，她也同样不清楚石林从郑一鸣那里拿到了多少好处费。

　　郑一鸣好像很烦躁，完全不像罗大妹刚认识他时的那番沉着、冷静，目光也不似以前那样锐利，他干什么好像都是心不在焉的，就连说话也有些颠三倒四。他和罗大妹说完这些，就给罗大妹开了一张现金支票，开完后，连招呼都不打一个便匆匆离开了，连他平时总是随身携带的那只黑色公文包也遗忘在了罗大妹的病房里，后来还是他的驾驶员小米来帮他取走的。

　　罗大妹不知道郑一鸣怎么了，她发现他真的有些反常了，完全不同于以往那个风度翩翩、沉着机智的郑一鸣了。她这时候心里乱得要命，她不知道该怎么做，她既不想帮石林趁机敲诈郑一鸣一把，也不想告诉郑一鸣事实的真相。她恨这个男人，如果不经历那么多事，他只要稍微对她好一点儿，她想自己在任何时候任何场合都会刻意护着他的，毕竟他们有过最亲近的肉体关系，有过情投意合的一段时光……罗大妹就这么东想想，西想想，想到后来，人也累了，她就懒得去想了，她最后得出的结论是：这一切和我罗大妹有什么关系呢？你们争也好，夺也好，诈也好，骗也好，都与我无关！她这时候想得最多的是，怎么养好自己的伤，尽快去上班。听大块头讲，那个新项目的场地施工快要完工了，那边一完工，那就意味着她将从事新的工作。

第十七章

　　从那家私人诊所里出来后,罗大妹和田花促膝谈心谈过一回,主要是谈她和郑一鸣之间的事,罗大妹苦口婆心地劝她离郑一鸣远一点儿,郑一鸣不是什么好人,他要是使起坏来,你被他卖了还不知道。你不要被他的外表所迷惑,他内心的歹毒不会比毒蛇好到哪里。

　　田花情绪很剧烈,她一听就很感冒。她跳着双脚说,大妹姐,你这个人怎么像个跟屁虫哪,我走到哪,你跟到哪,你什么意思啊,我找郑一鸣是我的事,和你有什么相干呢?你无权干涉。

　　罗大妹恨得牙齿痒痒的,哦,田花啊,你现在抖起来了,翅膀硬了,可以独自飞了,告诉你,做什么事都得讲理,你不讲理,你就是一个泼妇。

　　谁是泼妇?你嘴巴干净一点儿,不要满嘴喷粪!田花也恼了。

　　罗大妹不好意思再细说下去,细说下去,两人都会尴尬,都会无地自容的,和郑一鸣有着畸形的肉体关系,毕竟不是什么光彩的事,罗大妹语重心长地提醒她,田花,你听得进听不进,是你的事,但我还是要和你说,郑一鸣并不是你想象的那么善良,他的承诺多半都是空头支票。不要忘了,他是大老板,而你是一个打工的,我不想看到你重走我的老路!我吃的亏,你难道没看见?

　　田花不以为然,她嫌大妹啰唆,便打断大妹说,大妹姐,行啦,行啦,我又不是瞎子,你吃亏的事,我怎么会不知道?我看得一清二楚呢,我不会再吃这种亏的。你放心，我又不是小孩，怎么会连这点常识都没有？假如连这点常识也没有，还怎么出来混？不错，他郑一鸣是在利用我，可你不知道，我同样也在利用他。老实告诉你，这个世界谁怕谁？说到底，这个世界就是大鱼吃小鱼，小鱼吃虾米……

面对田花的滔滔不绝，罗大妹瞠目结舌。田花没有听从她的劝告，她心里再急，却也无可奈何。她深深地叹了口气，田花啊，你再说得头头是道，也是纸上谈兵，你哪里斗得过郑一鸣这样的人！

田花不以为然，你也太夸大其词了，他郑一鸣是人，我也是人，他没有三头六臂，我怕他干什么，你可不要长他人威风！罗大妹心里升起一股悲哀，田花变了，再也不是以前那个对她言听计从的小妹妹了。

田花用一把小剪刀慢慢修剪着自己的指甲，故意垂下头，让长发挡住自己的眼睛，再也不理睬罗大妹。

罗大妹咬咬嘴唇，从鼻子里哼出一声，然后站起身，把门摔得乒乓作响，气呼呼地出了门。

她们谈崩后，有好长一段时间彼此不说话，后来总算开口了，但客气得像是陌生人。虽然她们两个装作没事一样，就像从来没有发生过不快似的，但自此以后她们之间就有了隔阂，彼此显得很生分，这一点连一向不大喜欢管这些闲事的石林也看出来了，他悄悄问过罗大妹，你和田花怎么回事啊？又搞僵了？罗大妹不想把真相告诉他，那种破事，怎么好意思说出口？她不想说，石林却偷偷地对她说，罗大妹，其实你不用瞒我的，田花和郑一鸣有一腿，我早知道了。

你怎么知道的？轮到罗大妹惊奇了。

要想人不知，除非己莫为。石林得意地笑了，那笑容奸奸的，就像要刺破她的皮肤似的，你以为我是傻瓜啊？郑一鸣这个人，一旦碰到艳遇，他是巴不得让天下的人都知道，他那张嘴是漏斗，盛不住水的。

怎么田花也会看中郑一鸣呢，郑一鸣给她灌了什么迷魂药？你不见郑一鸣怎么说？我就希望有朝一日，罗大妹和田花睡在我的左右边，不知道这种滋味怎么样？这年月找美女不是问题，找丑女倒成问题，找悍女更成问题，我现在既找到了丑女，又找到了悍女……我想当年康熙皇帝也不过如此……那个田花，我让她干什么，她就干什么，我就是吐口痰，她也会舔掉……石林吞吞吐吐地说着，挤牙膏一般，因为涉及特别隐私的，他有点说不出口，于是有些就说得含混不清，就像嘴巴里嚼了一颗橄榄一样。哎，你们两个人前赴后继地献身，把郑一鸣美得几乎逢人必说！哎，你们，怎么回事？石林难以置信地摇了摇头。

罗大妹羞愧不已，她的心慌慌的，这个郑一鸣，素质怎么这么差？他们之间的隐私，他居然让别人都知晓，现在这种事让自己的老板石林说出来，那感觉就像他也躲在暗处看到了这一幕，她头昏脑涨，浑身酥软，仿佛被人下了迷药一般。

石林自言自语地说，罗大妹，田花你要管好，再不管，她这个人我看是会出大事情的。

石林哪壶不开提哪壶，罗大妹内心里隐隐作痛，她想我何尝不是这样想的呢，因为她比谁都清楚田花的脾性，田花这个人真要痴情起来，那是百折不回的，哪怕上刀山下火海，她也在所不惜。上次那个汪大雄已经让她焦头烂额了，这次如果再出什么乱子，那田花这个人基本上就要报销了。不行，我不能让田花这么下去的，我还得找她谈，劝她赶快放手。她要是再不听，我就把郑一鸣和我之间的不齿事情也讲给她听，劝她悬崖勒马！

罗大妹于是放下架子，又开诚布公地和田花谈了一次。田花的态度还是很强硬，她不解地问，罗大妹，你到底想要干什么？你现在怎么总是说郑总坏话，以前怎么从来没听到过这些，你们两个好的时候，你连一点点消息都不肯透露出来，好像我会抢了你的。现在，我和郑总不过是在一起玩玩，你就嫉妒得要命，今天来劝我离开他，明天又来劝我离开他，你到底是什么目的，你干脆说出来好了！不要老是遮遮掩掩的。

罗大妹坦率地说，我以前确实有做得不对的地方，我今天向你道歉，我那时候之所以要瞒着你，那是因为我还没有将郑一鸣看穿，现在我看穿他了，知道他到底是一个什么样的人了，就想劝你小心。因为我们毕竟是好姐妹，我不想让你受委屈。

行了行了，我的罗大妹，我叫你一声大妹姐，我愿意听你还不成，我以后保证小心翼翼，小心到绝不让郑一鸣碰一下我的身体，这下总可以了吧？！田花敷衍地说着，她巴不得及早结束和罗大妹的谈话，她觉得现在和罗大妹谈郑一鸣没多大意思。

罗大妹知道田花在敷衍她，目的就是想尽快结束这场谈话，她们话不投机半句多，田花表面上是答应她了，但实际上，肯定是另外一回事，瞧她的架势，她才不想理她罗大妹呢。

田花，听我一句劝，郑一鸣在侮辱你啊。她把石林说的，讲给她听。

田花脸红脖子粗起来，你放屁，是你编织出来的，郑总不可能这么说的，他说话向来文绉绉的，他哪会说这种没知识没文化的话……

罗大妹吐了一口唾沫，用脚碾碎了，哼，听不听，随你，反正，我提醒过你了！以后是死是活，都跟我没有关系了！她被田花那种执迷不悟的态度给惹火了，掷下这句话后，头也不回地走了。

田花望着罗大妹拂袖离去的背影，她若有所思地咬住了自己的嘴唇。

罗大妹再一次发誓，绝不再到郑一鸣的健身馆里去了，去，你就是一个彻头彻尾的王八蛋！所以以后随便郑一鸣怎么打她电话，她也不回。他叫他的驾驶员小米开车来等，她也坚持不去。石林劝，也不管用。罗大妹说，郑一鸣太过分了，他是一头猪，猪才说猪话，干蠢事，我懒得和猪打交道，我再和猪打交道，那我自己不也成了一头猪？

石林对郑一鸣的热情大不如以前了，所以他和郑一鸣打电话时，带着一种揶揄的口气说，郑总啊，都是你的嘴巴害了你啊，平时老是喜欢口无遮拦，把天下的女人都得罪光了，不好意思，我劝不动罗大妹，要不，你自己去和她说？

她以为自己是七仙女下凡啊，这么难请，算了，她不来，我就叫田花来。郑一鸣气恼地嚷。那声音不折不扣地传递到了罗大妹的耳朵里。

罗大妹愤愤地想，郑一鸣，你是一条公狗！公狗！！她之所以不敢去那里，最主要的一个原因就是因为田花，她特别怕在那个地方碰到田花，也特别怕郑一鸣提出非分之想。

田花有时候哼着歌回来，罗大妹一看便知道她是从郑一鸣那儿回来的，她故意装作什么都不知道，也不去打听什么。有一次，田花带回来一台大彩电，罗大妹看来看去都有点像郑一鸣健身馆那个跛脚守门人房间里的。田花见罗大妹盯着那台电视机不放，她得意地说，郑总要把这个丢掉，我给要回来了，尽管旧了，我们用用还是不错的，反正我们正好缺一个……她心情特别好的时候，也会漏出一两句，哎，大妹姐，你是不是把你的全部本领都传给郑总了？他的摔跤技术越来越高了，我和他过招，就算我使出全部本领也不一定摔得过他了。哎，大妹姐，你也传点绝招给我，郑总说过了，假如我把他摔趴下一次，他就奖我1000元钱……

罗大妹恼怒地一掌打在她背上，你以后少在我面前提郑一鸣，我再也不想听到这个名字，我觉得恶心！

田花给自己的指甲涂着油，她一点儿都不生气，照样笑嘻嘻地说，好好好，不提就不提，我就搞不懂，你们原来不是还好过一阵子吗？好端端的，怎么就成了冤家？不要这样嘛，情谊没了友谊在啊！我听郑总说，他待你还是不错的，是你故意不理睬他。

罗大妹一扭身，走出了出租房，她懒得搭理她，也听不惯她的热嘲冷讽。

此后，她们俩在一起时，都尽量不提郑一鸣的名字，即使偶尔提到，她们也不会就此深入，从而避免发生无休止的争执，引起不必要的烦恼。

又过了一段时间，田花除了工作，又闭门不出了，一副很惆怅的样子，嘴上也很少提到郑总了。再过了一段时间，她的举止变得有些乖张，经常丢三落四的，仿佛丢了魂儿一般。罗大妹暗暗好笑，和郑一鸣玩感情？那还不自讨苦吃？我的话你不听，现在尝到苦滋味了吧？！可她也只是在心里想想，不敢在田花面前说出来，生怕一说，又会让她勃然大怒。

有一天，罗大妹看田花心神不定地在她面前晃来晃去，知道她似乎有什么话要和她说，便奚落她道，田花，你老晃来晃去干什么啊，你晃得我头都晕了，嗨，求求你，别像电灯泡一样照着我了，有屁快放，装什么装？

田花说，没什么没什么，我走走还不行吗？

罗大妹将碗中的最后一粒米粒扒拉进了肚里，她舒坦地说，田花，你现在的厨艺水平越来越高了，以后你可以去开家餐馆，专门卖我们广西的特色菜。

田花没有应答，她不再在罗大妹面前晃，而是一屁股坐下来看电视。她看电视也不专心，而是把手中的电视机遥控器按得飞快，于是一个个频道像跳舞一样地跳过。

你不能慢点选台吗？要那么快干什么？罗大妹不悦地说。

田花选择了一个台，是中央台的体育频道，里面正在放美国NBA篮球赛。罗大妹凑过去，坐在田花边上，和她一起看着。对于她们来讲，体育比赛总是那么吸引眼球。有时候，即使完全是和她们无关的项目，她们也看得津津有味，边看还要边评论，一二三四分析得头头是道。

罗大妹坐到田花的边上，这时她发现田花的全身都在微微地颤抖着，因为她的一条腿和田花的腿靠在一起，她能清晰地感受到。

罗大妹把脸转向田花，你怎么啦？是不是病了？

田花"嗷"地一下惊跳起来。她大哭起来，大妹姐，你要死了，你马上就要死了！

罗大妹摸了摸田花的额头，还以为她感冒发烧了，怎么说的话都是颠三倒四的？她明明好端端地在看电视，还说她快要死了。这不是胡话是什么？田花抱住罗大妹，急得脸色都白了，罗大妹，我不骗你的，真的，你快点到医院去啊，你不去，肯定会死的，我在你吃的菜里下了鼠药！

罗大妹大惊失色，联想到刚才在她吃饭的过程中，田花一直紧张兮兮地看着她的情形，她似乎觉出了一点儿什么。她张大嘴，失神地望着她，她都快急哭了，田花，你是不是吃错药了，我和你无冤无仇的，你为什么要用鼠药药我？她发现自己的脑子转不过弯来了。

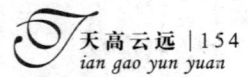

田花不回答罗大妹，她紧张地催着罗大妹，快点走啊，快点走啊，再不走，你没命了！

田花拼命地推着罗大妹，罗大妹大惊失色，连爬带滚地冲出了出租房，田花紧紧地跟在她身后，大声喊，叫出租车，叫出租车！她们喊住了一辆出租车，让司机火速开到离这最近的医院。

司机狐疑地看着她们。

田花冲他喊，她中毒了，快点！你再不开，她要死在你车上了。

司机闻言，慌张起来，他一踩油门，车像箭一样地射出去。

一到医院，医生马上为罗大妹洗胃，她还在奇怪，便问站在一边的田花说，你是怎么发现她中毒的？这种鼠药毒性强，你如果再晚送来一点，就准备替她收尸吧。哎，她的命真够大的，来，你说说经过！！

田花的脸唰地一下红得透彻，她不敢回答医生，假装低着头，好像没有听见她说话似的。

躺在担架上的罗大妹却嗫了嗫嘴，似乎在示意让田花说。

田花还是像筛糠一样抖着说，她误吃了放在饼干里的鼠药，我发现了，就……田花语无伦次地说着。

医生无心听田花细说，她只是说，你这个人怎么这么粗心，会把鼠药和饼干放在一起？我起先还以为她是自杀！

总算是虚惊一场，田花那颗狂跳的心慢慢地落回到心窝，而罗大妹经历这一番折腾，早已虚弱不堪，她平躺在病床上，脸无血色，真像死过去一样。

田花守候在罗大妹床边嘤嘤嘤地哭起来，双肩一耸一耸的，显得特别伤心。

罗大妹的脑子里一片空白，她真的无法理解田花的举止，她总不至于因为是一些鸡毛蒜皮的小事，就要往她的饭菜里下老鼠药。如果确实是这样的话，那她罗大妹就在劫难逃了。你想想，她们在一起吃饭，罗大妹负责买菜，而田花负责烧菜，她要放鼠药什么时候都可以放。一想到自己随便什么时候都会像一条狗一样被她药倒，罗大妹的背脊里沁出了一层冷汗。田花她为什么要这样做？她一定要问问清楚，她哪来这么大的胆子？她难道不知道一旦把罗大妹药死了，她自己会是怎样的一个结果？她当然也脱不了干系，她能逃得过警察的眼睛？再说，这事也做得太明目张胆了。

罗大妹等病房里没有其他人的时候，忍不住就抛出了她的这些疑问。她是个在心里不大搁得住事的人，尤其是这么大的事，她都心慌意乱了。是的，她难以理解。她轻轻地问，田花，我们还是姐妹吗？

田花低着头，一声不吭，她还在嘤嘤地哭着。

罗大妹伤心欲绝地说，田花啊田花，你是我亲如手足的好朋友，你怎么可以就这样把我当一只狗给处理掉呢？你为的是啥呀？

田花羞愧交加，她用手掩住自己的半边脸，抽泣着说，大——大妹姐，起初，我怕你和我争郑一鸣，我想真的要争的话，我是争不过你的，你要是和郑一鸣重归于好，郑一鸣就会不理睬我，就会赶我走的，我就想，只有让你消失，因为只要你一消失，郑一鸣就会爱我一个人了……大妹姐，我喜欢郑一鸣，我也想和他有个孩子，跟你和他一样，哪怕他不让我生下来，我也会照你做过的去做，让他赔一笔钱给我……大妹姐，你不知道的，看你和郑一鸣好时，我就难受，为什么好事全让你占了，你能和大老板睡觉，我就不能？看你和郑一鸣黄了，我想我也可以试试的，说出来不怕你笑话，我真的想尝尝和大老板谈恋爱的滋味……我见你老是反对我和郑一鸣好，我就起了疑心，你为什么要拆散我和郑总呢？你是不是有什么目的和企图？当我看到郑总又好像准备和你好了，我就难过；看到郑总那么起劲地巴结你，我也难过……郑总现在不理我了，我只有让你彻底地离开，你离开了，我还能和郑总好，不这样，我就没机会了……

罗大妹屏住了呼吸，很久以来，难道田花一直是这样想的？她根本不清楚，更觉得不可思议，她像是不认识她似的凝神看着她。

大妹姐，郑总为什么不理我了？是不是你在他面前说了我的坏话……田花哀怨地问。

罗大妹一阵头晕，她吃力地说，你——你给我走开！她肺都要气炸了。

她一心一意地护着她，把她当作不谙世事的小妹妹来看待，哪里想得到她却心思缜密，平时一直像防小偷似的处处防着她，眼下，她又做出了这么决绝的事来，这个人不是小人是什么？她太无耻了！她失望至极，委屈像潮水一样袭来，一时她无法控制自己的情绪了，她尖叫起来，你给我滚，我再也不想看到你！姓田的，你太无耻了！你不是人，比猪狗还不如！

田花不安地绞着自己的手指，尴尬地说，大妹姐，千错万错都是我的错，你大人不记小人过，你一定要原谅我。我真的是一时糊涂。

罗大妹闭着眼，不想理睬她。

这时候，查房的护士进来了，她对田花说，你们准备一下，可以让她出院了，到家后一定要好好静养啊。

田花哦哦哦地答应着，好的好的。

罗大妹还是闭着眼，心里翻江倒海般难受，她不无酸楚地想，我罗大妹哪来这么好的福气静养？我每天晚上得让男人摔倒在地五六次……这些其实都无所谓，最让我想不通的是，我最最要好的小姐妹，也把我当敌人看，我连一条狗都不如。狗摇摇尾巴，还能博得人的同情，我哪怕眼泪流干了，眼睛成了两个干窟窿，别人也不会当回事……

田花像一只猫那样悄无声息地帮罗大妹办理着出院手续，整个人木木的，脸上像刷了一层糨糊，僵硬得很，也不知道她在想什么。回家的路上，两个人居然连一句话都没说。

田花把罗大妹送到出租房后就跑开了，她对罗大妹说，大妹姐，我去菜场看看，我去买只鸽子让你补补身子。

罗大妹摇摇头，算了，田花，我什么都吃不下去。

田花喃喃地说，我要去买，我一定要去买，我要向你赔礼道歉，不买的话，我的心里会过意不去的。

罗大妹叹出一口气，好吧，早去早回。

田花走了，低着头，垂着眼，一副愧疚。

罗大妹恨其不争地想，田花，你糊涂不糊涂啊，你知道你在干啥？你这是在犯罪，傻瓜也不会这样干啊，你把我药死了，你就能过上好日子了？你这是在做白日梦呢……这事要让人知道了，那不叫人笑掉大牙，别人就等着看我们的笑话呢！以为我们真的是傻啦吧唧……但有好多的事，她真的想不明白啊！田花再不懂事，也不至于不懂事到这个程度！

第十八章

　　夜一点一点地黑了下来，然而田花还是没有回来，罗大妹在心里嘀咕，怎么回事？去个菜场，要那么长的时间干什么？准备把买的鸽子烧熟了再拿回来了？最近的菜场离她们不过1000米多一点儿，她总不至于跑到别的菜场去了，舍近而求远，这太不合情理了。罗大妹拨打她的电话，却发现她关机了，打了好几次，却总是打不通。一直到晚上八点，还是不见她的人影。这个田花，搞什么鬼名堂，是不是看时间来不及了，直接去上班了？上班的时候，她们有时候倒会把手机关掉。你去上班，也得跟我打个招呼啊！这样不声不响的，唱的是什么戏文？她不禁又对田花生出怨意来，这个田花，复杂得很哪！她开始打大块头的电话，大块头也在打她的电话，两人互拨了好一阵电话才通上。

　　大块头火烧眉毛一样地急叫，罗大妹，田花呢？该她上班了，怎么连个人影子也不见，打她电话又不通？她到哪儿去了？石总也在问我，怎么回事？田花连个假也不请，现在客户都来了，她却不出现，太不像话了！她是老员工了，怎么可以这样不负责任呢？这段时间，她真的是越来越不像话了，像是吃错了药，老是丢三落四、吊儿郎当的。

　　罗大妹的心猛地一沉，田花没去上班？那她会去哪里呢？她顿时躺不住了，便直起身子说，李哥，你不是跟我开玩笑吧。

电话那头，大块头抹着额头上不断涌出来的汗水，谁跟你开玩笑？我现在哪有心思开玩笑？！石总都在骂人了。要不，你来代她一下吧。让她明天上你的班。罗大妹忍不住倒吸了一口冷气，这时候她觉得为难极了，去吧，她的身子虚得厉害，仿佛一阵风就可以把她吹倒，不去吧，那边十万火急，救场如救火，她不想得罪石林。她思忖了一会儿，决定还是去，她抖抖索索地下了床，但一用力，脚却在发飘，接着，一阵眩晕袭来，她只得又躺回到床上。她沙哑着喉咙给大块头打电话，李哥，麻烦你和石总说说，我今天身体不行，病倒在床上了。田花嘛，我想她可能有点急事，临时跑开了……

大块头生气地说，你们两个，老是给石总添乱，一会儿这个，一会儿那个，事情多得像太平洋上空的云！现在需要你们了，一个人都不见！你们什么意思啊？罗大妹一迭声地说，对不起，真的太对不起了。我再找找田花，找到了，马上让她来上班，这个鬼丫头，野到哪里去了。罗大妹再次打她电话，还是不通。她的手机的提示音一直在说，你所拨打的电话已关机，请稍后再拨！显然，她那边处于关机状态。她怎么会关机呢？这样的情形以前可从来没有过啊。一个不祥的念头迅速地闪过她的脑际，像闪电那样亮。罗大妹突然被吓了一跳，田花会不会一时想不开走了绝路了？想到她临走时，那期期艾艾的样子，罗大妹的手哆嗦起来，继而这种哆嗦蔓延到了全身，她打电话给石林，用劲全身的力气喊，石老板，田花不见了，她失踪了，她傍晚时出去，一直到现在还没回来，她去菜场买几只鸽子，说是要给我补补身子……她中午在我的饭里下了毒……我进了医院抢救……她突然关机了……人不见了……她语无伦次地说着，石林什么时候挂的电话，她都不知道，她还在那儿说啊说啊。

过了很久，罗大妹硬撑着从床上爬起说，我要去找田花，我要去找。她连忙找了一个手电，摇摇晃晃地出了门，她漫无边际地找着，空荡荡的马路上满是她焦灼的声音。田花，你在哪里，你在哪里啊！你快出来，你不要吓我好不好？求求你了！那件事我不怪你了，真的，我已经原谅你了！你再不出来，我要哭了！

半夜的马路上，多的是落叶，什么样的树叶都有，也不知道它们是从哪里来的，一会儿就是一小堆，一会儿又是一小堆，它们在罗大妹脚下沙啦沙啦地响着，就像在不停地说，苦啊苦啊……偶尔有一辆车打着刺目的灯光，从她的身边急速驶过去。罗大妹一遍又一遍地在心里祈祷着，田花，你千万不要出事啊，千万不能有个三长两短啊，你要出事了，我没法和你家里交代啊！是我把你带出来的啊！我的老天爷，我怎么把田花丢了呢？泪水潸然滑出来，肆无忌惮地在她的脸上流着。

可能是罗大妹的怪异行为，惊动了夜巡的警察，他们拦住罗大妹，问她出了什么事，罗大妹说，我妹妹不见了，她叫田花，她是广西人，在勇敢者俱乐部工作，她会摔跤……说着说着她就号啕大哭起来。警察叫她不要哭，让她慢慢说。他们向罗大妹问清楚田花的体貌特征后，便送罗大妹回家了，并关照她，千万不要在马路上乱走，那是一件非常危险的事，你总不希望自己也出事吧！警察苦口婆心地劝着她。罗大妹机械地点着头。

大约是凌晨三点多一点，警察打来电话，说是田花找到了。现在在关丁口派出所，让罗大妹立刻过去领人。一直枯坐着的罗大妹顿时欢天喜地，她用力地拍着自己的大腿，又哭又笑，我说嘛，田花不会丢的，她不会丢的，她又回来了。她觉得自己一下子又有了力气，走路也不再摇晃。

在关丁口派出所，罗大妹见到了分开了差不多有十多个小时的田花，田花还是那个田花，什么都没有变，但她一见罗大妹，却害怕似的将身子往后缩，面对罗大妹伸过去的手，她熟视无睹。猛地，她给罗大妹跪下了，大妹姐，我错了，我知道我错了，求求你，千万别把我交给警察，我以后再也不这样了。她泪水涟涟地说。

罗大妹猛地如泥菩萨般地呆住了，田花，你这是干什么？你出了什么事了？罗大妹蹲下身来，双手把她搀扶起来，然后将她抱在怀里。告诉你大妹姐，你到底到哪儿去了？

田花抿着嘴不说话，只顾一个劲地抹眼泪。她的身子在簌簌发抖，就像一只被打湿了翅膀的雏鸟。

这时，罗大妹发现她拉着很大的一个皮箱，就问她干什么。

她还是不说话，脸拉长得犹如一根苦瓜。

警察插嘴说，我们是在火车站把她找到的。

田花，你要走？罗大妹警惕地问。

田花点点头。

你真的要走？想到哪里去啊？你为什么事先没有和我说？！罗大妹摇着她的身子问。

大妹姐，我无脸见你了。田花说。

走，我们回家去，你哪儿也不能去，我们永远在一起。罗大妹不知哪来的力气，一把拖住田花的手就往外走。

哎，你们还没在这里签名。一个警察叫住她们。罗大妹在一张纸上签上她罗大妹的大名，然后吃力地拖着田花的大皮箱和她一起回了家。

大妹姐，我对不起你。田花说，她把皮箱打开，从里面取出好几沓百元大钞，一齐推到她的跟前，大妹姐，我不该偷你的钱。

偷我的钱？罗大妹很茫然，我哪来这么多现金？

我发现了你放在枕套里的银行卡……田花低着头轻轻地说。

罗大妹想起什么，赶紧翻开自己的枕套，果然放在一起的好几张银行卡都不见了，再摸摸皮夹，连身份证也不翼而飞。

罗大妹明白了。

田花突地一下给罗大妹又跪下了，还抱住了她的一双腿，大妹姐，我田花不是人，我一发现你有那么多的钱，我心里就觉得不平衡，你凭什么有那么多钱……你处处有人宠，而我像一只没人要的癞皮狗……我做什么都不顺当，连你丢掉不要的郑总我也高攀不上！就是做一般的朋友也不行，就连摔跤，人家也瞧不起我的那点本事……那个郑一鸣口口声声说我是冒牌货……连汪大雄这个牢改释放人员，这个王八蛋也不把我当回事，我的命怎么这么苦啊！我不想再看到你的威风了，我甘拜下风了，我要走，走得远远的，我再也不想看到你，眼不见为净嘛，省得自己心里老是发堵……

天越来越明亮，说累了的田花静静地睡去了，听累了的罗大妹也睡去了。

她们睡得那么沉，整个世界都泡在了她们的睡眠里。

后来还是石林的电话把她们吵醒的，石林幽幽地问罗大妹，田花回来了没有？罗大妹赶紧说，回来了回来了。罗大妹听见石林叹出了一口气，接着他说，回来就好，昨夜我向公安报警，他们却让我在四十八小时以后再报案……田花到哪里去了？罗大妹很想把事情真相告诉他的，见田花眼珠子一错不错地盯着她自己，便放弃了，她想，这是她和田花之间的事，没有必要让石林知道的，她轻轻说，她太累，去泡了个澡，在浴场里睡着了，正好，手机也没电了……

田花如释重负地朝罗大妹莞尔一笑。

这个田花，开什么国际玩笑，拿工作当儿戏？等一下，你们两个到我办公室来……石林不满地说。

罗大妹和田花伸了伸懒腰，她们互相望着，不约而同地站起身，做了个摔跤的动作，她们忍俊不禁地笑了。罗大妹先出手，率先把田花摔倒了，接着田花也把罗大妹摔倒了。她们就这样你一下、我一下地摔着，直到筋疲力尽为止。

田花像个犯错的小孩一样爬到罗大妹的身边，撒娇一样地摇动着她的一只胳膊，大妹姐，你答应我，不记我的仇，以后不许提我做下的这些丑事……

罗大妹深深地呼出一口气，田花，我们不说这个好不好？说这个没意思，我是姐姐，我不计较你所做的错事，我们说点高兴的。我们永远是好姐妹，谁也不离开谁。

大妹姐，我——田花的眼圈又红了，她的感情变得特别脆弱。

嘘——别说了，我们吃饭去吧，今天我们上馆子去撮一顿。罗大妹说。

田花露出一口白牙，我做东。

不，我来。罗大妹说。

那我们实行 AA 制。田花说。

行。她们伸手击了一下掌。

在吃饭时，罗大妹忍不住问田花，你昨天出门后，就一直待在火车站？

哪里。我一直在银行取钱。我不敢多取，这个自动取款机取一点儿，那个又取一点儿……田花不好意思地说。

罗大妹扑哧一声笑了，银行都是联网的，到别的地方也能取。咦，我的密码你怎么知道？

田花老老实实地说，我偷看到的，你的号码是066666……很好记的。

罗大妹目瞪口呆。

第十九章

宁丁州虽然没有北京上海那么大,也没有成都武汉那么人多,但它毕竟有过辉煌的历史,做过某个朝代的古都,所以凡是跟吃喝玩乐有关的项目,都特别能吸引这个城市的人们,这不,勇敢者俱乐部刚刚贴出泥地摔跤的海报后,前来办卡的人就络绎不绝了。

石林笑得合不拢嘴了,两眼也眯成了一条线,那两个钢球被他转动得像风车一样快。你们还没看过表演,怎么就过来办卡了?那些客户说,不看也知道,我们都从网上了解过这个项目,一定很刺激的。有的人还熟门熟路地提到了那个对泥地摔跤情有独钟的小国家——斯洛文尼亚。

石林暗暗得意,看来自己注意到的新事物,别人未必就不知道,网络给了这个世界更多的精彩,只不过别人没有这个条件去操作,而他却具备,他顿时有了一种鹤立鸡群的自豪感。什么叫独具匠心?什么叫先行一步?大概说的就是眼下的他吧。

你们应该看看,看看才决定,要不,你们就亏了。一张卡,毕竟要2万元钱。他谦虚地说。

客人说,我们不信别人,还能不信你石总?你石总是人尖子,不赚钱的项目你是不会去开拓的,你想想,你本来就有摔跤项目,只不过增加一点儿内容,肯定不会差的,就收2万元,我还觉得少呢。我估计,你是中国第一个吃这只螃蟹的人,现在全国范围内也找不出第二家。

　　石林呵呵呵地傻乐,客人的恭维话还真说到他心里去了。他就是喜欢做一个跑在别人前面的人。

　　果然,在试营业的三天里,俱乐部说不上人山人海,但摔跤场馆场场爆满却是一个不争的事实,连平时对摔跤项目不屑一顾的其他场馆的会员,也全都赶过来一睹为快,新鲜的东西总是特别容易吸引眼球!

　　罗大妹和田花穿着特制的三点式泳衣上场,叫多少人的眼睛亮起来,老实说,她们的身材是不敢恭维的,客人看多了各种各样的选美比赛,对于那些凹凸有致的各行各业的模特儿,他们总是宠爱有加,这不但缘于她们甜美的长相,还在于她们的落落大方的举止,当然,更多的则是她们的性感。她们的每一个动作都能摆得恰到好处,让人产生无限美好的想象,但再美的东西,看多了,也就有了审美疲劳,所以当罗大妹和田花一亮相,便把他们的目光吸引住了——因为她们除了女性特征一览无遗外,而且某些部位比选美的选手更丰满,穿的也是凉快的三点式泳衣,而且她们发达的四肢和肌肉,让他们老是产生错觉,无法把她们和女人联系起来,这情形有点像男人穿三点式泳衣演马戏,小丑味就出来了。等到她们在泥地里不停地站起,又不停地倒下,全身从头发到到脚趾,全部沾满了泥浆,整个人就是一个泥人时,人们的眼睛顿时凸出了——这时候的罗大妹和田花犹如雕塑般美丽,因为你看不到她们的身段,也看不到她们的容颜,你看到的就是一个近乎赤裸的女人,胸和臀极大程度地被放大,全身呈古铜色,那真是一种无与伦比的力量之美啊!

　　你想不想上去和女摔跤手一试身手?你想不想让自己的光辉形象留住?那么,请上来吧,使出你全身的力气,进攻,进攻,再进攻,一直到最终取得胜利……主持人恰到好处地跳出来,麦克风里,传出的是他富有感染力的声音,是的,他在拼命地煽动着人们的情绪。于是,台下的客人和会员便蠢蠢欲动,有不少人更是踊跃上前,那摩拳擦掌的样子,仿佛登上的是奥运会赛场。

试营业的三天，是罗大妹和田花最紧张的三天，她们深感焦虑的就是身上穿着的三点式泳衣，怕激烈运动之后，那些布片会突然分崩离析，从而导致走光。但三天下来，却安然无恙，一丁点儿事都没有发生，相反，因为涂抹上了泥浆，保护程度高了不少。但是她们还是对这泥地摔跤产生了一些恐慌，那就是在泥地里活动，工作强度大大增加，平时她们一般一夜都能摔上三到四场，但现在只要摔上两场，她们浑身力气就全都消耗光了，整个人会像一摊烂泥那样瘫倒在场地上。泥地是泥泞的，可能是为了增加效果，这个泥地做得比斯洛文尼亚传统的泥地还烂一些，罗大妹和田花一上去，单是表演性质地来几个回合，人就气喘吁吁了，最要命的是，她们发现，在泥地里摔跤，她们其实并没有什么优势，平时派得上用场的技巧，在这里大打折扣，要么，完全用不上，要么动作走形，比不用技巧还叫人难受。她们把这些情况都和石林做了汇报。

　　石林也觉出了难度，他既看到了这个新项目广阔的前景，也看到了存在的难点问题，于是，他把俱乐部的相关人员召集到一起，开了个会，美其名曰为赛诸葛会。希望与会人员人人献计献策，共同把这个新开设的项目经营好、管理好。他指名道姓地对罗大妹说，罗老师啊，你是这方面的权威和行家，你说说。

　　罗大妹窘迫地摸着自己虎口上的一个伤疤说，我哪里是行家，我连半个行家也算不上！石老板抬举我了。她呵呵呵地笑起来，笑了一阵，她还是歪着脑袋想了想，后来她就一本正经地说，我的意思是在场上的时间一定要缩短，原来是每个回合三分钟，现在可以是一分钟，至多一分半钟，原来是五局三胜，现在可以是三局二胜。石林点头称许。

　　还有你，田花，你也说说。石林将手中的两个钢球朝她晃了晃。

　　我也要说？我想说的和我大妹姐是一样的。田花急急忙忙地说，那时候她思想在开小差，正在认真翻看一位女工作人员手上戴着的一枚做工精巧的戒指。

　　石林清了清鼻子说，当然，你也得说说，你不能光带着一副耳朵来坐在那里就行了。

田花掰着自己的手指说，我看人员要增加，再多几个人，我们就可以轻松一点儿了。不会再像驴一样喘大气了。她话音刚落，就引起了哄笑声。有个人朝她挤了挤眼睛，声音脆脆地说，田花——驴子！全场的人都笑了，石林也乐得抹了抹嘴唇，说，田花，你倒真的多才多艺，估计去说相声也不会差到哪里去。

那个会开了足足有大半天，说什么的都有，有个员工甚至说，反正到那场地上去也不需要什么技术含量，干脆大家轮流上去做摔跤手，一来热闹，增加人气，二来大家也可以过过摔跤的瘾……他的提议，还惹来了开会的人一片叫好声。但这理所当然地遭到了石林的反对，那位员工被石林劈头盖脸地骂了一通，说他没事找事，一点儿都不为勇敢者俱乐部着想，就喜欢插科打诨，图嘴皮子痛快，亏他想出这馊主意来，要是大家全都上去，不就成了澡堂子？哪里还会有新会员加入？恐怕连讲究品位的老会员也会退避三舍。

你没事吃饱了撑啊！石林警告他，要是他再这样无所谓，信口开河，总有一天，他会开除他的。因为他这个蛋捣得也太大了一点儿。石林的一席话，吓得那人连忙闭了嘴，连声讨饶，说自己不该乱开玩笑，自己的蛋捣得确实有点大，希望石总宽恕，不过，我的出发点还是好的，想让大家乐一乐！他小声地为自己做着辩解。

一出会场的门，田花就伸了个大大的懒腰，大妹姐，以后，这样的会，你和我传传话就行了，我不要参加，累都累死了。主意嘛，石老板会定的，要我们瞎操心干什么？我们都是脱裤子放屁，多此一举，石老板那么精明的人会向你讨主意？他嘛，还是大块头说得好，就是想过过开会的瘾。不过，老实说，石老板要是能发点补贴什么的，那我倒也是愿意参加的，就当是在工作嘛！

罗大妹又好气又好笑地看着田花，虽说田花只比她小一岁，但那言行举止，和她起码相差了十岁，像个还没出校园不谙世事的小女孩。

叫罗大妹、田花她们有些预料不到的是：石林居然采纳了她们俩的意见——一是减少场次,由一天三场改为一天两场,二是缩短她们在场上的时间,由3分钟改为2分钟,还有,就是准备增加两名新的女摔跤手。关于招聘那两名新手的事宜,先由大块头进行物色,等有了合适的人选,再请罗大妹和田花进行面试,符合条件的就留下来。

大块头对石林的创意,佩服得五体投地,他劲头十足,说干就干,没多久,还真的让他找来了两个女的,一个大,一个小。大的有近30岁了,姓赵,年轻的时候曾在市一级的少体校练过铅球,没练出来,后来就当了营业员。促使她想进陌生的摔跤场的原因是她的女儿得了白血病,需要钱给女儿看病。见招聘广告上的待遇比较诱人,她就不管不顾地来了;还有一个是只有19岁的小女孩,姓金,小金在一个县的少体校练举重,很努力地练着,但成绩却老是上不去,于是就把火撒在教练头上,认为是教练水平太臭,才让自己的技艺提高不快,在和教练大吵一通后,居然用自己腰间护腰的宽皮带狠狠地抽了教练几下,结果把教练抽成了脑震荡,赔了别人老大的一笔钱。父母当然不乐意,数落了她几句。

小金性子倔,脾气也大,干脆一不做,二不休,擅自离开了学校,她打电话给父母,老子不练了,这总归可以了吧,你们也可以放心了,以后我总归不会再出事了吧!省得你们为钱的事吵个天翻地覆。她父母欲哭无泪,母亲求她,不练就不练,那你回来吧。

小金冷笑,回来?回来你们会给我好脸色看?老子要去找活干。撂下电话,她就跑宁丁州来了,宁丁州离老家足有上千里路。

大块头诚恳地说,罗大妹啊,田花啊,你们看看,这两个人是不是合适?接下去的考核工作就交给你们了,你们俩说了算,石总说过的,我们各司其职,我只负责把她们拉过来,拉到你们身边,这样我的任务就算完成了。

罗大妹呀呀呀地叫起来,嗬嗬,李哥,你倒好,做甩手掌柜啊?把什么都推给我们,那你干什么?不要忘了你是总经理助理!

大块头搓着手皮,笑得一脸的真纯,我嘛,负责给你们望风。

啊,你以为我们在做什么坏事啊!罗大妹追着要打大块头,大块头闪过了。罗大妹说是这样说，但对挑选那两名新手，还是上心的，她认真地给她们打着分数。

从她们的体形上来看，罗大妹还是满意的，这两个女的，都粗矮壮实，特别是那个老赵，伸出的拳头有钵大，两条大腿跟大象腿有得一比，有力量是毫无疑问的，特点也明显，那就是爆发力比较强；小金呢？年轻，肯吃苦，可塑性也强，让她觉得美中不足的是，这两个人都没练过摔跤，对这个项目一无所知，可以说是一片空白。训练起来，可能会有一定的困难，小金稍微好一点儿，但老赵，相对来讲难度可能更大一点，因为年纪毕竟大了一些嘛，到底是留还是不留，她也有些吃不准。看罗大妹在犹豫，田花和她咬了咬耳朵说，大妹姐，让她们留下来，她们留下来，我们就轻松了。

可她们什么都不懂，需要我们教，真要教会她们，那可不是一件容易的事，可能会很累很累，那种累会超出我们的想象。罗大妹有些担心地说。

你管他呢，她们技艺高不高其实和我们没多大关系，她们越没本事，就越能显出我们的本事了，你不要太认真哦，千万别做傻事，把她们教得超过我们，到时候我们就惨了。田花小声叮嘱。

罗大妹的心一动，她承认田花说得有道理，她这一说，她不由自主地在眼前滑过郑一鸣的身影，郑一鸣不就是她手把手带出来的？到了后期那一阵子，她都在担心郑一鸣迟早有一天会超过自己的。但马上，她又释然了，小金和老赵可没法和郑一鸣比，她们再努力也练不到他那种水平，所以当石林征求她意见时，她主意很定地说，全都要吧，我看这两人素质不错，估计调教调教，很快就能上手的，接下去的任务就交给我们吧，由我和田花来教她们，让她们尽快熟悉业务。

见罗大妹说得这么肯定，这么胸有成竹，原先还一直犹豫着的石林顿时彻底放下心来，他赞赏道，罗大妹啊，你的管理能力越来越强了，我相信，强将手下无弱兵，我希望你尽快将她们带出来，因为摔跤馆马上会忙得不可开交的。

这年头也真是怪，喜欢新鲜事物的人居然是那么多，多得如过江之鲫，泥地摔跤在宁丁州一下子成了最时尚的运动之一，但在这些人中，罗大妹却意外地没有发现郑一鸣。按说，像他这样无比热爱时尚和运动的成功人士，一旦有新生事物出现，他一定会在第一时间亮相的。莫非他又到外地坐镇去了？她知道他有好几个房产项目远在内蒙古、宁夏、山西、天津等地。

有一天，她装作无心地问田花，田花，你和郑一鸣现在还有没有联系？

田花被她突如其来的问话吓了一跳，她脸皮一红，双手一阵乱摇，大妹姐，你放心，自从他不理我后，我再也没跟他联系过。

哦，那你打电话和她联系一下，问他怎么不来我们俱乐部摔跤了？我们这个泥地摔跤项目都推出好长一段时间了，宁丁州差不多有些头脸的人都来过了，就不见他人影？叫他来捧捧场嘛！罗大妹口齿清晰地说，她这样说，听上去，就好像完全是在为俱乐部着想。

田花连想也没想就从手机里翻出郑一鸣的号码，她打了过去，但被告知这个电话号码是空号。她以为自己拨错了，看着号码重新拨了一遍，但还是空号的提示音。不可能啊，以前这个电话一直能打通的啊。田花自言自语地说。

罗大妹心里一动，她从自己的手机里翻出郑一鸣的另一个电话号码，打过去，同样是空号提示音。

他不用这部电话了？罗大妹自言自语地说。

田花将手机提在手里，也怔怔地看着她。两人面面相觑了一会，就将目光掉开去，不再提及郑一鸣。

其实，罗大妹的内心里是有那么一点儿念头的，她想知道他在干什么？说心里话，尽管她嘴上一千次一万次地说恨他，可她在内心里却一直恨不起他来。她知道自己很无耻，可她一点儿办法都没有让自己不无耻。因为郑一鸣对她来讲太刻骨铭心了，只有她自己清楚，像郑一鸣这样真正热爱摔跤运动的人，除了自己，她再也碰不到了，虽然她每天都在接触摔跤爱好者，和他们过着招，但那绝大部分都是图新鲜来的，新鲜劲一过，他们又会投入到更新鲜的运动中去，但郑一鸣不，他用他的固执，履行着他对摔跤的热爱。

前段时间罗大妹之所以没有想到他，除了忙以外，还有赌气的成分在里面，她被田花的横插一杠子搞得不知所措，她不能容忍田花也与郑一鸣有关系，她想方设法地阻止田花纠缠郑一鸣，很大程度上就是为了自己，外人一直以为她是为田花着想，其实她是在为自己着想，她想郑一鸣不会一直这么冷酷地对待她的，如果他真的不想理她的话，他不会一而再，再而三地迁就她，包括他给她的那些赔偿啊，做陪练的酬金啊，都是超高的。罗大妹不是傻瓜，她怎么会看不出来？田花的加入，给了她当头一棒，田花凭什么加入啊！她要赌口气，看看郑一鸣到底会对她怎么样。你不打电话来，我也不打电话去，看你能坚持到什么时候，我就不相信你不准备摔跤了，你也不喜欢摔跤了！当然，她也要在田花那里做个姿态出来，不准你找郑一鸣，我也不会找！可现在郑一鸣居然把手机号码都换了？换了也不和她说一声，这好像没有道理啊！也不像是郑一鸣的做派。

她有些纳闷，便向大块头打听。李哥，那个郑一鸣呢？不在这里发展了？

大块头定定地看了她一会儿，然后揪揪自己的耳朵说，罗大妹，你是真不知道还是假不知道？

他怎么啦？罗大妹的心狂跳起来，好像要穿破胸膛的样子。

罗大妹的茫然，让大块头确定她真的不知道郑一鸣的情况。他深深地叹了口气说，我还以为你早就知道了，照例讲，关于郑一鸣的事，你应该比我更清楚一点儿。嗨，实话和你说吧，郑一鸣元气大伤啊，他现在是今非昔比了，你说他人在哪里，谁都说不清楚啊，因为他居无定所，标准的狡兔三窟。

从大块头嘴里得知，郑一鸣的上市公司发生了内讧，她老婆应建岚在外面有了新的相好，不是一般的男女朋友，是准备婚嫁的那种。她早就看不惯郑一鸣的阳奉阴违了，至于郑一鸣的放浪形骸，那更是应建岚所深恶痛绝的，她和情人一同联手，把公司的资产全都转移了。

那资产本来就是应建岚占大头，而郑一鸣只有很小的一部分，她那么一搞，等于是把他扫地出门了。平心而论，郑一鸣这人水平还是有的，这些年，如果不是他的努力，公司不会这么红火，也走不到上市那种程度。想不到到头来应建岚来个釜底抽薪。这一年多里,郑一鸣一直在找律师,打官司,想把该他拿的那部分拿回来,可应建岚把准备工作做得很充分,几乎滴水不漏,郑一鸣没有证据,就无法拿回自己的财产……大块头叹息着说。

可……可郑一鸣从来没有说起过啊,罗大妹不禁倒吸一口冷气。可她又笑自己太傻,郑一鸣怎么可能把自己的家事透露给她呢?她是他什么人?情人,二奶,红颜知己……什么都不是,退一万步来讲,就是郑一鸣全都告诉她了又能怎么样呢?她压根儿不懂这些,说那些,对她来讲,形同天方夜谭,她根本帮不上郑一鸣什么忙。她悄悄地在心里算了一下,郑一鸣遭受劫难的时候,正是她怀孕的时候,她在怨恨着他,而他却独自忍受着家庭的变故,我当时怎么一点儿都看不出来呢?按常规,他应该失魂落魄,唉声叹气的,可他什么都没有,照样和她一起练着摔跤,该喝酒还喝酒,该唱歌还唱歌,该和朋友一起玩乐还一起玩乐。

看不出来啊,应建岚那么一个喜欢清静,就喜欢每天和在国外念高中的儿子打打电话、聊聊天的女人,心思居然这么缜密,她几乎把所有的精力都用在了算计郑一鸣上,而郑一鸣像一头牛一样拼命地把企业做大做强,他什么都不知道,还以为应建岚是个相夫教子的好女人呢。哎,最毒妇人心啊!郑一鸣恐怕到现在还不明白,怎么一夜之间,应建岚就变成了一个凶神恶煞的人?如果说她讨厌郑一鸣在外乱搞,那也不十分确切,因为郑一鸣喜欢拈花惹草也不是一天两天了,他们结婚前,她就应该知道他的不少劣迹,不能说她当时不在意,一定要到现在才秋后算账,叫人搞不懂啊,这个女人也太会隐忍了……还有,郑一鸣什么事都不瞒应建岚的,真的很透明……郑一鸣从来不顾忌在应建岚面前说别的女人……大块头饶舌地说着,他似乎也不敢相信那会是一个事实。

罗大妹的眼前浮现出了自己多次跟踪郑一鸣所看到的情景,有许多的黄昏时刻,郑一鸣和应建岗肩并着肩,手牵着手,一起说话,一起散步,那份和谐和甜美,永远刻在她的记忆里,她梦里都出现过这样的情景,只不过郑一鸣身边的女主人公换成了她罗大妹……她甚至设想,她会揽着郑一鸣的腰,把自己的身子半吊在他身上，那肯定会很舒服的……想象是那么美好，美好得让她难以自禁，她会发出幸福的呻吟……

过后几天，田花紧张兮兮地把罗大妹拉扯到一边，轻轻说，大妹姐，不好啦，我听别人说，郑一鸣郑总失踪了，他在哪里谁都不知道，她老婆背叛了他，他现在成了一个穷光蛋了……

罗大妹冷冷地说，郑一鸣和我有什么关系呢？他哪怕现在成了中国的首富也和我没有关系。

田花住了嘴，罗大妹的冷淡，让她说不下去了，她口吃地说，大妹姐，我没有别的意思，我只是想告诉你这个消息。

罗大妹打了一个哈欠，她轻轻拍拍自己的嘴说，生死由命，富贵在天，谁也逃不过的。

田花附和她说，是啊，大妹姐，一个人有没有运气，都是老天爷给你定好了的，该有的，逃不掉，不该有的，得到以后还是会失去的……

接下去的某一天，田花火烧火燎地跑进出租房，对罗大妹说，大妹姐，不得了了，不得了了，郑一鸣的那个私人健身馆给封掉了！我估计这回郑总真的是凶多吉少了啊！

那时，罗大妹正在津津有味地看一本时装书，听田花这样说，也觉得奇怪，不可能吧，你听谁说的？

没有，我正好有事经过那里，看到门上贴着封条。

那我们去看看。罗大妹放下时装书，拉着田花，和她打车赶到了那里。

是的，那个曾留下她们无数足迹的健身馆，此时空无一人，法院斜贴在两扇防盗门上的两张封条，怎么看，怎么都像一把剪刀，黑亮亮的，张着大嘴，显得特别触目惊心，好像要把经过它身边的每一个人都来一剪刀似的。罗大妹仔细地看了看封条上的日子，是一个星期以前的。

一个星期以前就发生的事，我们怎么会一点儿都不知道？罗大妹问田花。

田花撇撇嘴，别说只是一个星期以前的事，就是一个月前发生的事，你又知道多少呢？她像个哲人似的一本正经说。

罗大妹摸着门上的把手，记起有一次她的衣服钩在了那上面，拉出了一个小口子，她心疼得不得了，因为那是一件八成新的衣服。郑一鸣见了，不说话，他将手指伸进小口子，一用劲，那衣服就哗啦一下，撕出了一个大口子。她急得直叫，你干什么啊，郑总！

郑一鸣悠悠地说，反正已经破了，那就撕大一点儿，撕大一点儿，你才会想到去换新的，你要不撕大，你永远不会换，你就想着，怎么补那个小口子，但再怎么补，小口子还是存在的。懂吗？旧的不去，新的永远不会来！郑一鸣当时说完这话，还得意地哈哈大笑。

她在他的笑声里撒娇，郑总，那你给我买新的，是你撕破的啊！

郑一鸣笑呵呵地说，撕女人衣服的感觉真是美妙啊！

罗大妹突然想到什么，她气恼地用手肘在郑一鸣的背上搡了一下，郑一鸣嗷嗷嗷地叫着讨饶，罗老师，下手轻一点嘛，买件衣服的钱，咱还是拿得出的，你别笑话我啊。话音刚落，他迅速掏出皮夹子，唰唰地拿出八张百元钞，塞到了罗大妹的手心里……那情景在眼前晃动，似乎耳边还残留着他的富有感染力的笑声，她的鼻子酸了，眼泪悄悄地溢了出来……

人生真是无常啊，与郑一鸣相识至今，也不过短短的三年多点时间，三年多前，郑一鸣还意气风发，挥斥方遒，而现在，他却杳无音信，不知身藏何处。

后来有一天，罗大妹又一次独自去了郑一鸣的健身馆，那时候是黄昏时刻，夕阳斜斜地照过来，照在那两扇被封条封住的防盗门上，就像涂上了一些橘黄色的颜料，那把黑森森的剪刀因此也不那么恐怖了。不时有人从罗大妹身边走过去，她浑然不觉。她一直在回想郑一鸣和她学摔跤的事，他是一个多么认真和固执的人啊，跌倒了，再爬起，从来不会打退堂鼓。这一点和她有多么相像啊，永不言败，暗暗努力，在别人眼里永远是孤傲的……

罗大妹忍不住又一次掉泪了。直到现在为止，郑一鸣是唯一一个走到她内心柔软部分的男人，他带给她的绝大多数是痛苦，只有小部分才是欢乐，他让她知道了作为一个女人的自豪和快乐，也是他唤醒了她沉睡的女性本能……他一次次地伤害她，她也一次次地痛恨他，但她还是心甘情愿地为他流泪，心甘情愿地把自己的身体给她，她也喜欢他的肉体，只有两具血脉偾张的肉体叠合在一起时，她才会有一种得到释放和满足的痛快感、淋漓感……

罗大妹在那里停留了很久，快离开时，她从口袋里掏出了一只塑料袋，袋里装着一条粉红色的短裤，那上面有着郑一鸣的精斑，她的体液以及她作为处女留下的一抹红，那是她第一次和郑一鸣做时留下的东西。她一直保存着。这时，她又拿出了一只打火机，点着了那条短裤，火舌一点一点地吞噬着，最后它变成了一片灰烬，罗大妹对着那灰烬，双手合十，嘴里念念有词，她衷心地祝愿郑一鸣安渡难关。

一个拿着扫把、穿着环卫工人服装的中年妇女紧张地看着罗大妹，一直到她准备离开，她才松了一口气，她和她打招呼，烧给谁啊？

我……我男人。罗大妹平静地说。

他走了？中年妇女将下巴抵在扫把上，关切地追问。

没有，他只是暂时离开，他还会回来的，看，这是他的健身房，我和他平时一直在这里锻炼的……罗大妹指着背后贴着封条的房子说。

噢——中年妇女瞪大了眼睛，眼里露着羡慕。

罗大妹满意地笑了。

中年妇女弯下腰，将那灰烬扫进了簸箕。然后，扛着扫把走开了。

罗大妹一下子泪流满面。

第二十章

罗小姐，你不认识我了？看来你是贵人多忘事啊，我曾经做过你的老板，虽然时间很短，但毕竟一起共事过，哈哈，我记得你是王水法王老板介绍过来的……一个镶着两颗金牙的三十多岁的男人拉扯着身上的摔跤衣，对罗大妹说。

罗大妹那时已经站在了场地里，正准备招呼这个客人进来，不想，那个客人却开口这样说。他一开口，她就叫起来，啊，是毛老板，你也来摔跤啊！其实，他一进来，她就觉得他的脸很熟，好像是在哪里见过似的，确切地是在哪里？她一时又想不起来。

毛宝根好像很激动地说，罗小姐，三年多不见，你怎么变得这么有出息了？！我听我朋友说，这里有一个新项目，叫泥地摔跤，很有意思的，我就过来看看。没想到这个项目还是你们开发出来的，了不起啊。说心里话，我倒是真的一点儿都没料到，你们厉害啊，我估计挣钱挣得海了去了……哎，对了，你现在和王水法有联系吗……

罗大妹也没想到会在这里和毛宝根碰上，他的破竹竿喉咙里漏出的声音，太有特点了，但他整个人好像变得粗糙了一些，印象里的他是细皮嫩肉的。她是很想回答他的，可他说话的频率太快了，就像机关枪，一扣扳机，一个弹夹的子弹就出去了，她根本没有插嘴的机会。

进场的锣声响了。

罗大妹将毛宝根让进了场。

毛宝根玩的还是旧有的摔跤，他说怕脏，不想玩泥地摔跤。

毛宝根还在喋喋不休，碰到一个他熟悉的人，他好像有说不完的话。罗大妹憋不住想笑，这个毛宝根，哪来这么多的废话，他是来摔跤的，又不是来聊天的，她提醒他说，毛老板，我们开始吧，一进入场地，就要开始计算时间了，记住，这里是要计算时间的，专门有掐表的人，锣声一响，时间就到了。

毛宝根的双手搭在了罗大妹的双肩上，她的手也搭在他的肩上。一上手，罗大妹就知道对方其实什么也不懂，纯粹是来凑热闹、图新鲜的，她带着他转了几个圈，仿佛在跳交谊舞似的，罗大妹说，你用力啊，不用担心我摔倒的。毛宝根却不知怎么发力，嘴里嘿嘿嘿地用着力气，身子却不动。罗大妹暗暗好笑，她推了他一把，毛宝根后退了一下，罗大妹猛地把他往前拉了一把，再松手，毛宝根就像一只被起出泥土的萝卜，腾腾腾地往前冲，罗大妹在他的胳膊上拉了拉，他一个趔趄就倒地了。倒地后，他居然伸出大拇指说，罗小姐，你好身手，不简单，不简单！

罗大妹客气地说，小意思，小意思，不值一提。

锣声响了，一局结束。

锣声再响，第二局开始，毛宝根还想说话，哎，和你一起来的那个叫什么来着的小姑娘呢？罗大妹嘘了一声，示意他现在是比赛时间，他只得闭了嘴，和罗大妹对视着，不等她把他的手抓住，锣声响了。第二局结束。

然后是第三局，第三局，毛宝根无心恋战，草草几个回合，就被罗大妹摔了个嘴啃泥！三比零比赛结束。

毛宝根没有失败的沮丧，他兴高采烈地说，罗小姐，你真的好厉害啊！他用追星族的目光盯着她，满眼都是崇拜。

哎，你还没回答我呢，那个王水法你有没有和他联系？这个家伙，小气鬼一个，我也有好长时间没有见到他了，不知道跑哪儿去了，像失踪了一样……毛宝根自言自语地说着。

罗大妹阻止他说下去,她被他的奇异嗓音搞得喉咙口发痒,而且,下一场的比赛马上就要开始了,客人都上台来了。毛宝根遗憾地咂巴着嘴说,罗小姐,你还是和以前一样,不爱说话,像个哑巴。怎么样?定个时间,我们一起喝个茶,聊聊天。

罗大妹说,毛老板,你下去吧,别的客人都等不及了。

你一定要答应我。毛宝根意犹未尽地说。

罗大妹拗不过他的热情,只得含糊其辞地说,再说吧,等有空了,我会打你电话的。

过了几天,不见罗大妹有动静,毛宝根又来勇敢者俱乐部,说是这回一定要和罗大妹再切磋切磋,其实他上台来,就是摆个花架子,过过嘴巴瘾,下面看着的人不乐意了,就喊,你搞什么名堂?你玩假摔,下去!罗大妹并不想把毛宝根摔倒,但下面一起哄,她也没办法,只得将毛宝根摔倒。她埋怨他说,毛老板,你这是何苦呢?偏偏跑到这儿来受苦,这里摔是摔不坏,但每摔一次,还是很痛的。

毛宝根抹去脸上的污垢说,我喜欢嘛!他弄得一身泥水,却还不肯下台去,站在那儿,手舞足蹈地和罗大妹说话。他追着问,罗小姐,赏个脸吧,你不能今天推明天,明天推后天,我们就是喝个茶,叙叙旧嘛!我太喜欢和你说说我们分手后的事。

罗大妹见实在推不过了,就说,那么星期天吧,星期天我休息。

毛宝根得了准信,欢天喜地地走了。

田花不想去,说有啥意思呢,那个小气鬼!

罗大妹说,答应人家了,就去吧,我们不做失信的人。

星期天,罗大妹特意带了田花一起去。毛宝根选的茶室叫心语星空,田花说,他怎么挑选那个地方,那个地方是人家谈情说爱的,我们去,算什么?罗大妹说,不就去坐坐吗?管他是什么地方,只要不是一个脏地方就可以了,想那么复杂干什么?

她们一过去，毛宝根的脸上就露出了意外，他不加掩饰地说，罗小姐，你叫了朋友，怎么也不通知我一声？罗大妹笑盈盈地说，毛老板，你不认识田花了？她也曾经是你的员工，当时我们两个人在一起的，你一定不知道吧，我和田花是好朋友，像肚子肺头，连在一起的，她正好有空，我把她也拖来了，她呢，也想见见你，你两次来俱乐部，都没碰到她。

　　毛宝根嘴上说好好好，但情绪却是大受影响，说话也不似平常那么流畅，她们说三句，他才答一句，好像有了心事一样。

　　田花叽叽喳喳地说，毛老板还在做钟表销售呀？毛宝根说，是啊是啊，我水平差，只能做点小生意，勉强过过小日子。

　　田花揭发他道，你客气什么呢？我们俱乐部石总说了，凡是我们勇敢者俱乐部的会员，非富即贵，平民百姓，谁会过来？那可是有身份的人消费的地方……

　　毛宝根打着哈哈，也就一般般嘛，比上不足比下有余。像我这样的人也算富翁的话，那整个宁丁州城里全都是富翁了。

　　说过这些之后，他居然不再说什么，而是一个劲地劝她们喝茶，吃果品。一时便有些冷场。罗大妹暗暗奇怪，这个毛宝根，平时的那副热络劲都跑哪儿去了？她只得没话找话，东一榔头，西一棒槌头地乱说。这时，毛宝根接了一个电话，放下电话，他就满是歉意地说，不好意思，有点要紧事需要去处理，要不我们改天再聚，今天我们就散了吧。

　　田花满肚子的不乐意，她的脸色由白转红，她有些控制不住自己的情绪了，这个毛宝根，怎么回事啊？把人当猴耍啊？！才坐了不到半小时，就把她们晾在这儿了。罗大妹也看出了她的气愤，担心她发作，她轻轻拍了拍她的肩说，毛老板是大忙人，既然他有事，那我们就改天再聚吧。

　　田花嘟起了嘴，但她还是努力克制住了自己的情绪，好吧，我听你的，大妹姐。

　　于是三个人就散了。

　　从心语茶室出来，毛宝根开着车，一溜烟地走了，连装装样，询问一下她们是不是需要送一程之类的话也节省了，那模样，就像有老虎追着他似的。

田花很不开心地说，这个鸟人，什么意思啊？特意约我们出来喝茶，坐了不到半个小时，就推托有事走了，把我们撇在一边不管了，还真把我们当叫花子啊？这个男人太可恶了！

罗大妹安慰她说，其实我是巴不得早点结束，我可受不了他的声音，不瞒你说，他一说话，我老是想尿尿，他每一句话的尾音都带着咝咝咝的声音，好像是在给小孩把尿……

田花笑得蹲在地上，连喊，大妹姐，笑死我了，你说得一点儿不错。嘿，大妹姐，我看他是不是对你有意思了？选茶室选在心语星空，我陪着你，他又不高兴，他明明是想单独和你在一起，说说悄悄话。

他想和我好？罗大妹不以为然地说，绝对不可能，别的不说，单是他那嗓音，我这里就通不过，嫁给他，我得的第一个病肯定是尿频症。

田花又一次不可抑止地大笑起来，嘀嘀，大妹姐，有这种病吗？

只要毛宝根这样的人在，就一定会有这种病出来，说不定得的人会很多很多呢！罗大妹继续说笑。她们后来另找了一个茶室，在那儿整整坐了五六个小时，连晚饭也是在那儿吃的。她们什么都说，那融洽的气氛看了叫人眼热。那份淡定，哪里还有当年的拘谨呢？

晚上九点，她们准备回家了。毛宝根给罗大妹打来电话，问她现在在哪里？罗大妹看看田花说，我和田花在一起喝茶。

那边停顿了一会，接着毛宝根醋意十足的声音就传了过来，罗小姐，你不要讥讽我了，我知道你生我的气了，本来我们是可以好好地聊聊的，你干吗把你那个小姐妹田花也带上了？

罗大妹不解地问，不就是在一起喝个茶吗，弄得那么神秘兮兮的干什么？我们俩又不是谈恋爱，三个人在一起，不是可以玩得更开心吗？

毛宝根竭力清清嗓子，然后他装作亲热地说，罗小姐是个爽快人，我也爽快，我坦白地说吧，我倒真的想和你谈朋友，其实那天我们重新相见，我就喜欢上了你。

那破竹竿喉咙里漏出的声音，又让罗大妹产生了尿意，她突然恶作剧地说，啊，对不起，我要上洗手间，她迅速地合上了手机盖子。

毛宝根的电话再次打来，她就是不接。

田花说，要不要我说上几句，让他断了这个念头。

罗大妹摆摆手，算了，不去理睬他就是了。她顺手将手机关了，省得他无休止地打电话来。

毛宝根并不因为罗大妹拒绝了他，他就放弃了。过几天，他像什么事也没有发生地又来到了勇敢者俱乐部，还是上台来和罗大妹摔跤，心甘情愿地让罗大妹一次次地把他摔趴下。他还得意扬扬地说，罗小姐，你狠狠地摔，用力地摔，我就喜欢你摔我，我告诉你，现在我让你摔，以后就轮到我来摔你，在这里我摔不过你，在床上，我肯定摔得过你……

毛宝根说得太露骨了，罗大妹一听，心里就冒火了。那些天，她的心情特别不好，家里来电话，要她多汇点钱过去，说是他五哥的孩子病了，医生说是红斑狼疮，是个恶病。罗大妹和这个五哥感情特别好，她想自己从广西出来闯荡天下，全家人都反对，只有五哥支持。她娘抹着泪说，该大妹干的活谁干？五哥说，当然我来干。五哥那话一说，罗大妹的眼泪就下来了，只有她明白五哥说这话的勇气，那不是小事情，意味着原本由罗大妹干的活儿，全都落到了他的身上，而原先他自己要干的活并没有减少。

她想这世界怎么回事啊？恶病怎么老是落在好人的头上，是不是上帝也是一个欺软怕硬的家伙？她含着泪寄了一万元钱过去。钱寄走了，心也随着钱去了远在几千里之外的家。她原本想给五哥打电话的，但她怕控制不住自己的情绪，在电话里哭得稀里哗啦，从而影响五哥的情绪。五哥已经够悲伤了，再一搅和，那边不是要乱套了？她在心里一遍又一遍地祈祷着，五哥，你一定要挺住！一定要挺住！！染染不会有事的，菩萨会保佑他的。她想自己的手机里，还存着五哥儿子染染的一张照片，那是小家伙7岁时照的，露着两颗虎牙笑得像一尊弥勒佛……

罗大妹把毛宝根摔倒在地，然后，伸出右脚，往他的肚子上狠狠地踩了一脚，我叫你乱说！

　　毛宝根一声惨叫，接着，他从泥地里爬起来，像一条疯狗一样地追着罗大妹，他破口大骂，你敢踩我，老子杀了你……罗大妹赶忙跳下了台，她在摔跤场上不敢恋战，生怕吃亏，毛宝根也紧跟着跳下了台，他咬牙切齿地追赶着罗大妹，嘴里骂骂咧咧的，当他像一条疯狗那样扑到罗大妹身上时，其他的工作人员把他摁住了……

　　石林亲自出面给罗大妹和毛宝根调停，他双方各打了五十大板，一方面是批评罗大妹不该意气用事，她的五哥小孩生恶病，这是一个事实，但那是她个人的事，无论如何不可以把个人的情绪带到工作中来。而且因为这恶劣情绪还导致在工作中出手伤人，幸亏没有造成特别大的后果（经医院拍片检查，毛宝根被踩的部位没有内伤），否则就难以交代了。他言辞严厉地要罗大妹向毛宝根赔礼道歉，并负责承担毛宝根的医药费、营养费、误工费等一切费用；另一方面则是批评毛宝根不该在比赛过程中，用极端言语挑逗罗大妹。正是因为他的原因，造成了罗大妹的情绪失控，发生了不该发生的事，好在并没有什么大碍，大家大事化小，小事化了，希望他以后能就此事引以为戒，千万别再干出什么冒失的事了。

　　毛宝根对结果很满意，特别是听到石总让罗大妹向他赔礼道歉时，他嬉皮笑脸地开口说，我没有意见，我绝对没有意见，我对石老板的建议举双手赞成。

　　罗大妹却不大乐意，明明是他的错，凭什么要我向他道歉？这个下三滥用那么下流的话调戏我，难道要我装聋作哑？我仅仅是在维护我的权益，我就是要教训教训这个坏蛋。本来应该是他向我道歉的，这本是铁板钉钉的事实，在石林那里，却变成我的错了？她想不通，想不通的她就将双手抱在胸前，上嘴唇咬着下嘴唇，有些仇视地盯着石林。

　　石林将手中的两个钢球往罗大妹眼前伸了伸，严肃地说，你作为我们勇敢者俱乐部的一名员工，而且是老员工了，无论如何都不能动手打客户和会员，你不需要做过多的解释，单凭这一点，你也得做检讨，快点，你必须向毛老板赔礼道歉，求得他的谅解！

罗大妹嘟着嘴，扭着身子，不情愿地走到毛宝根眼前，向他鞠躬，并说，对不起，毛老板，希望你能原谅我，我真的不是故意的……她越说越觉得委屈，眼泪吧嗒吧嗒地落在自己的胸前、裤管和脚背上……

毛宝根突然拉住罗大妹的一只手，在她的手背上小心地抚着，罗小姐，算了，我们是朋友嘛，我为什么要说那些话，实在也是情到深处，我是在衷心地向你表白，你根本不知道我有多爱你，我只要一闭眼，你的身影就会占据我的整个大脑……

大块头看毛宝根当着众人的面在调戏罗大妹，他看不下去了，他一把拉过来罗大妹，说，毛老板，得理时且饶人，罗大妹向你赔过礼了，也道过歉了，你表个态，这事是不是该有个了结了？

毛宝根的眼睛眯成一条缝，他朝罗大妹做了一个飞吻的动作，说，打是亲，骂是爱嘛，通过这件事，我对罗小姐的印象更深了。不错，我们的开局有点遗憾，但结局是完美的，我们在矛盾中增进了感情。相信我们以后会成为很好的一对伴侣的！亲爱的罗小姐，你说对不对？他的姿态一下提得很高，他显得兴高采烈地说。

呸，谁和你是一对伴侣？你做梦！罗大妹在心里狠狠地唾了毛宝根一口。她想当初选择离开他是对的，如果长时间待在这种人手下干活，不知道会是怎样的暗无天日。可她强忍住了。不是她不想发作，而是不想和这种人打交道，她都懒得理他了，他像一只癞皮狗一样叫人生厌。

毛宝根欢天喜地地拍着手对石林说，石总啊，等到我和罗小姐走进婚姻殿堂的那一天，我会请你当我的证婚人。

石林如堕五里雾中，他看看毛宝根，又看看罗大妹，不知道他们两个葫芦里装的是什么药。后来，他一挥手说，既然你们同意和解了，那就握一下手，此事到此结束。

碍于石林的情面，罗大妹又一次不情愿地伸出了手……

自那件事后，毛宝根往俱乐部跑的次数更加频繁了，有事没事，总爱往摔跤馆里钻，见到罗大妹，他总是喜欢说如下内容的话——哎，大妹（瞧，私下里，他把她的姓都去掉了，以示亲热），你说我的脾气是不是很坏？你说我该怎么改呢？你要监督我，我相信我一定能改正的！我这个人呢，看上去不怎么样，有点歪瓜裂枣的，其实我是一个内秀的人，肚皮里面的货还是很多的，只要你和我待在一起的时间长了，你就会一点一点地发现我的优秀的！说到底，我这个人眼界还是蛮高的，一般的女人，不管长得漂亮的还是不漂亮的，我都不放在眼里的，只有你，我对你心服口服，我一见到你，心里就乱了，你吸引我的是什么呢？说出来你也许会不相信，那是你的纯粹，你是一个没有沾染铜臭气的女人，在这样一个堕落的年代里，你是一枚清新、优雅、质朴的好果子……我不敢保证能给你多少，但有一点可以肯定，我会保证让你衣食无忧，让你过上体面的生活，到底是怎样美好的生活？那是你想象不出来的，因为我有这个实力……

　　罗大妹从来没有见过像毛宝根这样的人，烦透了他的无病呻吟，他像一颗口香糖的渣子，牢牢地黏在她的脚底，她走到哪里，他就跟到哪里。她恨不得在他说话时，狠狠地抽他几巴掌，让他彻底清醒清醒。

　　他的事管我屁事，我又不是他什么人，他怎么老是跟我汇报，好像我真的是他什么亲人似的，气死我了！如果他再这样一而再，再而三，我真的要踩断他的肋骨了，叫他永世不得翻身，一辈子躺在床上！罗大妹气恼地对田花说。

　　田花帮她出主意，大妹姐，要不，我当面和他谈一次，劝他不要自作多情，他一厢情愿有什么用？他这样死皮赖脸的，到底什么意思呢？

　　罗大妹摇摇头，懊恼地说，早知道他是这样一个难缠的家伙，我当时装作不认识他就行了。

　　田花笑着拍拍她的脑袋说，你也说得太夸张了，除非你老年痴呆或者做过脑手术得了健忘症，以前的事都不知道了。他毕竟做过你的老板，你在他手下也干过一个月，怎么可能不认识……

　　罗大妹情知自己有些病急乱投医了，便"扑哧"一声笑了，笑过后，她一本正经地对田花说，还是我自己来和毛宝根说，叫他不要再这样没皮没脸了，这个男人好像有点不大对劲啊。都什么年代了，怎么还像个贾宝玉似的，动不动就情啊爱啊，说话就像说书一样，他一说，我就浑身起鸡皮疙瘩。

田花笑得全身都在颤，他呀，我看就是吃饱了撑的，闲得发慌，两个字，欠抽！打他一顿，他就自觉了。

罗大妹叹口气，不打他都这么难缠，一打他，他都鸡毛飞上天了！

有一天，毛宝根刚进俱乐部，罗大妹就迎上前去，趁他还没换摔跤衣，便悄悄地问他，毛老板，有空吗？借用你5分钟时间，有个非常重要的事要和你说说。毛宝根一摸自己的脑袋，随后惊喜地狠狠抹了一下自己的脸，好像明白过来什么，他显得受宠若惊地一迭声说，有空有空，我怎么会没空呢，你找我有事，即使我没空也会变成有空的。俗话说得好，时间嘛像女人的乳沟，挤一挤，总归会有的。

罗大妹没有搭理他的油腔滑调，径自在前面走，毛宝根一路小跑地跟在她身后，他们就这样一前一后地来到了接待室。一进门，罗大妹替他倒了一杯水，让他坐下，然后，她站在他面前，开门见山地说，毛老板，我还是打开窗子说亮话吧，我不喜欢你这样盯着我，我实话和你说，我们俩永远不可能走到一块儿去，因为根本不可能。我们俩不合适。

毛宝根就像被人迎面浇了一盆冷水似的愣住了，但一会儿，他又嬉皮笑脸了，嗨，瞧你罗小姐说的，这个世界，只有想不到的事，没有做不到的事，俗话说得好，只要功夫深，铁棒磨成绣花针。我就这样盯着你，一天不行，两天，两天不行，三天，三天不行，三个月，三个月不行，就三年，三年还不行，就五年……我就不信你不会回心转意……

罗大妹看他又把他自己的那副无赖样拿出来了，心里一气，忍不住地尖叫起来，毛老板，你也太过分了，我是有男朋友的人，你这样做，有什么意思呢？！既浪费了时间，又浪费了感情，这不是瞎子点灯白费蜡吗？我是好心劝你，别自讨没趣了。

毛宝根不知什么时候从口袋里掏出了一根牙签，在自己的牙缝里剔呀剔的,他斜着眼说,你拿男朋友来威胁我,有什么用处呢?你没结婚,我可以追,你结了婚,我同样可以追,只要这个世界上还有你存在,我就有追的权利!法律上没有规定我不能追你!

罗大妹气得说不出话来,只能用眼睛死死地瞪着毛宝根,这个家伙实在也太可恶了啊!

看罗大妹额头上的青筋也暴出来了,毛宝根愈发来劲了,他皮笑肉不笑地说,罗小姐,据我所知,到目前为止,你还没有男朋友,所以我更加要不惜一切代价地追求你……因为我不追你的话,别人就要来追你了!你与其被别人追,还不如被我追,因为我非常优秀,而且对你一往情深……

罗大妹惊呆了,这个鸟人,居然还在偷偷地摸她的底,并且把她的底都摸清了!她冲着他吼,你放屁,你怎么知道我没有男朋友?

那你说,你的男朋友是谁?我要去见见他,说不定我们还能成为好朋友呢!毛宝根将双手抱在胸前,那双眼斜得更厉害了,破竹竿般的声音愈发突出。

罗大妹暗暗叫苦不迭,先前只是简单地想把毛宝根应付过去,便随意地说自己有男朋友了,目的是劝他放手,不要这么穷赶猛追,她实在受不了他的胡搅蛮缠,哪想到毛宝根较了真,非要她说出男朋友是谁。他的男朋友在哪里呢?她也不知道,她的脑子高速地运转着,说个他不知道的人吧,他肯定会不相信,说个熟悉的人吧,她又担心会被他拆穿。这可真是难死她了。她站在那儿,许久说不出话来,头上的汗像痱子似的一片片冒出来。

你说不出来吧,那就表明你没有,你是在蒙我。告诉你,不要在我面前耍花招,我毛某人什么样的人没见过,什么样的事没经历过?我吃的盐比你吃的饭还要多!毛宝根扬扬得意,那破嗓子里挤出的声音有了幸灾乐祸的成分。

罗大妹知道自己不给他说一点实质性的东西是不行了,便说,我男朋友是郑一鸣郑总,他是一个大老板。

毛宝根呵呵地笑得开心,哟,还郑总呢,还大老板呢,不就是郑一鸣嘛,都什么时候的事情了,他现在破产了,人也失踪了……你和他的故事我也知道,那都是陈芝麻烂谷子的事了,知道吗?是老皇历了,都翻过去了,全都是过去时了!我现在完全可以对这个人忽略不计了。

罗大妹恨得直想打自己的嘴巴,干吗要说郑一鸣?但她不想让毛宝根看低了他,于是她拼命地从喉咙里扯出一些笑,毛老板啊,你连郑一鸣的情况也知道,你很了不起啊,实话和你说,我真正的男朋友是我的同事,他就是小李,大块头李勇强……罗大妹说出李勇强的名字时,自己也吓了一跳,怎么莫名其妙地把大块头也拉进来了?

真的?毛宝根的气焰没有刚才那么嚣张了。

罗大妹见他蔫了,便趁热打铁,要不,我打电话叫他过来,你们见,你应该认识的。

毛宝根想了想,然后摇摇头说,算了算了,我没兴趣见他,他耷拉着头,急急忙忙地往门外走。

罗大妹怕他一转身就去找小李,让事情穿帮,她连忙给大块头打电话,她说,李哥啊,有个事请你帮忙。大块头听罗大妹急得声音都变了,便说,你别急,慢慢说,慢慢说。罗大妹把搪塞毛宝根的事说了,临了,她有些害羞地说,李哥,你一定得帮我这个忙,帮我应应急!大块头在电话那头一直笑,并不开口说话。他愈这样,她愈觉得窘迫,李哥,你要不愿意,那就算了,我另外找人。她吞吞吐吐地说。大块头终于说话了,罗大妹,我算是领教了,你的胆子真够大的,你想让什么人当你的男朋友,你都可以随便说?

罗大妹一见大块头这样说,心里顿时轻松了不少,知道他不会拒绝她了。她撒娇地说,李哥,谢谢你了,你帮我把毛宝根赶走,我请你吃饭!他老是像一个苍蝇,在我的头上嗡嗡嗡地叫,叫得我头都大了……要是它真的落到我的头发上什么的,那我全身的鸡皮疙瘩都要起来了。她估计毛宝根会去找大块头核实,她清楚这个男人是一个较真的人。

那我干脆把毛宝根这个苍蝇给拍死好了,保证一巴掌叫他死翘翘!大块头说。

罗大妹吓了一大跳，慌忙说，不要这样，不要这样，完全没有必要，事情还不到这种程度，他只是有些令人讨厌罢了。

大块头在电话里嘎嘎嘎地笑。

李哥，你太坏了，不人道，有点不乖！罗大妹清楚大块头又在开她的玩笑了。

罗大妹估计得一点儿不错，毛宝根果真找去大块头了，只是时间往后推了，比她估计的，迟了至少有三天。

毛宝根见到大块头，就直截了当地说明了来意，他说，李总，我今天来，专门是为罗大妹的事来的，无事不登三宝殿嘛，他表示亲热地拍了拍大块头的肩，一脸的诚恳，兄弟，你我都是明白人，你开个价吧，只要在我的心理价位内，我都可以接受。

大块头有点丈二金刚摸不着头脑了，开价，开什么价？

毛宝根压低嗓音说，把罗大妹转让给我吧。

大块头恍然大悟，毛宝根还真把罗大妹当作了他的女朋友，他决定将计就计，套套他为什么追着罗大妹不放。

兄弟，我们明人不说暗话，你要让我把罗大妹让给你，那你得说出理由来，只有充分的理由，我才可以考虑。他故作认真地说。

毛宝根拉大块头坐下，态度异常诚恳地说，李总啊，在你面前，我也就不遮遮掩掩了，不瞒你说，自从我老婆生病死了以后，我一直想再找个合适的女人，算命先生给我算过，他要我找一个身体强壮的女人，而且是要大脸盘、大屁股那种。现在这世上，骨感美女一抓一大把，但要找像那个算命先生说的女人，还真不多见。我一碰到罗大妹，我的眼睛就亮了……兄弟，这些年，我虽然挣了一点儿钱，可我没后代，没后代，对我来讲，那可是一个沉重得不能再沉重的打击，你想想，这些年，我花大力气挣了不少的钱，这些钱要来干什么？不就是给后代的吗？没有后代，这些不就是废纸一堆吗？我自己用，十辈子也用不完，我的好兄弟，求求你，你做个好事吧，让我续上香火。我给你磕头，你要多少钱，你说，我们可以商量……

大块头又好气又好笑，像毛宝根这样的，他还真没遇到过，怪不得他那么死心塌地地找罗大妹，原来事先是有一个找对象的框子在里面的，可大脸盘、大屁股的女人多的是，何苦非要找罗大妹不可？他不解地问，这世上四条腿的女人难找，难道还找不到两条腿的女人？

　　毛宝根迟疑了一下，然后他有点害羞地说，兄弟，你的脑子很灵，这个问题你也想得到，我也实话告诉你吧，我让算命先生给罗大妹算过命，她可是个旺夫的女人。以后谁娶了她，做生意的，可以发大财，从政的，可以当大官。

　　原来如此，怪不得这个男人像发了疯一样地追求罗大妹。

　　罗大妹和你一起去找过算命先生？大块头有些不相信。

　　哪里啊，我只需要把她的年龄，生辰八字、长相告诉算命先生就可以了。毛宝根一五一十地向大块头比画着。

　　那她的生辰八字，你怎么会知道，她和你说的？大块头对此挺感兴趣的。

　　毛宝根呵呵呵地笑起来，显得非常得意，这个你就不用问得那么细了，只要你有生辰八字，我就会打听出来。

　　那你打算花多少钱？大块头有意要逗逗眼前这个男人。

　　李总，你说，还是你说比较合适，我开低了，你不乐意，我开高了，我自己要吃亏。毛宝根实话实说。

　　遇到这么好玩的人，大块头高兴得连骨头都酥了，他装作迟迟疑疑，有些做不了主的样子说，这是大事，我得和罗大妹商议商议。他当着毛宝根的面，和罗大妹打电话，他声音洪亮地说，罗大妹啊，毛老板有个主意，想要我把你转让给他，他要我开个价，你说，收多少你会答应？

　　罗大妹一听，当即就跳起来了，这个毛宝根，越来越神经了，还想出钱把她搞走，他真把她当成他经营的钟啊表啊什么的了？她没好气地对大块头说，你把电话让毛宝根听。

　　大块头挤挤眉，额头上的两块疤痕急剧地跳动着，他把手机递给了毛宝根。

毛宝根刚将手机拿到手，罗大妹的声音就铺天盖地而来，毛宝根，你这个王八蛋，你死了心吧，我宁可和一条狗结婚，也不会和你结婚，你以为有了几个臭钱就了不起啊？老实跟你讲，我罗大妹还不稀罕呢……

毛宝根的脸色终于晴转多云，他抓住手机的表情很尴尬，既想把手机摔掉，又怕遗漏掉一点儿什么，而将手机紧紧抓在手中，他的身子在微微地颤抖。

大块头把自己的手机从毛宝根的手里拿过来，他爱莫能助地说，毛老板，真是不好意思，我有心想成全你，但主动权不在我这里，再说，你说了罗大妹那么多的优点，我一下子发现，原来她是个聚宝盆啊，那我更加离不开她了，谢谢你的指点，没有你的指点，我还蒙在鼓里呢……

毛宝根的眼睛一下子瞪大了，他似乎有些后悔和大块头说了那么多，把心中的秘密也毫无保留地说了出来，他神情哀怨地朝大块头点点头，嘴巴动了动，好像在说，兄弟，你怎么可以这样呢？！然后，他无声地走出俱乐部，走得歪歪斜斜，就像一只让枪打中了翅膀的鸟一样……

毛宝根有一段时间没有在俱乐部里出现，田花也觉得奇怪，问，喂，大妹姐，你那个痴情的追求者呢？他知难而退了？

罗大妹也吃不准，她幽幽地说，你管他干什么？我倒希望他永远不要再出现，再出现，就像一个幽灵一样了，省得我老是有心理障碍。

田花乐了，那不可能，他是这里的会员，不可能说不来就不来的，像他这种很计较钱财的人，才不会把钱白白地丢在这儿，他懂得物要有所值，所以必定会将卡里的钱花光的。

还真让田花说着了，罗大妹也就清静了大约半个来月，毛宝根又出现在俱乐部，他好像更瘦了，于是从他喉咙里发出来的声音也更细了，但他努力使自己笑容可掬一些，于是他那张脸就显得有些虚假，他站在罗大妹面前说，罗小姐，你气色不错啊。

罗大妹勉强笑笑，托你毛老板的福，我不至于面黄肌瘦。

罗小姐，今天你不上班吗？毛宝根问。

罗大妹微微一笑说，今天我轮休。

那你哪一天上班？毛宝根又问。

罗大妹说，后天轮到我。

毛宝根于是说，那我后天来，罗小姐，你得教我一点，我现在变得有点想学摔跤了。

罗大妹偷着乐，就冲着你那两下子，还摔跤？她没将那欢乐表现出来，只是淡淡地说，到时候再说吧。

第三天毛宝根准时出现了，指名道姓地要进泥地里摔跤。罗大妹奇怪极了，就他？什么也没准备就进泥地摔跤？他是不是吃错药了？

毛宝根换好摔跤衣，精神抖擞地出来，一副跃跃欲试的样子，在进入泥地时，他踌躇满志地对已经站在里面的罗大妹说，罗小姐，我今天一定要把你摔倒一回，否则，我太没面子了，在一班朋友那里老是抬不起头来。

罗大妹暗想，做梦，就凭你毛宝根想摔倒我，休想，其他人我还至少可以让他们一回，但你，绝对不行。

毛宝根的第一个回合，不消二十秒钟，罗大妹就把他摔倒在地了。

毛宝根起来后自言自语道，罗小姐，我还没准备好，你就开始啦，一点儿不讲规则。

罗大妹告诉他说，我是听锣声的，锣声响，我就动手，我才不管你有没有准备好。

第二个回合，毛宝根神情上有些警惕了，罗大妹只要稍稍一动弹，他就跟着动，她抓住他，他也抓住她。她放手，他松得比兔子跑还快。两分钟很快过去，锣声响了，第二回合结束。

毛宝根朝罗大妹挤挤眼，罗小姐，我是不是有进步？罗大妹气恼地想，接下去，一定要狠狠地摔他一回。第三回合，毛宝根一上来，就飞速地抓住了罗大妹的双肩，她刚想将自己的双手也放到他的肩上去，但他却狠狠地踢了她一脚，那一脚踢在她的腿弯里，她下意识地屈了一下腿，毛宝根却趁机用力，罗大妹还没明白过来，人已倒在了泥地里，因为猝不及防，她倒地时，身子是往下伏的。她觉出毛宝根的手在她露着的背上动弹，她一个翻身，毛宝根的手就伸到了她的胸前,她连忙一挡,他的手却往下移了,移到他的肚子上。罗大妹慌忙将他的手推开……这时,锣声响了,他和她都爬了起来。

毛宝根吹了一声口哨,罗小姐,我说过我要把你摔趴一回。

你作弊!瞎胡闹!罗大妹气恼地说。

毛宝根不作辩解,他诡秘地一笑,转而走出了泥地……

你这臭狗屎,看我下次怎么对付你!等罗大妹下台后,突然觉得身上有些痒的感觉,她便连忙跑到盥洗室里,洗了一个热水澡,谁知,洗过澡后,她全身奇痒难挡,那些痒,她无法形容,就像有数不清的小虫子在她的身上爬来爬去,它们一忽儿往上,一忽儿往下,她搔了这里那里痒,搔了那里,这里又重新痒起来。她被搞得筋疲力尽,起先她以为过一阵就会好的,但一直到田花从摔跤场上下来,也跑进浴室洗澡时,她的痒还在继续。

田花看她花容失色的样子,便问她怎么啦?罗大妹忍不住哭了起来,她说了自己的困惑,田花,我是不是得了什么急病?怎么会痒成这个样子啊!

田花不敢怠慢,赶紧把她送进医院,挂了急诊,医生却查不出什么来,但罗大妹身上的痒一如既往,一点儿都没有减轻,有时候,她甚至觉得那痒感还在增强……她惶惶不可终日。医生劝她们说,你们先回去,说不定,睡过一觉明天就好了。她们将信将疑,只得回来,但她一夜无眠。罗大妹觉得自己的情绪跌入了低谷,它要痒到什么时候啊?那痒持续到第二天中午,才慢慢减弱。罗大妹不知道是怎么回事,但看痒消失了,她也没往心上去。

过了几天,这样的情况又发生了,还是同样的症状,持续的时间也差不多,这下罗大妹起了疑。她一下想到了毛宝根,因为那奇痒往往都是在和他摔跤后留下的,而和别人摔跤,却没有这种情况出现。他做了什么手脚?她决定再试一回。过几天,和毛宝根摔跤后,那奇痒又有了。罗大妹心里有了底,一定是这家伙搞的鬼,但并不清楚他用了什么东西,让她痒得无比难受。

罗大妹和田花商量,怎么应付毛宝根做手脚。田花说,那还不简单,叫人修理他一顿,逼他说出来那玩意儿到底是什么东西。

怎么修理?罗大妹说,总不能我们亲自动手。我们动手,石林又要追究我们的责任。田花想了想说，那就叫大块头去干吧，这方面他有的是经验，你不是让大块头扮演过你的男朋友吗？他出现比较好，可以以个人名义，而且，石林很看重他的，即使事情闹起来，估计老板也不会拿他怎么样。

就怕大块头不答应。罗大妹不无担心地说。

那要看你的本事啦。田花笑眯眯地说。

你啊，又来了，又来了。罗大妹知道她心里头想的那点东西是什么，但她还是依言而行。大块头听后，似乎觉得有些不可思议，你们俩的事情不都解决了吗？难道这家伙现在还在纠缠你？我以为他早改邪归正了。听了罗大妹的故事，他也觉得很新奇，那会是什么东西，能叫人痒到这种程度？

不相信你自己试试，当奇痒上来，真是生不如死。罗大妹后怕地说。

大块头答应罗大妹一定把此事了解清楚。有一天，那是个飘着毛毛雨的日子，在花中城大酒店的停车场，大块头把追踪了一阵的毛宝根堵住了，毛宝根那时候喝了不少的酒，看到大块头，还亲热地过来拥抱，说，兄弟，你也在这里啊！大块头当即给了他一巴掌，那一巴掌把毛宝根打清醒了，他不解地问，李总，你打我干吗？大块头一字一顿地说，你自己做的好事自己有数，你说，你在我女朋友罗大妹的身上放了什么东西？毛宝根笑了，哦，兄弟，你终于发现这个秘密了，你发觉了，我也就不瞒你了，那可是好东西，以后，你去小姐那里潇洒，完全可以用这个东西，假如你一用这种东西，保证那些小姐服你，对你言听计从的……他趴在他耳朵边，酒气很重地说，不过，你知道了，我就不告诉你了。

大块头说，你是不见棺材不掉泪，我现在老账新账和你一起算。他又狠狠抽了毛宝根一巴掌。

你真的打我？你疯了？毛宝根蒙了。

打你怎么样？我打就打你这条臭虫！大块头劈头盖脸地打着他。

毛宝根受痛不过，终于尖声叫起来，行了行了，别打了别打了，我说还不行吗？告诉你们，那是桃毛。

桃毛？什么桃毛？大块头莫名其妙。

毛宝根酒气冲天地和他解释说，你这李总，连这个都不知道，真是白活了，桃毛就是桃子上的毛，不是你女朋友身上的，那桃毛看似普通，其实威力无穷，那毛沾上人身后，就会往皮肤里钻，你不能用水洗澡，一洗，那痒就会变本加厉。你用冷水洗，那还稍微好一点，如果用热水洗，那就惨了。你想想，美女们洗澡，哪会用冷水……哎，朋友，这一招我也是跟别人学来的……

你这个人渣，枉披了一张人皮！什么十恶不赦的事都让你干出来了！大块头也被这种恶作剧惹恼了，他厌恶地怒骂毛宝根。

毛宝根受此惊吓，酒醒了不少，他嘟哝着说，兄弟，我们的恩怨到此为止，我可以向上帝保证，从此以后我再也不会缠着你女朋友了，这个，你可以放心，我用我的人格保证……说出来不怕你笑话，我在她身上花了那么多的心思，她连一个吻都不肯给我，也太不给面子了。有时候，我连杀死她的念头都有。

呵呵呵，就凭你这胆子？大块头轻蔑地看他一眼，没有再理睬他，他冲着他嚷，你男人一个，说话要算话，要是出尔反尔，到时候别敬酒不吃吃罚酒！我丑话和你说在前头。他一踩摩托车油门，飞快地走了……

微不足道的桃毛也能惩罚人，且让人难受得欲哭无泪，罗大妹和田花愣了好久也想不明白，这个花花世界真是无奇不有啊，她们也算长了知识。

在这件事上，罗大妹挺感激大块头的，觉得他很有男人魅力，做事不动声色，却又干脆利落，做完了，也不喜欢声张，一切都很有分寸的。这样的男人形象和她心目中的男人是非常吻合的，这么想着的罗大妹，脸微微地潮红了……

那个毛宝根时不时地还来勇敢者俱乐部，但他往往要挑罗大妹和田花不上班的日子来，他和俱乐部新招聘的小金和老赵过招，偶尔把她们摔倒，就会兴奋得手舞足蹈，就像得了奥运会冠军一样喜不自禁……大块头曾经把他看到的一幕告诉给罗大妹听，罗大妹笑得胸口的纽扣一阵乱颤，这个鸟人，看来也喜欢上了摔跤，都有点像那个郑一鸣了。私下里，罗大妹也愣怔，这摔跤难道有魔力不成？怎么会吸引一个又一个的男人迷恋上它？

第二十一章

田花又开始谈恋爱了,她喜欢上了一个来宁丁州开面包房的福建长汀人,那人长得瘦小不说,还超黑,炭匠一样,一笑,那牙齿就格外白,有点像非洲人的模样了。

他怎么这么难看?跟那个汪大雄是绝对不能比的,是不是他父母生他的时候太仓促了一点?你到底看中他什么呀?!罗大妹一点儿都不顾田花的情绪,当即就这么说她,她怕她是挑花了眼,率先要狠狠地打击她的积极性。

田花倒也不忌讳,她咧嘴笑得像个弥勒佛一样,大妹姐啊,这一点我怎么会不知道?我又不是瞎子,我估计,只要是一地球人,看到小林,都会说,这个家伙丑得像外星人,我找不到地球人,只能找外星人了。田花抱着罗大妹的一只胳膊,摇晃来摇晃去地说,大妹姐啊,我现在算是明白一个道理了,长得好看的男人,一般都喜欢女人,喜欢的女人一多,他会乱了方寸,没了方寸,家里就不安宁了。现在,我喜欢找比我更丑的,这样他就不会嫌我难看了。两个人在一起,我也有安全感了……

这倒也是,只要他真心对你好,瘦一点儿就瘦一点儿,黑一点儿就黑一点儿,长得帅又不能当饭吃。罗大妹赞许她的观点。

大妹姐,如果这回我再看走眼的话,那我这辈子就再也不找男人了,我就守着你。田花把下巴搁在她的肩上说。

罗大妹拧了一下她的嘴，胡说八道，不许你这样说，还有，你陪我，是不是让我也别找男人？

我不是这个意思。田花也觉出了自己说这句话的漏洞。

不是这个意思是什么意思？罗大妹穷追着不放。

田花讨饶说，就当我说错了嘛。

那还差不多。罗大妹笑着说，这回，我想你肯定是花了心思的，不然，哪里会看上这个黑炭团。

他叫小林，林国团，不是黑炭团。田花纠正她。

罗大妹反过身，"嘟"地亲了一下田花，我的好田花，我看还是叫黑炭团好听，又生动，又形象。而且啊，还响亮！

田花胳肢着她的痒痒，不许你叫，不许你叫，你再叫，我决不饶你。

罗大妹说，你就是胳肢死我，我还是要叫……

你叫你叫！我叫你叫！田花扑到了罗大妹的身上。

两人闹成了一团。

田花和小林谈上恋爱后，俨然一副当家做主的模样，她把小林管得死死的，凡事都要他向她汇报。她下达的命令，小林必须无条件接受。比如她不准小林来勇敢者俱乐部看她工作。小林问她为什么不能来看一眼？她干的是什么保密工作？田花横蛮地说，不许看就是不许看，看了，会破坏我们俩感情的。

为打消小林的顾虑，她向小林保证说，你放心，我绝对不会做对不起你的事，我是怕你看了难受。

为什么要难受？小林不解。

田花把整个身子贴在他的背上说，因为我的工作劳动强度有点大，你会舍不得我的。其实，我能坚持的，坚持不了了，我肯定会和你说。

那福建人也挺厚道的，田花不让他进俱乐部。他就不进，有时候即使来了，他也会静静地守在勇敢者俱乐部门外，耐心地等着她下班。田花和罗大妹一出来，他就笑脸相迎，挨着田花说悄悄话。

哎，累不累？不累不累，干惯了的工作，慢慢就能熟能生巧了，能熟能生巧，那就不太累了。田花饶舌地说。

小林笑嘻嘻地说，不累好，我就怕你累。你累了，我心里难受。

罗大妹在旁边听他们说悄悄话，听到如此的对话，她也忍不住了，就哧哧地笑。田花和小林悚然一惊，仿佛恍然大悟的样子。田花又急又气地说，大妹姐，你笑什么啊！

我笑笑还不行吗？谁规定在你们身边，我连笑也不能笑。罗大妹逗他们。

你笑得不正常。田花愤愤地说。

罗大妹哧哧地笑得更厉害了。

你不说，我不理你了！田花发起了脾气。

小林看不下去了，他拦在她们中间打圆场说，大妹姐，你们别争了，我们一起去吃个夜宵，聊聊别的。

罗大妹说，好啊，我看还是小林好，请我吃饭，不像田花，老是和我斗气，想让她请客，比登天还难。我问她为什么这么小气，以前好像不是这样的。你知道她怎么说，她说能省一个子儿就省一个子儿，因为那是要留给结婚时用的。嗨，你听听，你听听，还没结婚，就一个劲儿地想着结婚的事了！我平时白对她好了，哎，快气死我了。

田花嗷地一下叫起来，谁和你斗啊，是你要和我斗；谁小气啦，明明是你不让我请，说省点钱吧，结婚是笔大开销……

小林憨厚地笑着，他轻轻地拉拉田花的衣角，哎，你这样说啊说啊，不饿啊，待会儿你喜欢吃什么？

田花吐吐舌头，不好意思地笑了，听了小林的话，她偏着头想了想说，我要吃猪手，火烤的那种。要烤得焦焦的、黄黄的，再涂上猪油、芝麻和辣酱，哎，我的口水都流下来了。哎，大妹姐，你想吃什么？尽管叫小林买！

罗大妹对小林看了看，小林也正好拿眼光看她，他们的目光相碰了，小林害怕似的迅速将头掉开了，他装模作样地低下了头，脸也微微地红了。罗大妹心里一动，想，这次田花看来找对人了，这个小林看上去是个实在人，不会花言巧语，也不会察言观色，有的只是对田花的默默真情，按罗大妹的经验看来，他确实是个细心的人，一个会呵护女人的人……于是她笑盈盈地说，田花，我不要小林买，我要你买。

我买就我买。田花爽快地说。

小林涨红了脸，说好了是我请客，怎么可以叫你们买单呢？我来，一定要我来！

田花得意地朝罗大妹眨眨眼睛，那意思好像在说，怎么样，我的小林还可以吧。

罗大妹意味深长地朝田花一笑，田花的脸突然间就通红通红了……

罗大妹后来不止一次地吃过小林亲手做的面包，那真是又松又软又香，的确很可口，用时尚的话说来就是一个字：爽！她和田花开玩笑，说，田花啊，你如果每天一个面包，以后你肯定会变成胖子的，要是全身胖，那倒没什么，就怕胸部这个地方特别胖，小林埋在里面还看不见。

田花笑着追打罗大妹，我打烂你的臭嘴巴，你越说越不像话了！你哪里还有当姐姐的样！接下去不让你当了，由我来当！

你当就你当，你以为我想当这个姐姐啊，其实我早就不想当了。罗大妹朝田花挤眉弄眼。

那你叫我一声。田花抬起头说。

叫就叫。田花妹！罗大妹声音响响地叫道。

哎！田花眉开眼笑地答应。

罗大妹不可遏止地将一连串的笑放出来，呵呵呵，那你还不是妹嘛！

田花仔细一想，呀，上罗大妹的当了！她跳起来，尖声骂道，死大妹，你看来看去就是个混球，就喜欢捉弄我，把我整惨了，你就高兴了！

那时候田花笑得一派甜蜜，言行举止里全藏着爱情，好像已经成了那位福建人林国团的太太。

有一次，他们一齐出去吃夜宵，趁田花上厕所的机会，罗大妹和小林打趣，嗨，小林，你看中了我们田花什么呀？你要知道，她是个摔跤运动员，打起架来你可占不了上风！你如果惹她生气，她一拳头就可以叫你屁滚尿流、满地找牙！

小林笑嘻嘻地说，大妹姐，你放心好了，我们保证不会打架，我喜欢她结实，有力气，会干活，她脾气很爽快的，和我们福建人脾气很相像……

呵呵呵，还喜欢她以后生了孩子会奶孩子，饿不着孩子！罗大妹开心地揶揄道。

小林惊奇地看着罗大妹，好像在奇怪罗大妹怎么一下子就说出了他的心里话，他点头也不是，不点头也不是，他就伸着脖子僵在那儿，一副尴尬样。

看小林脸红脖子粗的窘相，罗大妹哈哈大笑。她一笑，小林也跟着笑，他说，大妹姐真会开玩笑。

上厕所回来的田花不知道他们在笑什么。罗大妹咬着她的耳朵说了。田花一把卡住了罗大妹的三角头颈，看我不夹死你这把乱喷尿水的臭夜壶！

罗大妹拼命挣扎，全身都在颤动，可那笑还是抑制不住地流出来……

处于恋爱中的田花不自觉地变得娇气起来了，动不动就爱喊腰酸背痛的，一碰到她喊这痛那痛的，罗大妹就知道她想让自己替她上班，也知道她是想和面包店老板小林待在一起了。罗大妹说，你不用找理由，和那个小林泡在一起，就什么也不痛了。

田花嘻嘻笑着，你也可以去找啊，找到了，我保证替你多上班，你放心，我说话算话。

罗大妹嘴上不停地埋怨田花多事，但骨子里却替田花高兴，自从她们彻底和好以后，田花又恢复了她爱说爱笑爱发火的活泼脾性，说真的，罗大妹挺喜欢她的。她巴望她这次恋爱能彻底获得成功，这回真的不同于上一次和那个汪大雄了，尽管汪大雄对田花也是百依百顺的，但罗大妹总认为那是他装出来的，目的就是为了取悦田花，要把她哄上床才不得不这样的。她看汪大雄总是不那么顺眼，不像这个小林，不要说田花对得上眼，罗大妹也觉得很对得上眼。她感慨万千，人跟人是讲究眼缘的，眼缘来了，那是什么也挡不住的，她就是跟小林这个人有好感，她看得出来，小林对田花很上心，也很中意。

有一次，他又守在俱乐部门外等田花下班，那天，恰巧石林让田花办其他事去了。罗大妹出门，看到他，很意外，说田花没和你说吗？他憨厚地摇摇头说，没有。那你打她电话吧。罗大妹说。小林摆摆手，不用打了，她没打，就说明她还会回到这里的。罗大妹让他到俱乐部里去坐一会儿。小林却不肯，说田花说过的，不准他进去。他也答应过她的，绝不进去。罗大妹啧啧称奇。真是难为他了，这年代还有这样听话的男人？！小林可是稀世珍宝啊！他的脸是丑的，心灵却是美的。罗大妹依稀记得哪个名人说过类似这么一句话，是哪一个名人，她倒忘了。这个名人说的用到小林身上，那是再贴切不过了。

替她多上几个班就多上几个班吧，尽管让那些来俱乐部的男人摔倒了一回又一回，有时候累得真想趴在泥地上不起来了，但罗大妹还是硬撑着。

田花看罗大妹消瘦了不少，有些过意不去，她不安地说，大妹姐，我是不是太自私了？

说这傻话干啥。罗大妹不以为然地说，人的力气都是生出来的，用一用，它就来了，你不用，它还生不出来呢，我把这当作在训练，想当年，我们哪一次大赛前不是这样强化训练？再说，以后如果我有事，也会找你帮忙的，谁叫我们是姐妹呢，我们一家人不说两家话好不好？

田花感激地拥住了罗大妹的身子，深情地叫一声，大妹姐！

罗大妹理解地拍了拍她的后背，田花啊，你大妹姐真的希望你和小林能幸福美满。

田花怂恿罗大妹也找一个对象，大妹姐啊，看你一个人独来独往的，老是给我们当电灯泡，我怪不好意思的。

罗大妹敲了田花一个毛栗子，傻子，你以为是去菜市场买菜啊，看中了，往菜篮子里一装就行了。找对象是双方的事，你看得中他，他还不一定看得中你。反过来，人家看中你，你不一定喜欢人家。我也在拼命地找啊，可是没中意的啊！

田花吐吐舌头说，求你啦，快找一个，现实一点儿嘛，不要老是想着找老板啊有钱人啊领导啊暴发户啊白领啊……

罗大妹本来兴致挺高的，田花一说，就戳到了她的痛处，她的脸立马阴沉下来，因为这时候郑一鸣的头像又慢慢地在眼前闪烁了……是的，只要一提老板两个字，她总会不由自主地想到郑一鸣，一想到郑一鸣，她就头痛欲裂，那是她心中永远的痛！

可这时候的罗大妹不是以前的罗大妹了，她学会了忍耐，也学会了控制自己的情绪，尽管内心翻江倒海，但她还是装得非常平静地说，是啊，我们得现实一点儿，要把眼睛往下看。哎，田花，有合适的，你帮我介绍一个。

田花大惊小怪地叫起来，你这样的人精，哪里需要我帮忙啊，你心里说不定有好多人选呢，你就慢慢地盘算盘算，盘算到最后，你就该出手时就出手！

罗大妹苦笑，我有那么神奇吗？有这么神奇，我就去做老板了。

田花钦佩地说，你就是这么神奇，是我心中的偶像。

偶像有什么了不起，不就是呕吐的对象吗？罗大妹忍不住刮了一下田花的鼻子，那里汗津津的，她一下明白，这个女子真的动情了，她说的都是发自肺腑的……

第二十二章

有一天，大概是中秋节的前一天吧，田花又提出来想请假，大块头脸露难色，说，田花，今天真的不行，小金爷爷过世，奔丧去了，老赵来了例假，上不得场。人手特别紧张，你再一请假，那就乱套了。但田花执意要请，说没有讨价还价的余地，这假是请定了。大块头看她坚决的样子，也不好说什么，他把矛盾上交到了石林那里，本来像这样的小事，都是大块头安排的，但今天情况特殊，他不敢定夺。

石林一听，就一脸的焦灼，他吩咐大块头把田花叫到他跟前，他和颜悦色地和田花商量，田花啊，小李跟我汇报过了，说你想请假，但今天不比往日，客户和会员来得肯定要多一点儿，因为明天是中秋嘛，他们基本上都要在家陪家人的，到这里来的人就会少许多，你请假一走，就剩下罗大妹一个人了，让她一个人去应付那么多的客户，她无论如何也是忙不过来的。如果来的客人和会员都得不到满足的话，他们就会提意见，意见一多，可能会影响以后的生意。你也清楚，我们勇敢者俱乐部的声誉是相当好的，不能因为偶然一次做得不到位，就给他们留下把柄，所以，我劝你还是克服一下困难，不要请假了。

田花嘟着嘴说，石总，我今天身子不太舒服。

石林说，你坚持一下吧。

我没办法坚持啊，身体撑不住！田花把身子扭动得像一团麻花，她心里一千一万个不情愿。

见软的不行，石林也上了火，他提高声音说，叫你坚持一下就坚持一下。又不是大毛病，我把原因都跟你说清楚了，你怎么还这样不明事理？！

田花见石林不准假，从石林办公室退回来后，就在罗大妹这儿发脾气。她说小林的姐姐特意从老家赶来看弟弟，他们已经说好了今天晚上在某饭店见面，替她姐姐接风。她姐姐名义上是看弟弟，实际上是专门来看她田花的，带有相亲的性质。

你说我怎么能不到场呢？田花眼泪汪汪地说。

罗大妹也替她急起来，那你该和石老板说清楚的，再说，这么重大的事，你事先就应该早作准备，提前就和石总打招呼的，怎么弄到现在才想到请假？现在再请假，太突然了，大块头都没有回旋的余地了。

田花都快要哭出来了，我哪里想得到老赵会休假，小金又突然请假了，我原先以为你替我一下就可以了……谁知……

你不能安排在明天中午？罗大妹说。

已经安排好了。田花再三强调。

罗大妹提醒她说，石老板既然说了，让你坚持一下，你就坚持一下吧，他把理由都和你说了，你再推托，那就难了。

连你也帮石林说话！你不知道小林对我有多重要。田花咬着嘴唇幽幽地说。

你把事情和小林说清楚，小林肯定会理解的，我想他也能原谅你的，既然她姐姐来都来了，那你还急什么？再说，前段时间你请假请得实在太多了，你老是说今天有事，明天有事，其实，谁没有事呢？罗大妹耐心地劝着田花。她知道田花的脾气，若是使起性子来，那会搞得天翻地覆的。

在罗大妹的劝说下，田花慢慢平静下来。她答应和小林商量一下。在给小林打电话时，她流泪了。罗大妹知道她很伤心，但她们这是在工作，是在挣钱，这是没有任何办法的，何况老板也碰到了难处，作为员工，她们有责任帮他分担的。

田花和小林打了很长时间的电话，田花的声音有时候高，有时候低，她在和小林商量着什么。后来，田花放下电话，冲着罗大妹挤出一个勉强的笑。

妥了？罗大妹问。

嗯。田花点点头。

那小林怎么安排？罗大妹提心吊胆地问。

田花咬咬嘴唇，他说改天再碰头。

罗大妹松了一口气，下意识地拍了拍自己的心口。

这个晚上，轮到田花上场时，她的情绪明显不是很高，当然，也有赌气的成分在里面，上场的客户或者会员不用一分钟，基本上就能轻松地把她摔倒。一个人不在比赛状态，这是再正常不过的事，田花如果认真一点，别人或许还可以谅解，但她吊儿郎当的样子，这让任何一个外行人都看出来了，她这是在搪塞人家，她这样做得也太明显了，台下顿时有人吹着口哨起哄、喝倒彩。

也不知道石林怎么会在第一时间知道这件事，或许他本身就在场子里（他经常会这样，有时候是陪朋友，有时候是检查督促工作），他打电话给大块头，说你不能让她这么搞，让她这么搞下去，在场的人都会逃光的！大块头唯唯诺诺，趁田花换班的机会，他悄悄警告了田花一下，田花，你用点心，不要那么心不在焉好不好？你不是一般的人，不是无名之辈，你是专业摔跤运动员出身，在摔跤界是有一定名气的，你这么乱搞一气，这里的名声都会让你糟蹋掉的！

田花紧抿着嘴，一副懵懂的样子，对于大块头说的，也不清楚她有没有听进去。等她再次上台，她突然间又换了另外一副样子，凡是上台来和她较量的，没有一个不让她摔趴下的，她出手之狠，让上来的人根本没有还手的余地，他们倒在泥水里，狼狈不堪。

石林终于坐不住了，他猛地站了起来，是的，那时候，他真的就在场子里，是陪一个搞装潢的朋友，他马上看出了事情的端倪，觉得台上的田花完全是在意气用事，那做派，似乎有意在和他作对似的。石林是个心细如针的人，他也觉出了边上朋友的失望，虽然朋友并不多说什么，但他的沉默，让石林如坐针毡，他满肚子的不高兴于是就像水一样流了出来……那段时间，石林的心情一直不是很好，他遇到了新的危机，危机的来源是他遇到了强有力的竞争对手。离他的勇敢者俱乐部不远的新天地娱乐城，也拓展了一批新项目，其中就有摔跤的内容，那边正在紧锣密鼓地进行招聘工作……新天地的规模之大，设施之完备，让勇敢者俱乐部只能望其项背……如果把对方的企业比作是航空母舰的话，那他的就属于小舢板。巨大的压力让石林整天忧心忡忡，他再也无法做到像平时那样淡定，连向来软绵绵、细声细气的说话声也在不知不觉中高扬起来，田花，你怎么搞的，你今天吃错药了？！他把她堵在浴室门口，不客气地指责道。

田花把手中的一块毛巾重重地一甩，怨气十足地说，石总啊，你到底要我怎么样，让他们赢了不高兴，输了又不高兴，我该怎么办？

要恰到好处，要讲分寸，恰到好处你懂不懂？分寸你懂不懂？以前你一直做得好好的！石林气不打一处来，田花顶撞他的态度叫他恼火。

知——道——啦——田花拖着调子回答。

田花又上台了，可能是在场的人对田花上一场的表现不满，所以等她一上台，就有人喝倒彩。居然还有人喊，谁把她摔倒，老子请吃夜宵！这时候，上来一位黑胖子，他的动作很迟疑，田花对他仔细看了看，觉得挺陌生的，看来是会员带进来的新客户。

田花吃不准他有多少能耐，便有了戒备。开始一个回合，两人做着试探。田花觉得他并不懂摔跤，只是力量很足。田花扭着他和他兜着圈子，在这个过程中，他的眼睛一直紧紧地盯着田花。田花吼一声，他也跟着吼一声。弄得田花忍不住想笑出来，你不发劲吼什么吼？这种家伙不值得和他摔。她失去了和他僵持的耐心，她装作一个趔趄，显得重心不稳。黑胖子高兴了，他猛地抱住田花的腰，一用力，把田花抱离了地面，然后狠狠地摔下去。田花倒下了。黑胖子高兴得乱喊乱叫，老子赢了，老子赢了。

台下一片掌声。有人尖叫，夜宵我包了，熊猫，只要你再把她摔倒一次，我们一起去金沙滩！看得出来，和黑胖子一起来的人很多，他们高声叫着黑胖子的名字，要他再来一下。黑胖子得了命令似的斗志顿起，他一把拉起田花，不等她站稳，又重重地把她摔下去。田花火冒三丈，她一使劲，黑胖子摔跤衣的拉链一不小心被拉掉了，露出了他的半个身子。场内顿时响起了一片哄笑声，熊猫，你小子走光了！有人在尖叫。黑胖子愣怔了片刻，接着他的眼就斜了，也只是几秒钟的工夫，他突然疯狂地扑到了田花身上，臭婊子，你敢撕我的衣服，叫老子走光，出老子的丑，老子今天叫你好看，哈哈，叫你好看！

田花本来就穿着三点式泳衣，虽然是加厚、加大版的，但毕竟只是那么一点点布片，她人又处于猝不及防之中，哪里禁得起黑胖子的撕扯，只是三五下，她一下子就变得光溜溜了，田花一声尖叫，双手护住自己的胸乳，但她的胸太丰满了，她的两只手根本护不住，她只得将身子蹲了下去。黑胖子似乎还觉得不过瘾，他淫荡地笑着，用脚勾起泥水，往田花的身上浇着……台下一片喧哗……

罗大妹目睹了这一幕，因为接下去该她上台了，她正做着准备工作。罗大妹急得连连跺脚，大块头，拉灯！快拉灯啊！她的喊声里带上了哭腔，她一边喊，一边迅速地冲向田花那里，她冲进泥地里，用头把黑胖子撞翻，死命地在他胳膊上咬了一口，然后扑向田花。田花倒在泥淖中一动不动，像是死过去一样。罗大妹高声叫着她的名字，把自己身上披着的一块大浴巾裹在了田花的身上……这时，全场的灯也猛地暗了。

罗大妹背着田花，在黑暗中，连跌带爬地冲进了盥洗室，当莲蓬头里的水猛烈地喷射到田花身上时，田花发出了狼一样的嚎叫……我不活了，我不活了，我不想活了！你们都不是好东西，你们为什么要欺侮我啊……

第二十三章

勇敢者俱乐部被公安机关勒令停业整顿，这是自它开业以来的第一次，石林在第一时间就动用了自己的人脉关系，公安局的那位高姓副局长义正词严地警告他，石林，别动用我这资源了，这次不灵验了，我帮不了你！因为有人用微博将当时的情景发出去了，这个城市的主要领导们点名要他们处理的。

石林沙哑着喉咙说，高局，明白了。

那段时间，石林整天哭丧着脸，没有一点点笑容。看见底下的员工，他反复地说，人要倒霉，喝口凉水都塞牙。那天我的眼皮老是跳个不停。我当时还在担心，不要出什么事哦，不要出什么事哦，天知道真的出事了！早知道那天我应该准田花的假的，她一请假，不就什么事都不会发生了。但事情已经出了，他也只能面对现实，他唯一的祈求就是希望能早一点重新开业，停业一天，他就多一天损失。

那个黑胖子被刑拘了。他叫刘凯，是下边一个区的政府农业办的副主任。据说那天晚上他喝了三斤酒鬼酒，他对自己的犯罪事实供认不讳，他说自己一点儿也不清楚那天晚上到底干了些什么。

警察讽刺他说：你什么都不知道，就知道怎么把女人的胸罩撸掉，裤子扒下？！你知道，那是在大庭广众之下！你知道你的罪有多重？

刘凯后悔得掉下了泪，他一把眼泪一把鼻涕地说，我真的不知道啊，酒喝多了，酒真不是个好东西，害人不浅哪！

新闻媒体对这件事表现出了非常大的兴趣度，一时间有关这方面的报道像雪花一样飘满了宁丁州。有家报纸还专门开展了关于社会公德和市民素质的大讨论。田花的照片也被印上去了，虽然她的脸部被马赛克一样的东西遮挡住了，可知道她的人还是一眼能认出她来，她粗壮的身坯、发达的四肢以及特别饱满的胸部有着鲜明的特征。

那段时间，经常有记者跑上门来找田花，但都让罗大妹挡回去了，你们有没有搞错，这又不是什么光彩事，值得你们大写特写，田花是个受害者，她是无辜的，你们要采访就去找那个刘凯去，那个流氓倒真的应该给他曝曝光，还是公务员，素质这么差，连禽兽都不如！都是这家伙惹的祸！

记者们恳求她，就让田花和我们见个面吧，她不想说也不要紧，我们会一个问题一个问题问的，她只需要点头或者摇头就可以了。

罗大妹坚决地摇着头，她不可以出来，她出来，你们长枪短炮的，还不把她给吓死？！她现在身体很虚弱，需要静养。有什么事，我可以替她回答！

我们是了维护她的利益才来的，我们是在帮她，而不是在害她。如果没有我们真实的报道，刘凯很有可能就得不到惩罚，坏人不惩罚，你的心会安稳吗……记者们久久不肯散去，围堵在她们租住的出租屋门口。

罗大妹舀了一盆水，狠狠地泼出去，她咬牙切齿地说，你们这些人，不是给你们说清楚了吗，还不肯走，你们什么意思啊，把我的话当耳边风？你们都给我滚，你们就是在害她！表面上说得好好的，谁知道你们一转眼会弄些什么名堂出来！你们就是想追求刺激……她像轰麻雀一样地轰着他们。

罗大妹的不友好，让记者们也无可奈何，看弄不到什么有价值的新闻材料，他们顿时作鸟兽散，转而跑向其他可以打听到消息的地方去了……

田花整天以泪洗面，突如其来的沉重打击把她给打晕了，她不愿说话，也不肯吃饭，更不愿出门去，整天躺在床上，茫然地盯着天花板发愣，偶尔，会发出一两声沉重的叹息声。

罗大妹小心地劝着她，田花啊，是祸躲不开，既然来了，那就要面对，好在事情都过去了，你不要想得太多，自己的身体要紧啊！有句话怎么说？叫留得青山在，不怕没柴烧……

小林来看过田花几回。显然他也知道了这件事。媒体上铺天盖地的消息，他没有理由不知道这些。罗大妹傻了眼，我明明没有让他们见田花，他们怎么会有那么多田花说的话，她发现自己好像在做梦一样，她十分纳闷地对小林说，不要相信报纸上电视上的说的，全都是胡诌，田花根本没和他们照过面，怎么会有她说的话呢？显然，她说的小林并没有听进去多少，他这时有点手足无措地站在田花的床前，像个小学生一样，他给她带来了不少的东西，大多数都是吃的。看到他来，田花把脸蒙在被子里，不愿意他看到她，并不时地催促他走。小林，你走啊，我没脸见你了！小林不走，她就哭，但她已经流不出眼泪来了，她只是干号着，哭得人的心都碎了。

小林眼睛也红红的，他马不停蹄地奔走着，他小心翼翼地告诉田花，说他已经帮她请了律师，把那个流氓刘凯告了，还把勇敢者俱乐部和它的法人代表石林也告了。田花，你放心好了，法院会为你做主的，那些家伙，一个也逃不了！小林悄悄地抓过田花的一只手，轻轻地握住了，然后，牢牢地团在了自己的手中。

石林和大块头带了礼品亲自登门探望。石林心情复杂地说，小田啊，会发生这样的事，我真的始料未及，刘凯也算是国家公务人员，居然做出这等猪狗不如的事来，那也太过分了，简直没有一点儿人性，说句不好听的话，他就是一个人渣，他是我们勇敢者俱乐部开业以来最不受欢迎的客人……同时，他也做了自我检讨，田花啊，我现在真的很后悔，没有把这件事情消灭在萌芽状态，这是我最大的失策，但它来得太突然了，我们都猝不及防……后来，他就把话题转到了对事情结果的处理上。他说，小田，我们大事化小，小事化了，我可以给你3万元精神损失费，希望你能撤诉。我的意思你明白吗？这件事跟我们俱乐部没有多大的干系，都是刘凯的私自行为，因为他强有力的破坏，导致我们俱乐部也遭受了巨大的损失，说到底，我们也是受害者……

小林不答应，说，不能就这么了了，得有个说法。钱不钱的，以后再说，现在，我们只相信法院，法院怎么判就怎么办！

石林向田花求情，田花，我知道你受委屈了，可在这个案子中，不但俱乐部是受害者，我石林也是一个受害者啊，谁会想到刘凯这个变态狂会这样，我想这恐怕连上帝也料想不到。如果我知道他会在我的地盘上抓狂，我早就把他轰出去了，连门都不让他踏进来一步，一粒老鼠屎坏了一锅粥！石林觉得自己非常冤枉，他努力地替自己辩解着。

这时候，田花却歇斯底里地叫起来，都是你，都是你，那天我要请假，你不让我请，我请了假，不就什么都没事了？你是存心这样安排的，你想追求轰动效应，你想让俱乐部出名，让更多的人来俱乐部做会员……

石林尴尬不已，他手中明明已经没有了那两个钢球，但他还是当它们存在着似的搓动着。他诚恳地告诉他们，很长一段时间以来，他的心情真的一点儿都不好，他感受到了从没有过的压力，那是他自当老板以来从来不曾有过的，都说当老板威风，可他这个老板当得一点儿都不威风，他现在就像一只风箱里的老鼠两头受气，哎，里外都不是人，这样的日子，你说怎么能轻松得起来呢……你想想，现在新天地娱乐城马上要开新项目了，离我们才几千米，宁丁州的有钱人都是喜新厌旧的家伙，他们要是都往那里跑，我们这里还有多大的生存空间？

大块头赔着小心说，田花，你说话要凭良心，我们勇敢者俱乐部从来不会做对不起员工的事，我们的目标是一致的，都是为了多挣钱，把我们的企业做得更大一点儿……如果你说现在发生的这个事故，是石总特意安排的，那完全是你捏造的，是你臆想出来的，因为没有任何理由会让石总这样做，不信，你可以问问罗大妹。

罗大妹这时也站出来说，田花，你不要七想八想，无中生有的事，你少说。石总不可能做出这种伤天害理的事，他这样干，对他有什么好处？

田花吼道，罗大妹，你给我住嘴，你得了人家什么好处？把胳膊肘子往外拐了？我现在对谁都不相信了，你们都是穿一条裤子的！

看田花的情绪这么抵触，毫无商量的余地，石林和大块头只得灰溜溜地走掉了，但他们还是不死心，临走，再三叮嘱田花说，小田，你好好再想一想，你想通了，马上和我们打电话。

田花在床上足足躺了有半个多月后，才勉强起了床，她肯起来，还是小林的功劳，小林说了一句话，小林说，田花啊，你快起来帮我一起和他们打官司啊！不然，我一个人要累倒了。

田花的眼睛亮堂起来，小林，你受苦了，我会和你一起努力的。

田花人是起来了，却犹如大病一场，整个人虚弱不堪，走点路，也像纸片儿在风里刮一样。

看到田花肯从病床上起来，罗大妹知道她已经从泥潭里爬了上来，对生活开始有了一点儿信心，她暗暗替她高兴。出事后的那些日子里，她几乎天天陪着她，和她聊天，说一些解闷的话，虽然对田花并不起多大的作用，但罗大妹觉得自己的心意到了，她的心也平静了。那时候，罗大妹说得最多的是她们在老家广西时的一些人和事，这是她们乐此不疲且永远不会枯竭的话题。

那天，罗大妹颇动感情地说，田花，你一定知道我五哥吧，医生说他儿子染染得了红斑狼疮，我不相信，我想我们罗家从来不做什么坏事，我爸妈是连蚂蚁都不肯踩死的人，染染怎么可能得这种恶病呢？五哥问我要钱，我寄钱过去，叮嘱他们一定要好好查查，千万千万不能搞错了。这年月，还有几个人在认认真真做事呢？在我看来，好多人做事都马马虎虎的，你说神不神？到一家大医院仔细检查下来，染染得的果真不是那个恶病，病还是有病，是完全可以康复的，只是需要时间，需要调养……我高兴死了……田花，你一定要咬咬牙，咬咬牙就把这事挺过去了，你知道人为什么很厉害吗，就在于人什么都不怕，百无禁忌。但这个人哪也有一个致命的弱点，那就是被自己击倒……被自己击倒，那就没有救了。哎，田花，你是有福之人，你看你那个小林，对你多好，真是把你抱在手里怕跌，含在嘴里怕化，为你的事，他里里外外一个人跑……

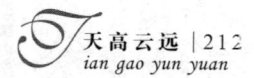

田花微微地露出了一点儿笑,她难为情地说,大妹姐,你把他说得太好了,小林其实还是有很多缺点的,只是我不想说他罢了。

他确实好嘛,我这是实事求是。罗大妹笑着替她削了一个苹果,然后喂她吃。

田花的精神好了一些,她可以慢慢地一个人往外走了。她去得最多的地方,当然就是小林的面包房。小林黑黑的脸上也绽放出了笑容,他的牙齿似乎更白了,每次看到他的牙齿,罗大妹都会生出一个念头,劝他去做广告,说他要是做牙膏广告,那牙膏会很流行的。小林人小,声气却大,本来他的面包房并不需要吆喝,但他看到田花在他身边,劲头上来了,他大声喊着,来来来,新出炉的面包,尝一尝,尝一尝,不好不要钱,不好不要钱!

你喊什么喊?!看到路人驻足看他们,田花小声嘀咕。

人逢喜事精神爽嘛,我就想喊一喊,喊一喊就爽了!小林憨厚地笑着说。

小林为田花的事很卖力,不断地给她出着主意。田花则小鸟依人样地站在小林身边,头点得像风中的一枝柳条。罗大妹都看呆了,这样的景象在田花那里也能出现?而她平时一直是以强者的形象出现的。

看两人甜甜蜜蜜的样子,罗大妹松了口气,再也没有比小林的安慰更有效的药了,对于田花来讲,那是一剂灵丹妙药,是世上最美妙的药,也是最有疗效的药,但愿这场风波结束后,小林能正式迎娶田花,让她过上幸福而安宁的生活……田花太需要这样的生活了。

一天傍晚,罗大妹刚从菜场买完菜,正准备回到家里,在弄堂口,她被住在隔壁的一个中年妇女拦住了,她的眼睛睁得很大很大,显得非常紧张地说,哎,小姑娘,和你住在一起的那个女孩刚刚被送到医院去了,来了好几个警察。小女孩不肯走,又是哭又是闹的,他们硬把她架走了,哇,吓死人了!

罗大妹吓了一跳,什么医院,什么警察,她发现自己的脑子有些转不过弯来了,她难以置信地看着她,知道对方是山东人,专门在街边卖水煮花生。那人见罗大妹站着不动,便催促她说,你快过去看看啊,现在人应该送到医院了!

罗大妹手中拎着的菜袋掉到了地上,里面的鱼呀青菜呀全都滑了出来。

你快去,在宁丁州市第一人民医院。她报给了她医院的名字,并解释说,我向一个警察打听的。

罗大妹撒开两腿就跑,跑出小区,她把手挥动得像一面小旗帜,一辆的士过来,下车的旅客还没下车,她呼地一下就挤了进去。司机说,你慢一点儿慢一点儿,先下后上。罗大妹火烧火燎地说,快快快,要出人命了,去第一人民医院!那旅客本来想跟罗大妹计较的,可看她一副六神无主的焦急样,他狠狠地剜了她一眼,说,再急也得一步一步来,你还能飞啊……

罗大妹见到田花时,罗大妹快认不出她来了,她的头发披散着,脸上裹着很大的一块纱布,两只露在病床床沿上的手在神经质地抖动着……田花,田花啊,你怎么啦?罗大妹失声尖叫。

田花听到叫声,迟疑地转过头来,痴痴地望着罗大妹,像是不认识她一样。一旁守着她的一个女警察说,喂,你是病人什么人?

我是她……她姐姐。

哦,你就是和她住一起的罗大妹吧,田花发病你为什么不看住她?

发病?发什么病?罗大妹糊涂了。

田花在大街上当众脱衣服,赤身裸体地走来走去,到处骂人……女警察不满地说,你作为监护人,怎么可以独自丢下她不管呢?!

什么?田花得的是什么病?她赤身裸体在街上?那怎么可能呢?罗大妹发现自己的脑袋不够用了。她记得很清楚的是,她和田花一起吃的中饭,吃过后,她原来想带田花去美珍宝美容美发店,把她长长的头发修理一下,半个多月待在床上,她的头发都乱得不成样子了,但田花不答应,田花说,改天再去理吧,下午我要到小林那里去。

到小林那里去干什么?田花含笑不语。

被罗大妹问急了,田花才慢悠悠地吐出一句,到了晚上我会告诉你的。罗大妹没有刨根寻底,她想到了晚上,不用问田花,田花也会告诉她的。

田花下午出门时,还是好好的,怎么一下子变成这个样子了?其间只有短短的几个小时啊！罗大妹感到匪夷所思。

罗大妹手脚哆嗦着，连忙给小林打电话，但小林的手机关机了，她又打他面包房电话。是一个女人接的电话，听说是找小林，便说，我们老板不在，问到哪儿去了？对方说不知道。罗大妹问有什么办法联系到他。店员说，打他手机啊。罗大妹说，他手机关机了。店员爱莫能助地说，那我就不知道了。

罗大妹愤愤地将手机塞进口袋里，她像一只兔子似的蹦了出去，她要去找小林，只有找到小林才能弄清楚事情的真相。田花变成这个样子，他知道吗？罗大妹着火一样地打车赶到了面包房。

一个吊眼睛的瘦个女人问她找小林什么事。罗大妹慌不迭地说，不好了，小林的女朋友出事了。

那女人从头到脚把罗大妹看了一遍，然后说，我是小林的姐姐，我们家小林和那个女人分手了，你以后不用再找我们家小林了……

罗大妹恍然大悟，在路上时，她就在心里嘀咕，田花这样，莫不是和小林之间出现了什么问题？看她的模样，完全是受了巨大的刺激。现在，这个担心最终得到了证实，罗大妹气急攻心，忍不住冲着那女人骂道，你放屁啊！快叫小林出来，我一定要当面问问小林。

那女人突儿笑得一脸的诡秘，小林回老家去了，要不你赶到福建去找他。

罗大妹狐疑地看着她，说，我不信，除非你打通小林的电话，让我来和他说。

那女人犹豫了一下，然后打了小林电话。也不知她用了什么办法，罗大妹一直打不通的电话，她居然打通了，罗大妹一怔，她马上想到小林用的应该是另外一部电话。她把手机递给罗大妹，罗大妹对着话筒说，小林吗？我是罗大妹，你和田花到底怎么啦？

小林支支吾吾地说不清楚。

罗大妹忍不住，哭出了声，小林啊，你快来看看田花吧，她现在在医院里，她闹自杀……罗大妹没有把真实情况说给他听，唯恐吓坏了他。

小林轻轻地说，算了，我不去看她了，我们俩已经分手了，真的，一刀两断了，从现在开始，完全没有关系了……罗大妹的脑袋嗡嗡作响，就像有谁往罗大妹的脑壳上打了一闷棍。她再想说点什么，对方已挂了电话。再打，就又一次无人接听了。

小林的姐姐自顾自忙碌着手里的活儿，她那时候正在剥毛豆，她把绿绿的毛豆从豆壳里剥出来，然后放到一只蓝边大碗里，听到眼前没了声音，她抬起头，平静地问罗大妹，你们说完了？

罗大妹将她的手机掷还给她，气冲冲地说，这事，我们没完，你等着瞧吧！

罗大妹万万没有想到，身体正在逐渐恢复的田花，因为小林的突然离去，竟患了精神分裂。小林在老家躲了一阵，又出现在自己的面包房里，罗大妹在路上碰到过他几回，他装作不认识地掉头走开了。罗大妹恨不得冲上去，一下把他摔倒，然后一脚踩断他的胸骨。这个黑炭也是个人渣！我怎么会被他瘦弱的外表所迷惑呢？罗大妹痛心疾首。

她一遍遍地诅咒着小林不得好死，她恨这个福建人的无情无义，恨他的出尔反尔，可不管罗大妹怎么气愤，却拿小林一点儿办法也没有，因为他老是一副死猪不怕开水烫的样子，你骂他，他笑笑；你和他讲道理，他笑笑；你讥讽他，他还是笑笑。

罗大妹看田花的病情好像越来越重，原先她还指望田花能一天天好起来，但看看情形不对，罗大妹便打电话到田花的家里去，让她家里来人。田花家里人不知道发生了什么，一迭声地问罗大妹到底出了什么事，假如没什么大事，他们就不准备来了，所有的一切都委托罗大妹办理一下好了。因为来一次宁丁州也挺贵的，还费时，他们耗不起。

罗大妹差点骂出来了，你们以为是让你们到宁丁州来玩啊？田花快死了！

对方埋怨她，你这个罗大妹，怎么不早说呢？！

几天后，田花的两个哥哥来了，当他们在小小的出租房里看到田花的模样时，都呆若木鸡，他们做梦也没有想到向来活泼伶俐的妹妹，现在却变成了一个疯子，像一段会移动的木头那样走来走去，偶尔停住，嘴里才开始念念有词。她在说些什么,他们一点儿也听不懂,她含糊其辞,就像是在念佛。罗大妹,你给我们说说,怎么回事?到底怎么回事?他们捶胸顿足,显得非常气愤。

罗大妹和他们说了经过,她说着说着,忍不住哭泣起来,本来一直好好的啊,她身子恢复得不错,我以为用不了多久,她又可以重新开始工作了,可我万万没有想到,就是那个下午,田花一下子疯掉了!我也不知道那天下午到底发生了什么?我问他们原因,小林和他姐姐死活不肯说……他们死活不肯说,我就无法知道真相啊!罗大妹被抽泣声噎住了,说不下去了。

停顿了好长时间,她才接着说,我找警察,警察也拿他们没办法,因为没有证据证明是小林和他姐姐把田花给逼疯的。罗大妹号啕大哭。

龟孙子,看我怎么收拾他!田花的大哥气得破口大骂,他把自己的嘴唇也咬破了,他要罗大妹带路,然后就一起来到了小林的面包房。一到那里,他们两个当即就冲进了小林店堂,二话没说,乒乒乓乓一阵乱砸,把面包房砸得像地震过后,一片狼藉。他们似乎觉得还不解气,最后用一大桶奶油把小林浑身上下涂了个遍,他的嘴巴里也被塞进了一只大面包。撑死你!撑死你这个乌龟王八蛋!

田花的两个哥哥太威猛了,他们三下五除二,小林还没反应过来,面包房已经面目全非了。小林吓坏了,可怜巴巴地缩在一边,全身都在哆嗦。还是小林面包房里的店员机敏,赶紧报了警。

警察来了四五个,他们没有听罗大妹的解释,把田花的两个哥哥抓进了派出所。那两个被激怒了的山里人冲着警察高叫,我妹妹被这个流氓逼疯了啊,你们为什么要把我们关进来,应该把那个流氓抓进来,这世道到底还有没有天理?啊,有没有?!没有王法了?可以乱来了?!我要告你们。

警察问清楚情况后,觉得又好气又好笑,缘由原来是因双方恋爱而引起的纠纷,而不是像报警时所说的有人抢劫,于是,他们把小林和罗大妹也叫了去……

罗大妹追着小林问那天下午的事,小林一脸的无辜,他吞吞吐吐地说,其实，我早就想和田花分手了，但正好碰到她出了那件事，我不忍心在那个时刻和田花说分手的事。于是决定等她伤病好一点儿，情绪也好一点儿的时候，再说这事。那天下午，我和姐姐一起，对田花说了我们的一些打算。田花一听就发脾气，说我们联合起来欺侮她。她不想听我们的，一个人跑出去了……我可以对天发誓，我真的一点儿都不知道她跑出去后，到底发生了什么。

罗大妹不相信小林说的，但也奈何他不得，因为田花神志不清，根本无法说清那时的情景，作为当事人的小林和他姐姐是绝对不会说出事情真相的，所以此事只能成为一桩无头案了。她不想在这个问题上过多纠缠，她愤怒地责问，那你为什么要和田花分手？没有一点理由就分手？小林搔了一下头皮，头皮屑像飞蚊一样到处乱飞，他犹犹豫豫地说，这个……这个……我家里人不同意，我姐姐给我找人看过相，算过命，说我们俩八字不合，如果结婚了，会有血光之灾……

去你的八字，去你的面相，你和田花谈恋爱时怎么不讲面相？不讲八字？她现在出了事你就讲面相、讲八字了？你搞啥子鬼。罗大妹按捺不住了。

小林低下头，舔舔嘴唇，轻轻地说，田花老是和我姐姐说，她和我结了婚，要把她爹娘也带过来。我姐问她，那他们住在哪里？田花兑，我自己赚钱给他们买房子。我姐说，你的钱不就是小林的钱？她说，我的钱怎么是小林的钱？我姐说，你们以后是夫妻了，这钱哪里能分得这么清？田花说，有些要分清的，你赚的是你的，我赚的是我的，只有共同赚的才是两个人的。她的这套说法，我姐听了很不高兴，她们闹僵了。她劝我跟田花算了，说老是想着娘家的女人不是好女人……我……其实也不想和她分手的……只是……家里都是……听我姐姐的，她说了算……小林可能良心发现，终于说了自己的心里话，在说的时候，他显得很痛苦，也很紧张，边说还边四下里张望，好像怕他姐姐突然出现在他眼前。

田花的两个哥哥，听了小林说的，马上哭成了泪人，妹妹在外还一直想着对爹娘好，千方百计想着替他们买房，让他们住在宁丁州，过上天堂般的生活。为这事，把自己的婚事都弄没了不算，连自己也成了一个废人。那她以后的日子怎么办啊？花啊，你可怜啊！他们哀哀长叹。

罗大妹恨铁不成钢地对小林说，你呀，一点儿用都没有，还男人呢，干吗要听你姐姐的，这是你结婚，又不是她结婚，你把田花那么好的一个女孩毁了，你的良心叫狗吃了啊！她呜呜地哭起来。

她一哭，小林和田花的哥哥跟着抹眼泪……

警察看两家有和解的可能，便连忙做思想工作，说，你们这样打来打去也不是个办法，坐下来，好好商议一下。警察问小林，你打算怎么办？小林抽泣着说，算了算了，我不要他们赔我的损失了，就当面包房起火被烧掉了……而田花这边，罗大妹的意思是让小林再补偿田花家一点儿，田花这个病毕竟是因他而起的。

小林紧张地问，那需要多少钱？其实我也没有多少钱的。罗大妹说，数目你看着办，我们也不好强求，反正是田花看病吃药需要花的钱……小林和他姐姐打了个电话，他们在电话里用闽南话叽叽咕咕地说着，罗大妹他们听了，如同听天书一样，根本不知道他们在说什么。后来，小林搓着自己的手皮说，我出个三万块吧，我姐说了，店里的损失要超过三四万了……

罗大妹感慨地想，小林要是能自己做主那该多好，那么田花也不会走到今日这一步。其实，她比谁都看得清楚，小林的心里还是有田花的，因为只要提到田花的名字，小林就会发呆……

那段时间，罗大妹身心憔悴，她觉得自己都快崩溃了。既要给田花看病，又要忙着照顾田花的两个哥哥，还得去打听法院开庭审理的时间。罗大妹想请法院尽快审理刘凯，因为这样就省得田花的家里人在广西和宁丁州之间重复往返。罗大妹一遍遍地跑着，比处理自己的事情还上心，弄到后来，连法院里的人都认识罗大妹了。他们劝她，小罗，你不用一遍又一遍地亲自上门来的，你只要打个电话过来就行了。

罗大妹的眼泪潸然而下，我替我妹妹着急啊，只要一看到她的惨样，我的心里就像有刀子在戳，我就身不由己地跑到这里来了，只有你们才能替我们做主，求求你们了。她差一点儿给他们下跪了。他们安慰她说，不着急，不着急，饭得一口一口吃，程序也得一步一步走。

田花的两个哥哥很感激罗大妹，这两个对宁丁州一无所知的山里人，天天只知道皱着眉头抽烟、喝茶，他们是那么胆小和脆弱，连租房的门也不敢随随便便出去，生怕一不小心就走丢了。他们焦灼不安，可无计可施，他们像两头困兽，在出租屋里胡乱地打着圈圈，罗大妹征求他们的意见，询问他们下一步该怎么办时，他们总是说，大妹，我们听你的！你说了算！

罗大妹苦涩得很，她想，我怎么能说了算？我说了能算吗？

罗大妹每次去法院问，法院总是说快了快了，一来二去的，就又晃过了一个多月。

有时候，罗大妹觉得特别无助，她很想抱着谁，好好地痛哭一场，她憋得太久了，多么希望找人倾诉一下，在那样的时刻，她发现自己都快坚持不住了。但最终她都咬咬牙挺了过来，她想，我这是在为田花努力，谁叫她是我的妹妹呢？我不帮她，还有谁会帮她呢？

终于等到了开庭审理刘凯的日子。开庭那天，罗大妹把田花的两个哥哥，俱乐部里的一帮比较要好的同事都叫去了。石林自告奋勇，带了李勇强去旁听。在法庭门口，石林悄悄地对罗大妹说，放心，这回肯定会让刘凯没好果子吃的。罗大妹感激地说，石总，这事麻烦你了。石林摆摆手，手中的两个钢球亮得刺眼。罗大妹心里有了底，心情大悦，可她不敢把这些透露给田花的两个哥哥，生怕又生出什么意外，她有些怕了他们，他们老是成事不足，败事有余。

最后，法院的判决下来了，果真如石林所说的那样，刘凯遭到了重判，并负责赔偿田花医药费和精神损失费总计人民币 16 万元整。

过了几天，田花起诉石林和勇敢者俱乐部的案子也开庭了，石林和田花的两个哥哥在庭外做了和解，最后，法院宣判勇敢者俱乐部赔偿田花医药费和精神损失费 35000 元。

等两项判决都下来以后，罗大妹欣喜若狂，她说话、走路，都雄赳赳、气昂昂的，那样子，就像打败了全国所有的摔跤高手，她终于可以扬眉吐气地站到冠军的领奖台上了。

可怜的田花，你大妹姐帮你打赢官司了，我们胜利了！那个像黑熊一样的坏坏刘凯，马上要去蹲监狱了！你知道吗？他要在监狱里待上几年了，够他受的！你高兴不？恶有恶报，这个恶魔，终于到了他应该去的地方……她拍着田花的脸，轻轻说。

高兴之余，罗大妹还是觉得有些遗憾，她想，要是现在小林和田花还好着那该多好，想当初，是小林果断地请了律师，帮助田花打官司的，可现在小林却和田花分手了，前前后后不过短短的一个来月时间，这世事变化怎么这么快啊，搞得她像雾里看花，怎么也看不明白……

罗大妹把判决书一字一顿地读给田花听，田花嘻嘻笑着，表情还蛮丰富的，时不时地，还点点头，有时候，甚至还会露出一点儿凝重来，罗大妹不知道她是真的听懂了还是她的心理作用。

田花的两个哥哥捧着赔偿到的这些钱，笑得合不拢嘴。可以这么说，长这么大，他们还从来没有见过这么多的钱，其中的一个，好像怀疑这是不是真实的，他抓起其中的一沓，对着太阳光线照了又照，照完，又抽出一张，用牙齿咬了咬。事实上，从法庭出来后，他们就把罗大妹撇在一边了，两个人反复地说着钱的事，好像在商量这笔钱应该怎么处理。他们的意见很不统一，因为时时都在争论。

看他们面红耳赤、唾沫四溅的样子，罗大妹心里酸酸的，那钱可是田花用命搏来的啊！这个时候，你们怎么能为这钱的事起纷争呢？

田花的两个哥哥准备带着田花回广西老家去了，他们对罗大妹千恩万谢，说这辈子永远都不会忘记她的大恩大德。

罗大妹说田花是我的妹妹，她出了意外，我不能见死不救。她同时又叮嘱说，田花的病要给她看，药也要吃准。这病得好好养，急不得的。

田花的两个哥哥表态，大妹啊，你放心好了，我们不会让我们的妹子吃亏的，她是我们的小妹妹，我们做哥哥的都有责任帮她的。他们希望罗大妹回广西的时候,多到他们那里走走。

以后,我们就真的跟亲戚一样了!田花的一个哥哥说。

不,比亲戚还亲!田花的另一个哥哥纠正说。

罗大妹的眼泪差一点儿又滑出眼眶。她说,我会的,我一定会来看田花的,到时候说不定她又是一个健康人了,这种病就是这样,说好就突然好了,说坏就突然坏了……

托你的福,田花的病会好的,会好的。田花的哥哥们又是作揖又是鞠躬的。

不要这样,不要这样。你们去吧,去吧。罗大妹的手乱摇。

把田花他们送走后,罗大妹倒头就睡,那张床真是好啊,她第一次体会到什么叫安然入睡……

第二十四章

因为这场官司，罗大妹和石林的关系有点微妙。罗大妹知道石林是在心疼钱，赔给田花的那笔钱老是让他如鱼刺在喉，石林这个人平时好像不屑于谈钱，他嘴巴里说得最多的是朋友和友情，但一旦真的涉及钱，罗大妹看出来了，他其实还是很在乎的。

他牙疼似的呲呲说，田花让我也赔钱，这好像不大说得过去啊，我算是吃足了被冤枉的苦头，是不是以后她死了，我还得替她付棺材费？这没有道理啊。

石林原来的想法是让刘凯赔钱、吃官司，所以在对待这个问题上，他表现得非常热心，不遗余力，他甚至还动用了他在公检司法的一些关系，他的意图很明确：刘凯赔得愈多，需要他掏口袋的地方就越少，而真金白银对他来说，那是和性命一样重要的东西，他从来不肯马虎的。刘凯案如他期盼的那样判了，但最终他自己却无法金蝉脱壳，该他赔的钱照样叫他赔了，因此，他就耿耿于怀了。

罗大妹听石林这样说，耳朵里像让蚊子咬了一口，老是痒痒的。她忍不住说，石老板，田花也够可怜的，她才二十来岁，就得了这个病，那她下半辈子基本上就算完了。她在勇敢者俱乐部，一直很卖力的，他男朋友抛弃她，不要她了，多半是因为出了这件事，小林的姐姐认为田花的裸体让那么多的人看了，很没面子，还放出狠话来，说，田花干这活，还不是和婊子一样吗？我看比婊子还不如！她非要让田花从小林身边滚开，说他们家一直以来都是做正正当当生意的，凭手艺吃饭，如果让田花进他们的家门，连祖宗也会骂他们不孝的，说她再也不想见到田花。

那个小林是个耳朵皮很软的家伙，自己又没主见，让他姐姐河东母狮那样一吼，连裤裆都湿了，后来就乖乖地按着他姐姐的思路走了，违心地和田花分了手……

石老板，人心都是肉长的，要是田花是你女朋友，碰到这种情况，你也会袖手旁观？

石林转动手里的钢球，眼睛盯着罗大妹，他突然"噗"地一下笑了，罗大妹，了不起啊，你的口才越来越厉害了，赔给田花的钱我倒是无所谓的，有所谓的是田花走了，少掉一个人，我还得补充人，人进来需要钱，培养她也需要钱，这个钱花起来是没有底的，所以我心疼哪！

罗大妹想，石林的脑子是灵的，也是善于察言观色的，见说话的气氛不大对劲，便悄悄地偷换了一下概念，那份尴尬就被他掩饰过去了，不愧为精明的生意人哪。

确切的已经说不上来了，到底是从哪一天开始的，石林开始变得有些讨好罗大妹了，时不时地请她去他办公室坐坐，和她商量一些事，顺便聊聊天。田花走后，他又新招了一个叫莫君的小姑娘。

对莫君的考核也是由罗大妹来当主考官的。莫君没有练过任何项目，但她是女兵出身。她干的是通信兵，因为喜欢当领导的小蜜，老是搞第三者插足的事，影响很坏，一而再，再而三的，后来就被部队开除了。

莫君是看了勇敢者的招聘广告后找上门来的，她想做前台的一个服务员，这显然不符合俱乐部的招聘要求。李勇强有些不屑地说，你连招聘广告上的要求都没看清楚就跑来了，你也太莽撞了。

莫君不解地问，那你要招什么样的人？李勇强说，会摔跤的。

莫君咬咬牙说，摔跤我也会，我在部队里学过的。李勇强哦了一声，那

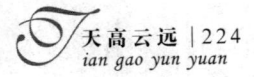

你试试。莫君一试，李勇强傻了，嘿嘿，还真有点样子，他迟疑了。

石林看后不是很满意，嫌她太单薄，不像是搞摔跤的料，大块头也看不惯她像模特一样走猫步的风格，她去应聘时装模特、车展模特还差不多。

莫君却说没关系，摔跤她可以学的。

你是不是觉得很好玩？罗大妹问她。

她点点头，说，你们不要看我瘦，其实，我力量很足的。罗大妹和她过了几招，发现她有一个特点，那就是灵活性好，爆发力也强，稍加点拨，应该能胜任这项工作的。她向石林提议，可以把她留下来，勇敢者俱乐部也要适当改变一下风格，不能一味地要强硬的，应该逐步地增加一些技巧性的玩意儿，总之得顺应时尚的发展，不说选美女选手，至少也得秀气一点儿的，再说，我们来到俱乐部也有好几年了，几年里展现给别人的形象就是粗硬的，会员可能也觉得有点乏味了，所以得改革。你想想，到这里来的客人不是个个都是身强力壮的，碰到那些个子小，力量也小的客人，可以由莫君这样的人去应付，可能会取得事半功倍的效果……罗大妹一五一十地给石林分析着。

石林在心里赞叹一声，说得好！他有种茅塞顿开的感觉，经由这么一件小事，他再也不敢小看罗大妹了，罗大妹已经不是那个初来时的罗大妹，她完全脱胎换骨了，特别是当他听说新天地娱乐城的老板私下里也曾找过罗大妹好几回，希望她跳槽到他们那里去时，他当时手心里是捏了一把汗的，生怕她答应下来，她一答应，他岂不鸡飞蛋打？于是他旁敲侧击地说，罗大妹，你现在是名人了，说起话来总是一套套的，怪不得有那么多的人指名道姓要让你跳槽，你是人才啊！嗨，如果你要走掉了，我石林只有去喝西北风了。

罗大妹当然明白石林讨好她的原因，也听出了他话里的意思，知道他在担心什么，她开诚布公地说，石老板，你放心，我罗大妹是个知恩图报的人，三年前如果不是你收留我和田花，我不知还会在哪里漂，你让我过了三年多的安定生活，我感激你还来不及，哪里会想到走呢？如果我要走，我早就走了，隔壁新天地，城东的DOS都来找过我，希望我加盟到他们的团队里去。新天地还开出了比这儿高得多的工资，可我拒绝了，我不会做忘恩负义的小人，说句心里话，只要你石总不嫌弃我，我就永远留在勇敢者……

罗大妹，我也可以给你加工资，新天地给你多少，我保证给你多少，而且，我还要聘你当我们俱乐部的总经理助理，给我好好地参谋参谋，让我们共同把勇敢者俱乐部搞好，我们有福同享，有难同当。其实，说起来，我们俩还是挺有缘分的，你想一下啊，如果没有缘分，你怎么可能千里迢迢跑到宁丁州来呢？宁丁州那么大的地方，你东不去西不去，偏偏在我这小庙里停下了脚步，这不是缘分是什么？石林将手里的钢球转得飞快，他语速很快地说着。

老实说，罗大妹的一席话，让石林彻底吃了一颗定心丸，他心里还是暗暗高兴的，罗大妹的脾气他怎么会不清楚？她说一不二的风格也是他欣赏的，既然她这样说，那就表明她确实想留在这里了，石林没有理由不心花怒放，也没有理由不对她亲近。

罗大妹的工资涨了，总经理助理的职务也有了，出出进进，底下的好多员工都恭敬地称她罗总，罗大妹不习惯，她有些害羞地说，不要这么叫，叫我大妹吧。你们叫罗总，我常常以为你们是在叫别人，太别扭了，我真的一点儿都不习惯。

叫叫就习惯了。石林笑呵呵地说，当初，人家叫我石总，我也不大适应呢，不像现在，你不叫我石总，我还反应不过来呢，以为你是在叫别人！

罗大妹害羞地笑笑。

大块头却笑得前俯后仰，连眼泪都笑出来了，他手指颤颤地点着罗大妹说，嘿嘿嘿，你不愿意我们叫你罗总，那我叫你大妹总！

罗大妹当时手中抓着一把扫帚在扫地，一听，当即就将扫帚丢过去了，李哥，连你也来埋汰我？好，你敢这样叫我，我也可以这样叫你，我叫你大块头总。

大块头一屁股坐到地上，那额头的红蚯蚓急剧地跳动着，滑稽死了，你是大妹总，我是大块头总，石林是石林总，别人还以为勇敢者俱乐部是钟表店或者粽子店！

罗大妹看着大块头笑得开心的样子，心里突地一动，脸上也火辣辣的，她记起了当初自己请他假扮她男朋友的事。她看他都入了神，以至于他头上的那两条刺目的红疤痕也不那么恐怖了。

石林的情绪不错，他一手拍拍罗大妹的肩，一手拍拍李勇强的肩，你们两个是我的左臂右膀，你们俩同心合力了，我们的俱乐部就会细水长流了，拜托了。

不知怎么，罗大妹忽儿有些感动，因为她第一次有了当家做主的感觉，一种和石林平起平坐的感觉，腰板挺直起来的感觉……

第二十五章

田花走后,原来一直嫌小的二十平方米的出租房一下子显得大了,罗大妹独进独出,渐渐地感到了孤独和冷清。时不时地,罗大妹会想到田花,一想到她,她就给她打电话,可她的电话总是关机,有时候偶然开着,接听的也往往是她的爹娘,她的爹娘讲不了几句话,那电话就断了,不知道是信号不好还是他们特意挂断了。

田花在地里玩!这是她听到最多的关于田花的情况。

在地里玩表示什么意思呢?罗大妹惆怅不已,她也有过回家去看看的念头,但她知道那是不大现实的,勇敢者俱乐部一年四季都运转着,她不可能请至少一个星期的假,特别是担任总经理助理以后,事务性的工作大大增加,单是开会的时间,也要比做一般员工多得多。石林喜欢集思广益,他总是希望通过会议来获取他需要的信息。

在工作时罗大妹是感觉不到什么的,等到空闲下来,她就觉得缺少田花的日子是那么难熬,平时总是嫌她烦,她的声音会把出租房的每一个角落都挤得满满当当的,但她一走,出租房里连老鼠走动的声音,她都可以听得清清楚楚。田花从郑一鸣私人健身房门房里拿来的那台旧彩电,她还在用,虽然有时候需要拍拍电视机的脸或者背才能看到图像,她也舍不得换,因为她觉得那是田花留下的东西,每每看到它,她就会忆起田花在这里时的音容笑貌。电视看烦了。她就给别人发短信，后来，又发展到玩微博和微信。

其实，她特别合得来的人也没几个，有些是她不愿意过多理睬他们，特别是在广西的那一批队友和朋友，她怕他们知道她混得不错，就一股脑儿地拥过来，那她会吃不消的。她知道他们大部分人都混得不好，多数在打工，他们现在已经完全脱离了老本行，都干着和摔跤不搭界的事情，因为他们的粗糙，因为他们的丑陋，还因为他们的没文化，他们总是和一些重体力活连在了一起，有个叫小燕的曾经和罗大妹打过电话，说她现在在骑人力三轮车，和那些五大三粗的男人在一起，她非常自豪地告诉她，她比那些男人还厉害，挣得比他们还多，他们都不敢小觑她，因为要论打架，他们都不是她的对手……

每次勇敢者俱乐部招新人时，她都会在脑海里闪过一些昔日队友们的身影，把他们招过来不就行了？但也就想想罢了，她不敢向石林推荐，她怕同乡一多，会无端地生出许多麻烦事来的。当然，最重要的还在于，她对同乡有一种恐慌，想当年，那么多的同乡，谁会在她被裁时出来打抱不平呢？一个都没有！为此，她伤透了心。

曾经听五哥告诉他一件事，说有个同乡在一个建筑工地当小包工头，看着挣钱还可以，便在春节回家说了一下，结果，年刚过完，村里哗啦啦一窝蜂地去了几十人，小包工头急了，说要个七八个就可以了。但几十号人里挑哪几个好呢？小包工头左右为难，骑虎难下，只有靠抓阄决定。别的人倒还好，他的一个堂哥没抓到，气急攻心，一个巴掌把小包工头的两个门牙给打掉了，骂道，你小子吃饱了玩人啊！没那么便宜！他要他拿出一笔钱来，专门赔没抓到阄的人，说是精神损失费。闹到后来，还把警察惊动了，警察来了也没用，最后，小包工头乖乖地掏了一大笔钱，把那些同乡打发走了……

有前车之鉴，罗大妹都会十分小心。

还有，她觉得石林的心机很重。在她和田花来时，他还喜欢让她和田花背靠背，若她推荐队友来，不知道石林会防备她到什么程度。而她在宁丁州的朋友，屈指可数，除了同事还是同事。

实在没事可干，她就给田花发短信，她发给她起码不下于1000条的短消息了，但她一条回信都没收到过。她的QQ头像，也从来没有闪烁过，罗大妹生过她的气，但仔细想想，又哑然失笑，田花现在哪里还会给她回短消息、QQ聊天？她似乎一直沉浸在自己的世界里。到了后来，她竟发现了一个秘密，那就是她给田花发短消息有一个好处，不用担心她回复，如果她真的回复的话，她估计自己会整夜睡不着觉的，那滴滴声会接二连三地响起来。

在罗大妹的那批同事中，她联系最为密切的是大块头，实际上，在整个勇敢者俱乐部，她也就和他走得最近，她和别的人说不上什么话，但和大块头的话就多得像夏天里的葡萄，一串串、一串串的，怎么也摘不完。他们俩说话有一个共同的特点，那就是喜欢聊过去的事，大块头说着说着，就会把他和小艾的故事搬出来，他习惯说 我那时候真是一个白痴啊，什么都不懂啊，要是懂的话，小艾也不会从我的身边离开了，跑到别人那里，去和别人好了，唉，世上没后悔药好吃，要是有后悔药，我就可以重新来过了，再也不会犯同样的错误了。

你这话等于是白说，因为那是不可能的，要是有这个可能，那这个世界就真的要乱套了！你想想，经历过了，谁还会犯同样的错误啊？大家都不犯错了，满地都是聪明人，那不头都要打破了？！罗大妹哈哈大笑，笑过后，她点拨大块头说，哎呀，你那么想着她，你可以去找她啊，把心里想说的话都说给她听，她保证会感动的，她一感动，你们就可以旧情重续了。

大块头双手乱摇，那不可以，不可以的，说说可以，真的去做的话，那是万万不可以的。

为什么不可以？罗大妹咄咄逼人地问。

她结婚了，还生了小孩……大块头深深地叹了一口气。

罗大妹暗暗替他感到惋惜，说到底，大块头还是一个懦弱的人。性格即命运，这是一点儿办法都没有的事。

而罗大妹呢？说着说着，就说到了自己和五哥的情谊，她说，我小时候家里穷，我爹娘生的小孩又多，家里根本养不起，养不起怎么办，总不能像鸡鸭一样卖了，于是从小就把我送给别人养。我爹娘心肠软，不想我流浪在外面，我去的那家是我的一个远房亲戚，本来我应该叫他舅舅的。舅舅因为舅妈生病，不能生孩子了，便四处里找孩子领养。我去了以后，他们对我好得不得了，就像我是他们的亲生女儿一样。可这样的好日子过了不到一年半，先是舅舅和别人一起打猎，枪走火，同伴把他给打死了，他一死，本来就病病恹恹的舅妈就急死了……

我重新回到了我爹娘那里，可家里人一点儿都不欢迎我了，骂我是克星，是扫帚星，不是克星，好端端的养父怎么会死？养父不死，养母当然也不会跟着去了；不是扫帚星，怎么把个家都扫没了……

连爹娘也骂我是吃货，我那时饭量大，吃得和我的哥哥姐姐差不多，他们都急坏了，准备把我再次送人。我五哥却不愿我走，和爹娘吵了一架，说大妹就是一只猫一只狗吗，她是一个人呢！她的养父养母走了，她又回到家里来，那是老天爷让她回来的，老天爷认为她该是我们罗家的人！

五哥说得很诚恳，爹娘却不买账，他们吹胡子瞪眼睛地冲着五哥嚷，就你小子话多，你生个菩萨心，你就菩萨到底，大妹不走也可以，只要你有本事养她，我们不管了！

我五哥是个血气方刚的人，听了我爹娘的话，二话没说就答应下来，说，我养就我养，有我罗大法一口吃的，就绝对饿不着大妹。那时候他正打算结婚，把我接到他那里时，他就把婚期往后推了，硬把我当女儿养了。他说，大妹啊，不蒸馒头争口气，你好好活，气死他们。我当时哭成了一个泪人，五哥啊，你和大妹好，大妹一辈子不离开你！那年我也就八九岁吧，第二年，县少体校有人下来物色体育人才，他们一看见我，就高兴得像是捡到了一块金子，那年那个戴眼镜的体育局周局长，抱着我就嚷，哈哈，比小子还结实！那时我上小学二年级，个头比一般人高，有一米五九，体重有52公斤，我可以轻松地把750克的手榴弹投到40米远的地方……

周局长带来的一批人对我进行了一番测试，后来就把我带走了。到了县城，我才知道我一跤跌在了"安乐窝"，那里不但可以放开肚子吃饭，还可以吃到我很少吃到的牛肉羊肉和我从来没有吃过的香肠，我做梦都要笑出来了，我那时拼命地练，就想着多挣钱，好给我五哥娶上老婆，他原来的那个对象黄了，她嫌五哥穷，还要捎带养我这么一个吃货妹妹，说名不正言不顺的，哪有哥哥抚养妹妹的？你爹妈都活得好好的，凭什么你去挑这个重担？五哥很爽快，说，你有屁快放，不想嫁我就说，不要找理由。大妹，我养定了！我第一次比赛拿到奖金，就全部给了五哥，那次有一千元钱。

五哥哭了，说，大妹啊，我没看走眼，你真的不蒸馒头争口气了！他逢人就说我的事，还说我爹娘全都是瞎了眼，那么好的一个女儿，居然要送人！他愈说，家里其他人的脸色愈难看，终于引发了一场打斗，家里人联合起来，把五哥狠狠地打了一顿。

五哥被打后，还是到处说爹娘的坏话，好像他不是爹妈生的，惹得他和家里其他人的关系一直很紧张……但五哥不怕，照样谈笑风生，说，我是实事求是嘛，我爹妈做人确实不地道！

大块头唏嘘不已，罗大妹，你这么一说，我就不想说我以前的苦了，因为和你相比，我那点苦就算不上什么了。

各人都有一本难念的经啊。罗大妹吐了一口痰说。

当然，这样推心置腹的交谈，有是有，但也不是很多，忙是一个原因，还有一个原因是大块头只限于说往事，一说到俱乐部的人和事或者当下怎么怎么样，他就三缄其口，特别是一说到石林，他仿佛顾虑很大，往往没说几句，就把话题往别的地方引了。

他不愿说，罗大妹也识趣地住了口。夜里，闲着没事干，罗大妹就给大块头发短信，哎，在干什么？

不干什么，在看电视。大块头回复。

看什么电视？罗大妹又问。

杂七杂八，都看。大块头又回复。

我刚才也看电视呢，是个连续剧，讲警察抓毒贩的……罗大妹手指翻飞地手机上摁着。

大块头马上回复，说，哦，那电视剧名是不是叫《奇兵黑虎》？我也看过几集，那女警演得不好，一抬腿，我就知道没练过，姿势都不对……

他们你来我往地发着短信，一直到困得实在熬不住了，才罢手。借此以打发漫漫长夜，这效果不错，罗大妹都有些迷恋上这种方式了。

在罗大妹眼里，大块头是个热爱生活的人，你不要看他一副无所事事的样子，那是他的外表欺骗了你——他老是将手放在自己的肚子上，眼睛低垂着，似乎很木讷的样子，其实他是个喜欢没事找事的人。

有一天，罗大妹发短信给他，他回复得很不及时。回过来时，也只是说有事，等会儿再说。什么事啊？罗大妹问。还是拍电报一样简短，正忙。大块头这么神秘兮兮，引起了罗大妹的怀疑，这家伙在搞什么鬼？是不是谈恋爱了？不方便与我说话？到底忙什么？她忍不住，把疑惑传递过去。大块头不发短信了，他打来电话，说，我正忙这个。接着电话里传来一阵公鸡的啼鸣声，接着是虎啸的声音，接着是开炮的声音……

罗大妹奇怪了，大块头在搞什么啊，弄些稀奇古怪的录音给她听。一会儿，大块头得意地问她，怎么样？那些声音？罗大妹说，也不怎么样，不就是鸡叫狗叫，你放这些东西干啥？大块头好像急了，他说，你难道听不出来？那不是放录音，而是从我嘴巴里出来的。

罗大妹更糊涂了，你弄那些声音干啥？呵呵，不对不对，你嘴巴里怎么可能弄出那么多的动静？！

大块头终于恼了，罗大妹啊罗大妹，你真是什么都不懂，榆木脑袋一个。告诉你，我这是在学口技！

罗大妹终于听明白了，可她还在心里嘀咕，大块头吃饱了撑的啊！

又有一天，是老赵在摔跤场地上，一个中等身材的客户上去，他被老赵连摔了三次以后，就恼羞成怒了。本来，该他下场了，另外换一个人上去了，但他把下边的那一个人挤下去了，他火气很大地说，朋友，你再等一等，老子想和她再来一次，老子就不信会每次都输给她。全部输给她，那太阳就从西天出了！可能是觉得自己失了面子，很想在一起来的朋友面前挽回一点儿，聊以慰藉自己的自尊心，于是，他选择了来第二次。但第二次老赵更不给他机会，随便他怎么努力，但还是逃脱不了被摔倒的结果。他恼羞成怒，使出了下三烂的动作，飞起一脚，踢在了老赵的裆里，老赵"啊唷"一声倒下了，那人趁机骑到了她的身上，手不老实地摸到了老赵的胸前……

罗大妹看了暗叫一声不好，刚想喊关灯，关灯！人也想冲过去。这时，只听一个巨大的雷声响起来，那雷仿佛就落在摔跤场馆内一样，所有的人都惊跳起来，纷纷扑倒在地上，紧接，又是一个雷响了，那雷更惊天动地，不少人捂住了自己的耳朵，不少人跑出了场馆，那个把老赵骑在身下的家伙，更是吓得脸无人色，他几乎是连滚带爬地蹿出了泥地……一个人影飞快地上去，把老赵抱下了台，罗大妹看得很清楚，是大块头。

雷声再也没有响起，摔跤场馆内的人莫名其妙，好端端的怎么会有雷声了呢？罗大妹突然想到什么，脸上露出了惊愕。

等一切都平静下来后，罗大妹找到大块头，悄声问，刚才是你弄的？从嘴巴里发出的。大块头点点头，他从口袋里掏出一个薄薄的铁片，哪，就是用它，威力大不大？罗大妹钦佩地看着他，李哥，你怎么想到用它？我也是学来的，我看过一部片子，那电影里有一个专门练口技的，特别神奇，学什么像什么，惟妙惟肖，我看着喜欢，就学上了……我四处找师傅，曲艺团里有一个，那人肯教，但要花钱，教一个诀窍，给1000元……嘿，没想到还真派上用场了，嘿嘿，挺灵验的。

那你跟我演示演示，怎么会这么像？！罗大妹觉得有些不可思议。

大块头抹抹额头上的疤痕，现在可不行，我一叫，那些人还不都跑光？

以后的某一天，罗大妹特意把大块头请到了三十六溪那里，专门为她表演了一番，大块头把吃奶的力气都用出来了，罗大妹让他演一个火车进站，他演了；让他演飞机投炸弹，他演了；让他演狮虎相争，他也演了……大块头的出色表演，罗大妹看在眼里，她兴奋得抱住他的一只胳膊说，李哥，太好了，太好了，你再来一个，再来一个嘛。

大块头也意犹未尽,他气喘吁吁地说,你说吧,你说什么,我就演什么。罗大妹歪着脑袋东想想,西想想,后来她心血来潮地说,那你来一个女人生孩子,女人怎么叫,孩子怎么哭?

大块头愣住了,说这个师傅从来没教过。

罗大妹也傻了眼,自己别的不说,怎么单单说这个,说这个是什么意思?原来是想弄个难一点的难倒他,不想,却弄巧成拙。她的脸红了。

她掩饰地说,李哥,那你也教教我。

大块头把头摇得像风中的芭蕉,那可不行,我师傅关照过的,传男不传女。

罗大妹叫起来,你胡说,人家说的传男不传女,是指下一代,没说不能教女的。

那我不管,师傅这样说,我就这样做。大块头不肯松口。

其实,罗大妹也并不真的想学口技,也没那份兴趣,她只是想解脱自己的窘迫才这样说。

你教我嘛,教我嘛,李哥……罗大妹拉着大块头的手撒娇,那些嗲嗲的、飘飘的、抖抖的、娇娇的声音一从自己的胸腔里发出去,她就明白,自己真的有些喜欢他了。

和大块头合得来,那是毫无疑问的,合不来,两个人也不可能走得那么近,但罗大妹倒从来没有考虑过和他之间会发生感情这种东西,她只是把他当作一个好朋友看待,无论是工作上还是生活上,大块头是一个很值得她信赖的朋友。下意识中,她也认为他就是一个兄长,所以在那个毛宝根对她纠缠不休时,她才会第一时间想到让大块头冒充她的男朋友。但世上的事就是那么怪,仿佛一切都在不经意中,她居然慢慢地在心里长出了一棵爱情的树,这棵树越长越大,大到她心里没空间了。

一旦有了那种爱的情愫,大块头的优点在罗大妹那里,便像花一样绽放开来,它是那么绚丽,那么光彩夺目,她甚至想,自己苦苦求着的东西,竟然就在自己的身旁,她颇有一种踏破铁鞋无觅处,得来全不费功夫的幸福感。

同样的,她也看出大块头对她有好感,他对她的呵护,她也是铭记在心的，很多时候，她在心里设想着和大块头结合的种种好处：两人都喜欢运动，都是苦出身，都有在体训大队训练的经历，都热爱生活，都是爽性子，都健谈，都爱憎分明，都……同时，她也清楚，感情的东西是急不得的，得文火煮酱鸭，一点一点来，一直到水到渠成，所以她一点儿都不着急，没有明着和大块头说，只是慢慢地输送着一丝丝的情意。她相信，有朝一日，等情到深处了，她自然会说。她开始有意识地寻找机会，想方设法和大块头在一起，只要他不在自己的身边了，她马上就会用电话把他找到，得知他在哪里，在干什么，就像他还在自己身边，被自己目睹。

那段时间，罗大妹一直徜徉在自己虚拟的幸福里，有时候常常会被自己的设想激动得热泪盈眶，她问自己，我是不是该和大块头摊底牌了？她觉得让情感自己走到瓜熟蒂落真的太难太难了，也太慢太慢了，她都有些受不了。但一碰到大块头，她又泄气了，算了，还是慢慢来吧，大块头不急，我急什么呢？我是女的，女的往往要被动一点儿。如果我火烧火燎的，那大块头会怎么看我？她竭力地要在他的面前保持她的好形象。

当然，她也犯疑过，大块头怎么就不着急呢？他碰到过的男人，没有一个不是横冲直撞的，都直截了当得很，恨不得一见面，就把她往床上摁，尽快地做成好事。只有大块头，神定气闲，从来不会用言语挑逗她，也不揩油，像顺手摸她一下脸蛋，拉抓她一下屁股什么的，他好像一点儿都不屑于做这种鸡零狗碎的勾当，也正是因为他这样，她才把他看得很重，这是一个守规矩的男人，像这样规矩的男人，在眼下这个混沌年代里已经不多了，所以她得抓住他，可我在他心里到底处在什么样的一个位置呢？她不知道，为此，她也有过自卑，可大块头口无遮拦地和她一开玩笑，她所有的阴霾便一扫而光。他是喜欢我的，正因为喜欢，才会在我面前放得很松、很开，一点儿都不会设防。

有个星期天的下午，罗大妹去大块头的出租房找他，准备一起出去逛街。她知道通常这个时候，他还在睡觉，睡完觉，他会练上一会儿口技，他现在越来越痴迷这个东西了，时不时地会用上一下，就像吃喝拉撒一样。

现在，勇敢者俱乐部的好多人都知道大块头有这个本事了，老赵尤其感激大块头，那次要不是他的及时相救，不定会出什么样的大事故。田花的遭遇，让她心惊胆战。前车之鉴，让她和几个姐妹只要一碰到同样的遭遇，就如惊弓之鸟。好在一切都是有惊无险。老赵事后得知事情的原委后，竟说，嗨，李总，那天你要是扔颗炸弹就好了，保证那王八蛋吓得尿都出来了！最好，把他废掉，从此变成一个男不男、女不女的家伙。

大块头说，我干脆扮只老虎，一口把他吞吃了。

对对对，那最好！这个该枪毙的王八蛋！早就该去喂猪，喂老虎还便宜了他！老赵把头点得像风中的芨芨草。

有一次，罗大妹和大块头走在路上，看到两只小黑狗在欺负一只黄白相间的花猫，它们中的一只用嘴叼住猫的尾巴，不让花猫脱身，另一只用爪子拉花猫的毛，花猫痛得龇牙咧嘴地叫着，两只小黑狗不为所动，它们更加起劲地玩弄它。这两只恶狗，自己还是小不点儿，居然也在做坏事，他马上蹲下身，蓄足力气，吼出了几声狗叫，那两只小黑狗闻听后，马上逃得无影无踪……

罗大妹哈哈大笑，李哥，它们也把你当成同类了。大块头得意地说，听出来了没有？刚才我这是藏獒在叫，藏獒一叫，小黑狗哪有不逃的道理，不逃，它们会没命的你知道不知道？

只要大块头不在自己的身边，罗大妹就会不假思索地打他的电话，有一次，她有点事想问问他，便操起了电话，电话那头大块头说，我在金色港湾和朋友喝茶。有事吗？

罗大妹迟疑了一下，有点。

你说吧。大块头说。

电话里说不清楚。罗大妹轻轻地说。

大块头也沉默了。

你和谁啊？我能过来吗？罗大妹问。

大块头沉吟了一下后说，你要过来，那就过来吧。他似乎有些勉强。

但罗大妹顾不得这些了，她欢天喜地赶过去了。

和大块头喝茶的朋友是小杜，一个梳着分头的小青年，大块头分别给他们做介绍说，小杜，老板，开了一家汽车修配厂，他也是个业余口技爱好者。罗大妹，我们俱乐部的总经理助理，中国著名摔跤运动员。

罗大妹脸一红地说，别听李总嚼舌头，什么中国著名，中国著名还会在俱乐部打工？大块头认真地说，你的中国著名，一点儿都不含水分，排在中国摔跤界前十名的都不著名，那谁著名？杜老板，你说对不对？小杜飞快地点着头，那当然，那当然！

客套了一番，小杜和大块头又说起了口技的事。

罗大妹来了兴致，说，那你们表演一下口技啊。小杜说，这里是茶馆，我们要是来个狮吼什么的，全茶馆的人都要逃走。那你们可以演小一点的动物，嘻嘻，你们来个小猫抓小鸟不是蛮好的吗？一个人扮鸟，一个人扮猫，猫抓小鸟，小鸟戏弄猫，猫抓不到鸟，气得乱叫……

大块头和小杜相视一笑，认可了罗大妹的提议。

于是两人稍稍准备了一下，就在包厢里演起来，小杜叽叽叽叽一阵吵，率先出了场，接着大块头"喵喵"两声来了，小鸟因为高兴，一刻不停地叫着，猫觉得很烦躁，便警告小鸟停住。小鸟不理它，继续叫着，可能是为了气气猫，它叫得比刚才还响亮。猫火了，马上追上了树，要对小鸟不客气，小鸟灵巧地躲开了，并迅速地飞到了地上，嘴里还叽叽叫着，就像在嘲笑猫，嗨嗨，有本事，你来抓我。猫听不下去了，跳下树，追着小鸟。小鸟再一次飞到了树上。猫也跟着上去……这样反反复复，猫始终抓不到小鸟，它气馁了，小鸟在疲惫地喘着粗气的猫上空盘旋，还在叽叽叽地叫，仿佛在骂猫，笨蛋笨蛋！

他们两个人的技艺差不多，虽然只有短短的几分钟，罗大妹却像看电影一样过瘾，她拍着手说，你们俩都可以去台上表演了。

席间，三个人说了不少的话，临走，那小杜非要罗大妹把电话留给他，罗大妹不想给，便巧妙地说，你要找我，就先找李总，找到李总，也就找到我了。

那我直接找你不是更好吗？小杜含笑说。

罗大妹没办法，只得把自己的手机号码告诉了他。

这天晚上，罗大妹值班，她刚走进勇敢者俱乐部，大块头就悄悄地把她拉到一边，罗总啊，那位小杜看中你了，想和你交个朋友。

我们本来就是朋友，你把你的朋友介绍给我，当然也是我的朋友了。罗大妹不以为然地说。

大块头提醒她说，哎，小杜的意思是那种男女朋友。

罗大妹白了大块头一眼，李哥，你也太幽默了，亏你想得出来，那个小杜算什么？

大块头急了，他挡住罗大妹说，你别急着走，小杜不错的，真的，我可以拿我的脑袋保证，他有钱，人也风趣，还有爱心，没有什么不良好嗜好，你们可以先接触一下，谈谈看嘛。能成，最好，不成，也不要紧。

罗大妹推开他，你神经啊，谁要你这样做的？你这样做是不是很得意？见鬼了，我可不想见什么小杜大杜！和我有什么关系呢？一点儿关系都没有！她不再理睬大块头，径自走开了。

大块头好像很遗憾地搔了搔自己的后脑勺，他也搞不懂罗大妹怎么说翻脸就翻脸。

过了几天，大块头诚恳地对罗大妹说，罗大妹，你要真对小杜没感觉，那就算了，下次我帮你找更好的。

罗大妹没好气地说，谢谢你啊，你对我真是太好了，拜托你最好帮我找个上市公司的老总，钱不是一般的多的！

大块头却一脸认真地说，上市不上市的，我做不了主，但找个老总，那是肯定的，我们大妹也是老总嘛，对不对，罗总。

罗大妹恨不得上前去踢他几脚，他开玩笑就是这样没有分寸，想到什么说什么，从来不顾及对方情绪。你看她现在是什么脸色，都下暴雨了，他却还兴致很高地在那儿说啊说的。

她以为大块头也只是说说而已，但大块头却把这当作一件重要事操作着，他前前后后帮她物色了好几个人，这些人无一例外都是老总，有国企老总，有私人企业老总，还有证券公司的老总，虽然他们无一例外都是离异人士，但大块头却郑重其事地对她说，罗总啊，你不要看他们是离过婚的，男人离过婚，那就更疼女人，当然，你喜欢不喜欢，由你自己定夺，我只是起穿针引线的工作。他把他们一一带过来，让罗大妹过目。这一招，弄得罗大妹哭笑不得，这个大块头，到底想干什么？一度，她猜测他在试探她，看她是不是对他有真情，找些成功人士来诱惑她，试探她，但到后来，她看看觉得情形不对了，考验她也不至于接二连三地把人带过来啊，他不烦，被带的人就不烦？她终于搞明白，大块头帮她找对象是真心的，是全心全意的。

你个傻瓜，我对你那么好，你会看不出来？她一下子醒悟过来，罗大妹啊，你有毛病啊，如果你再不采取主动的话，大块头还会做出更多的傻事来的，她想，不能按照以前的那个方案推进了，一定得锣对锣，鼓对鼓地当面和他说清楚。

第二十六章

那天晚上，月光如水，从勇敢者俱乐部下班后，罗大妹没有回自己的出租房，而是径直地跑到了大块头那里。那时已经是凌晨一时左右了，大块头显然没有料到罗大妹会在这个时候找他，他紧张地问，出什么事了？他想自己回到出租房才二十分钟，难道俱乐部又有事了？罗大妹不满地说，你那么紧张干什么，我就不能过来坐坐，和你聊聊天？大块头松了一口气，说，没事就好，没事就好。他把她让进了屋。

罗大妹一坐下，就皱着眉头问，李哥，这段时间你老是帮我介绍对象干什么？你什么意思啊？

大块头不解地说，你不是让我帮助找吗？我看你也老大不小了，是该到了谈婚论嫁的时候了。

你胡扯，我什么时候说过这样的话？你不要一厢情愿好不好？罗大妹急红了脸，她恼怒地说。

大块头比画着手势说，哎，你说过的呀，那次在茶楼喝过茶以后，你不是拒绝了小杜，你拒绝他后说，要找一定要找个比他条件更好的？！

罗大妹绞弄着自己的双手，无限的怨气升上来，我说的你都当真了？

大块头点点头说，你说的我当然都当真。

罗大妹的心中一热，她知道自己不能再等下去了，再等就是对不起自己了，她呼地一下站起来，然后一把抱住了大块头，头发在他的脖子上摩挲着……李哥，你难道真的一点儿都看不出来，我喜欢的就是你啊，说你笨，你还真笨，总是千方百计替我介绍对象，其实你介绍一千个一万个，都是没用的，因为只有你我才肯嫁……

大块头犹如被炮弹碎片击中头部似的晃了一下，接着，整个人都僵住了，他的表情异常丰富，就像调色盘倾倒在了上面，赤橙黄绿青蓝紫，全齐了。

罗大妹还在源源不断地倾诉着自己炽热的情感，她发现自己平时和大块头交往，所说的那些话是多么的空洞，就像在台上演舞台剧似的，只有这个时候说的话，她想这才是她真正想说的话，那是她的心里话……李哥，我一直在等你开口说爱我，你不说，只好由我来先说了，要是我不说，你不说，我们俩不知会闹出多大的误会来……

许久，大块头才缓过一口气来，他清了清嗓子说，罗……罗大妹，你听……听我说……

不，还是让我先说，我不说，你永远不会知道的。罗大妹说得正起劲，她不想让别人插嘴。

大块头张了张嘴，他困难地咽下一口口水。

罗大妹说了多久，说了些什么话，大块头已经记不清了，他只觉得自己的左肩麻木了，罗大妹在说话的过程中，她的头始终搁在那上面；双腿也发软了，她的身子倚靠在他身上，她的重量可不是一点点，他困得都睁不开眼睛了，他求饶似的说，罗大妹，有什么事，我们明天再说吧，我想睡觉了，我困了。

罗大妹怀疑自己听错了，所以她愣了一小会儿，唠叨着的嘴巴也停住了，但很快，她就露出欣喜地说，李哥，你想睡觉，你早说嘛，你早说了，我还说那么多的废话干啥？好，我陪你睡。她动作麻利地推着大块头往床那边走，边走边替他解着衣服的纽扣……

大块头按住了罗大妹的手，他害怕地说，大妹啊，你搞错了，我想一个人睡觉，我真的困死了，连眼睛也睁不开了……他发现自己这时候的语言表达发生了困难,瞌睡却逃得无影无踪。

罗大妹停住了手,她仇视地盯着大块头,好像要把他生吞活剥似的。

大块头把她按坐在床边的一只凳子上,大妹,你听我说,我知道你对我好,我也一直把你当妹子看,可我没想过要和你谈朋友,哦,是对象,真的,我没有这个心思……

罗大妹仿佛从头到脚被泼了一盆冷水,全身都湿透了,她狼狈不堪地说,李……李哥,你不想和我好,那干吗对我这么好?你存心蒙我啊!

那是两码事,那是两码事。大块头拼命地解释。

你以前对我没心思,现在可以有心思啊……罗大妹哀怨地说,同时眼泪像雨一样翻飞着,

大块头见不得罗大妹的眼泪,她一流泪,他就慌了,他长叹一声说,罗大妹,你傻啊,为什么会想到嫁给我?我不配。

你配的!罗大妹坚决地说。

我……我不会和你结婚的,因为这不可能!大块头说得干脆。

为什么?你有人了?罗大妹站起了身,她惊讶至极。

大块头显得很为难,他在屋子里兜着圈子,一圈又一圈,后来,他就说,罗大妹,你别问了,反正我们俩是不可能的。

你看不中我?你是不是嫌我和郑一鸣有过事?罗大妹的呼吸粗了。

嗨,这不是看得中看不中的事,再说这和郑一鸣一点儿关系都没有。你都在说些什么呀?大块头说。

那是什么?罗大妹步步紧逼。

大块头沮丧地说,叫你别问了,你就别问了,我干吗非要告诉你?他突然发起了脾气。

罗大妹沉默了,大块头也沉默了,此后,两个人像两只玩具熊一样地枯坐到天明……

我恨你!这是罗大妹临离开大块头出租房时说的话。

你不要这样,真的不要这样!大块头劝她,我们还是好朋友。

我不要你这样的朋友，你这样的朋友少一个好一个！罗大妹在心里发了狠。

回出租房的路是那么漫长，罗大妹深一脚浅一脚地走着，她也不知道走了多久，只感觉自己的脑子里一片空白，天黑沉沉的似乎要下雨了，她喃喃地问自己：为什么会是这样呢？她不知道自己在哪一个环节上又出了错？

自此以后，罗大妹慢慢地疏远了大块头，但大块头却像什么事也没有发生，一如既往热情地对待她，甚至比以往对她更好，好像欠了她什么，在向她赔礼道歉似的，她虽然竭力想疏远他，刻意和他保持距离，但她心里明白，她对他却恨不起来，她一遍又一遍地在心里埋怨着他，为什么呢？大块头！

过不了几天，她的心思又活泛了，是不是他认为我们俩的情感还没走到上床那一步？她把那个晚上的细节在脑中过滤了一遍，觉得这个可能性极大。要是那天我硬动手，那会怎样？生米煮成熟饭？她说不上来。她掂量来掂量去，最后决定再耐心地等等，她这时记起那个毛宝根，毛宝根说过的话在耳边飘来飘去，只要你还没嫁，我就有权利追，哪怕你嫁了，我还要追，因为我喜欢你！那么现在换个角色，不也是如此吗？只要大块头还没结婚，她就有追的权利！

罗大妹坚信时间能帮她去除所有障碍的，她暗想，我就不信他大块头是一块木头，即使是木头，我也要在它上面雕出花来！所以在接下来的时间里，她也学着大块头的样，他对她好，她也对他好，而且时不时地在众人面前摆出一副姿态来，给人的感觉是两人正处于恋爱中，同时，她也在暗中侦察，密切注视着他的一举一动，她别的不担心，就怕大块头对别的女人发生了兴趣，她估计他在外边不大会有，因为他的活动空间并不大，但内部就说不准了，俱乐部里有那么多的女工作人员，他和她们朝夕相处，保不准会有谁会想入非非的，即使是在她们摔跤部的那一块，她也没少担忧过，小金年轻，莫君妖艳，她们对大块头的印象也非常好，常聚在一起议论大块头，说他不喝酒不抽烟也不喝茶，挣的钱一个子儿都不花，他还是钻石王老五，嫁给他，等于是进了一家商业银行……

好在看上去大块头和她们之间并没有过分亲热的行为，更没有出格的举动，她的心稍稍安稳下来……

时间就这么不动声色地流逝着，冬天过了是春天，春天过了是夏天。这个夏天的某一天，罗大妹从勇敢者下班回家后，突然发现自己的"老朋友"来了，她赶紧找卫生巾，拉开抽屉一看，却发现没有了，她想也没想就跑出出租房，准备去超市购买几包，她知道自己的情况——初来那天，量会特别大，她得准备，省得到时候，把床单、被褥什么的都给弄脏了。走到超市门口，才知道关门了，跑了好几条街，都没买到。都是凌晨了，还会有谁开着卖生活用品的店？

这时，她记起在俱乐部盥洗室，她的橱柜里，还留有一些，便折回来，跑到了勇敢者俱乐部。等她取了出来，看到大块头的摩托车停在车棚里，她愣了一下，因为临下班时，她看到他骑着它回家的。怎么他现在也在这里？她便打他电话，手机关机了。她又四处里找了找，发现游泳馆那儿的灯开着，有哗啦哗啦的水声传来，间或，还有人的说话声，她便找了过去。

她看见两个人影在水池里晃动，她看不清他们是谁？不敢贸然叫，便悄悄地走过去，等到她走到东边浅水池护手那里时，她听到了大块头的声音，他的声音她太熟悉了。她刚想叫他，又一个声音响起来，哎，我们游到那边去。是石林，石林细尖如女人一样的声音飘浮在泳池上空，因为夜深了，那声音很清晰。罗大妹连忙把即将喊出口的声音压回了肚里，她想石林也在，她就不好意思喊大块头了。他们在一起游泳，她从来没见过。他们怎么这么晚了还在这里游泳？他们是不是要商量什么事情？

她觉得很好奇，那些好奇心一涌上来，她就迈不开脚步了，她赶紧躲进了旁边的女厕所里，她站在座坑上，透过窗户，正好将游泳池的情况收入眼底。

石林和大块头从西边的深水池游到了东边的浅水池。到了浅水池以后，他们并没有上岸，而是在石级上坐了下来，大块头先坐下，石林慢慢过来，他们会说些什么呢？讨论俱乐部的一些情况？还是说其他隐秘的东西？会不会说到我？

罗大妹发现偷窥原来是这样刺激！她不由自主地有些颤抖，从来没有碰到过这样的事，她很紧张。

但事情并不像她预料的那样。他们并没有说话，大块头张开双臂，将石林拢在了自己的怀里，石林就坐在了大块头的腿上，他好像很惬意地往后一靠，扎着马尾辫的头就靠在大块头的胸口。

他们想干什么？罗大妹惊慌不已，她想不出他们会干什么，她的眼睛死死地盯着他们。她看到石林靠了一会儿以后，回过了身，紧紧地搂住大块头。他伸出舌头，咬住了大块头的一只耳朵，接着，便是他的嘴唇。大块头也伸出了舌头，回应着石林。

啊，他们在接吻！她傻了一般地痴痴看着……仿佛有成百成千吨的炸药在她的身体里爆炸，把她炸得体无完肤，血流出来，肉流出来了，筋也流出来……她紧紧咬住了牙关，不让自己惊悸的声音溜出来……

石林和大块头是什么时候走的，罗大妹一点儿都不知道，她觉得自己虚弱得很，下身像被割开了一条口子似的，血哗哗地流着，她忍不住呻吟起来，后来，她就蹲倒在座坑那里，一下一下地干呕着，直到把肚里的胆汁都呕出来……这一夜，罗大妹就待在了厕所里，她半步都动弹不得。

第二天，罗大妹向石林请了假，说是来了例假，需要休息几天。石林细声细气地说，有事还要打你电话的。她抿着嘴，尽量不让自己的气愤和悲哀表露出来。她说，好的，有事，你打我电话吧。她回到出租房闷头闷脑地睡了一天，睡醒后，她还是不想起来，全身骨头像散了架一样。她躺在床上，无助地看着天花板，上面有一只细小的蜘蛛在飞快地结着网，她傻傻地看着它，脑子里却像有无数的小矮人在打架……

她休息了三天，这期间，有好多电话打进来过，包括大块头的，他说，生病了，是不是很闷啊，来，我给你来一段百鸟朝凤？他对着电话就表演起来。罗大妹机械地听着。

大块头演完了，说，咦，你怎么一点儿反应也没有？罗大妹说，我头痛。大块头安慰她说，生病都是这样的，要不，我下班了来看看你。

不要不要！罗大妹拒绝了，她怕看到大块头。一看到大块头，她觉得自己会崩溃的。

休息完了以后，罗大妹又去上班了，她直接去了石林的办公室，她悄悄对石林说，石总，真的很不好意思，我要走了！

石林吓了一大跳，他手中的两个钢球停止了转动，眼睛也凸出来了，你准备去哪里？

我……我准备到外地去发展。罗大妹平静地说。

石林满腹狐疑地说，是不是别的什么地方开出了更高的工资？

罗大妹舔舔自己干燥得都有些开裂的嘴唇说，石老板，你放心，我不会留在宁丁州的。她悲哀地想，宁丁州给了自己什么呢？什么都没给，而自己却把最美好的东西都留下了。

石林深觉意外，他抓起对讲机，要叫大块头过来，但罗大妹阻止了，她说，算了，石总，我想悄悄地走，不要惊动其他人了。

石林不解地问，罗总啊，你不是说过永远不离开我们勇敢者俱乐部的吗？你说过的，你答应过我的！因为事情实在太突然了，石林有些接受不了。

罗大妹红着眼睛说，有些事，我自己也料想不到的。

是不是出了什么事？什么事啊，你快说出来，让我帮你参谋参谋。石林诚恳地说。

罗大妹摆了摆手，不必了，真的不必了。我的事只有我自己去承担，别人都帮不了我……罗大妹难过得想哭，她想自己怎么会这么不开窍，那次大块头死活不同意她的逼婚，其实就是在暗示她什么，但自己却一根筋地想当然。

罗……罗总，你再考虑一下，你如果需要钱，我还可以加一点儿工资或者奖金，另外，只要我石林力所能及的条件，你都可以提出来。石林竭力挽留着。

罗大妹还是摇头，石总，谢谢你对我的器重，可这次我真的要走了，而且马上就走，我希望今天就做一个了结。

那……么急？石林觉得匪夷所思，他完全没有这个思想准备。

石总，请你理解我。罗大妹诚恳地说。

所有的事我都会妥善交接的，你放心，俱乐部不会因为我走留下任何后遗症……罗大妹轻轻地说着。

见劝不回罗大妹，石林遗憾地把会计叫进了自己的办公室，吩咐她，小余，你把罗总的工资奖金什么的算一下……

欢迎你以后多来这里转转，嗨，你准备到哪里去发展？北京？上海？还是广州？石林关切地问。

我还没想好，反正走到哪里算哪里。罗大妹轻轻地说。

这下轮到石林糊涂了，你没想好到哪里，怎么就随便走了呢？他冲口而出。

罗大妹叹了口气，却什么也没说。

石林理解地说，你要是还想回来，我们勇敢者俱乐部的门永远为你敞开着。

罗大妹的眼泪"哗"地一下流了出来……而在此之前，她一直告诫自己，千万不要哭，你要平平静静地离开这个伤心之地，但最后，她还是没有能做到。

第二十七章

　　罗大妹是悄悄离开宁丁州的,在走之前,她把手机换了,号码也挑了新的,QQ、微信、微博号全丢掉了,跟谁也没有说。在火车上,她产生了数次冲动,想和大块头通次电话,劝他千万别再跟石林玩这样的游戏了,你和石林不能比,他是老板,而你则是一个打工者,无论什么时候,都得想想自己的未来,但她几次拿起又放下,她怪自己软弱,怪自己心里还有一根线牵着。都要离开这里了,还和他联系干什么?这个男人从今以后和你一点儿关系都没有了。他有他的生活,他喜欢怎么样是他的事,你有什么权力干涉他?罗大妹对着窗外一掠而过的无数高粱地叹了一口气,又叹了一口气,也不知道自己为什么要老是叹气。

　　罗大妹去往的方向是北京,以前,她曾代表广西队到北京参加过多次比赛,心目中的印象是美好的。

　　她在北京又开始满世界寻找工作了,但北京的工作还真不容易找,但她很有耐心,她想我一定会找到的,当初到宁丁州不也是如此吗?话虽这样说,但一直到临近这一年的春节,她还是没有找到合适的工作。屈指算算,也有好几个月时间了,于是她打算先回家去一趟,三年多没有回家了,这次趁着还空闲,说什么也得回去一次,其实过不过春节什么的,她不大上心,叫她上心的有两个人,一是田花,二是五哥的儿子。等过了年再回来找工作,或许机会会多一些。她在心中是这么考虑的。

老家还是老样，如果有什么变化，那就是他们和罗大妹说话不是那么自然了，老是虚与委蛇，匆忙中就想结束。说的也是诸如"你比以前胖了""人精神多了，在外面混得不错啊！"等老生常谈的俗套东西，他们表面上看上去很热情，但热情之下却有一种惶惑涌出来，给人一种拒人千里之外冷冰冰的感觉。罗大妹觉出了自己和他们之间的距离。到底是什么，她也说不上来。

五哥的儿子染染一见到罗大妹，就扑上来，抱住她又是啃又是亲的，就像见了亲娘一样，他高兴地说，大姑啊，你再不回来，我要跑到宁丁州来看你了，哦，不对。是跑到北京来看你，我听爹说，你现在在北京了！

罗大妹把他抚了一遍又一遍，她含着热泪对五哥和五嫂说，我说过的，五哥那么好的一个人，老天爷不会欺侮他的，我家染染怎么会有事呢！你看，不是好好的吗？呵呵，都长那么高了，好家伙，以后一定是个顶天立地的汉子！

五嫂打趣说，以后就叫我们染染跟着大姑学摔跤，拿冠军，挣大钱，我和你五哥也跟着享福去。

五哥宠爱地看着罗大妹，大妹，你比你走时更威风了，哥看着也高兴，这回回来，你得好好住几天，我们说说话，你不在家，我可天天记挂你，怕你在外面过得不好，怕别人欺侮你，看你精精神神的，哥就放心了……这么一个五大三粗的汉子，到后来居然抹起了眼泪。

五哥，你对大妹的好，大妹到死都不会忘的。罗大妹深情地说。

你莫要这么说，你莫要这么说，你这么说，哥的脸皮就发烧了。哥照顾妹是天经地义的事，是应该的！五哥的双手乱摇。

染染笑嘻嘻地说，我爹对大姑好，大姑待我好，我待大家好！染染一本正经地说。他小大人的模样，把在场的人都惹笑了。

笑声像水一样流淌来流淌去。家里的温情，还是深深地感染了罗大妹，许多的往事，便一点一点地挤出了她的脑隙……她虚弱不堪地想，要不，我干脆躲回到老家来好了，在这里找一份工作，随便找个人嫁了，省得在外面颠沛流离。但转眼，她就轻轻地扇了自己一巴掌，你个没出息的货，想打退堂鼓了？你真的回来，那让五哥他们对你抱有一腔希望的人颜面何在？你不能回来，你只能咬紧牙关往前冲。

罗大妹在家过了几天，年初五，罗大妹特意跑了八十里山路去看田花。罗大妹虽然去过田花家很多次，但离开时间久了，已经没有什么印象了，只依稀记得村里有着无数又高又大的白果树。有一年去，田花"嗖嗖嗖"地爬上一棵树去，摘了好多的白果下来，然后在柴塘里烤，白果烤熟时，会发出噼噼啪啪的声音，同时会散发出馋人的香味，那声音似乎还在耳边回荡，那股特有的香味，也在鼻底下迂回。那次她吃了很多，田花让她少吃一点，但她忍不住，白果的清香味，这一辈子她怎么也忘不了。那次因为吃得太多，她中毒了，全身都浮肿起来，特别是那个头，比平时足足大了一圈，她的眼睛眯成了一条缝。田花的爹急坏了，赶紧舀了一勺大粪往她的嘴巴里灌了进去，那粪水下去后没多久，她就呕吐起来，把五脏六腑都要呕出来似的，说也奇怪，她的肿就开始慢慢地消了，等到呕吐结束，肿也消得差不多了……

在村口，罗大妹问田花家怎么走？那人看了罗大妹一眼，手一指，努努嘴，说，那楼最高的就是田花家。

罗大妹心里一动，田花家发达了？因为那高楼老是在她眼前晃，这样，罗大妹很轻松就找到了田花家。

田花的二哥正蹲在走廊里修补一只红灯笼，看到罗大妹，他欢喜地迎了出来。接着，田花的小哥也来了。他们两个就是上次来处理田花事件的，都到过宁丁州，所以认识罗大妹，看到她来，他们便非常客气地带她参观，哪，这是我新造的楼房，那是他的楼房，我的楼花了12万1千元，他的花了10万8千元。我们是照宁丁州那里的样子造的。我们俩的家具，全都是新的，那次在宁丁州，我们去家具店看过的，想照着做，但做得不像，不像就不像吧，也算是有点样！在我们这里，很威风哩！

他们带罗大妹参观完毕后，就开始杀鸡杀鸭，他们其中的一个还愉快地告诉罗大妹，年初二那天，他打到了一只山鸡，正好烧给她吃。

罗大妹问他道，田花呢？他们互相看了看，好像有些为难，迟疑了半天后才说，田花？她在的啊，她和我爹妈在一起呢。

她在哪？我去看看她。罗大妹说。

田花的二哥说，吃过饭再说吧。

罗大妹坚持要先去看，她说，我来的主要目的就是为了看田花。七八个月没见她，想死她了。

田花的小哥说，那我带你去，还有老长一段路要走呢。

从田花的二哥、小哥家到田花父母那里，有一条长长的河堤要走，罗大妹尾随在他们身后，看他们默不作声的样子，不知怎么，突然就打了一个寒噤，他们不说话，是不是田花情况不好？她的心忐忑不安。走在那条发白、发亮的长堤上时，她发现自己的整个身子轻飘飘的，像是要飘起来一样。

看到田花，罗大妹惊呆了，她估算她情况会不大好，但没料到她是这样一副惨相——她老得都让她不敢相认了，全身上下倒还算整洁，但整个人看上去没精神，就像躲在灶旮旯里的一只小猫，一见人，就簌簌地抖，而且老是抹着口水。

罗大妹颤着声音叫她，田花，田花，看看谁来了？是我，你大妹姐特意来看你了！

但田花一点儿反应也没有，只是木然地望着自己的脚，连看都不看罗大妹。

你们没给她用药？罗大妹失声尖叫。

田花的小哥迟疑了片刻说，那些宁丁州带回来的药吃完后，就不吃了。

你们也没带她看病？罗大妹气急了。

田花的小哥嘿嘿嘿笑了几声，去看过一次，医生也说，她这疯病没法治的。医生说没治了，那就没治了，我们也就不治了，也不去花那个冤枉钱了……他说得轻描淡写，就像在说和自己完全无关的一件事。

田花的大哥舔舔干燥的嘴唇，补充说，虽说没去医院，但平时，我们还一直给她看的，请了不少的土郎中，各种土法都用过了，但没有什么效果。她疯得实在厉害，所有的草药都不管用了……

田花的爹妈像两段树桩一样在田花身边走来走去，也不说什么话，有时候就丢一只番薯在田花手里，好像田花不是一个人，只是一只小狗而已。

眼前的这副凄凉，让罗大妹再也忍不住了，她放声痛哭，眼泪像雨一样哗啦哗啦地流了下来，怎么会是这样呢？怎么会是这样呢？她一把抱住了田花，田花呵，我的好妹妹啊，你怎么变成这样了？你仔细看看啊，我是罗大妹啊，你的大妹姐……

田花茫然地看着罗大妹，就像在看一个陌生人似的，间或，她抓起手中的番薯，津津有味地啃上几口，她还友好地把番薯朝她摇摇，好像在问，你想吃吗？你想吃吗？想吃就吃一口。

罗大妹抿紧了嘴，心里像是堵了一块大石头，沉得连路都走不动了。

田花的小哥催着罗大妹离开，说那边的饭菜准备得差不多了，该过去了，要不都要凉了。罗大妹的意思是让田花和两个老人一起过去。田花的小哥把头一阵乱摇，说，他们就算了，改天再说吧，这次我们主要请你……

田花的两个哥哥精心准备的饭菜，罗大妹一点儿也吃不下，她惦记着田花，在饭桌上，她终于按捺不住，提出了要带田花走的想法。田花的两个哥哥高兴得连连敬罗大妹酒，争先恐后地说，田花跟着你，我们就放心了，我们这里不比宁丁州，这里得了像田花这样的病，那等于是等死。罗大妹啊，你是活菩萨，我们家田花只有跟了你，才有希望……他们好话说了一箩筐。

罗大妹的心里酸酸的，你们就知道把田花当包袱甩。想当初，田花不是拼着命为这个家挣钱？可现在，你们哪一个把她当人看呢？

罗大妹带田花走的时候，田花全家几十口人都到村口送罗大妹，他们骄傲地对村里的人说，我们家田花又要到宁丁州挣大钱去了，真的，就像以前一样，先治病，治完了就可以去上班了，你们不知道吧，田花在宁丁州勇敢者俱乐部里工作，那是有钱人去的地方……

罗大妹听了，眼泪往肚里流，在往自己老家赶的路上，罗大妹走一阵，哭一阵，也不知道在哭啥。她想自己肯定不会只是哭田花。

罗大妹不敢把田花带回老家，只是带她在县城住了两天，又匆匆忙忙回家去了一趟，算是和家里人告别了。她不想让家人知道她带着田花上北京了，怕他们阻拦。

罗大妹重新回到了北京，她继续寻找着工作，这成了她的当务之急，在找工作的同时，带着田花看病。

　　春三月里，罗大妹终于找到了一份工作，那工作挺合她胃口的，而且薪酬也可以，每个月有6000元，是到一家少体校当陪练，练的项目跟摔跤有些接近，叫柔道。她专门给那些少年运动员当沙包摔。她心里挺高兴，终于可以在北京落脚了。

　　那些少年运动员像罗大妹当年一样壮实，他们把罗大妹一次又一次地往地上摔。在少体校里，罗大妹不能像在勇敢者俱乐部那样还能赢上一半多的次数，罗大妹只能输。教练再三关照罗大妹，他们是学生，禁不得摔。这个，罗大妹记得很牢。

　　罗大妹对这份工作很称心，因为她干的基本上还是她的老本行，对此，她是熟门熟路，不需要另起炉灶。对于摔跤，罗大妹基本上已经不动脑筋了，她脑筋动得最多的就是带田花看病，罗大妹不相信治不好田花的病。田花只不过是受了点刺激，她有朝一日会清醒过来的，人家植物人也有康复的时候，何况田花这点小病！对于这一点，罗大妹很自信。

　　当然，罗大妹也会有情绪不好的时候。比如，有的时候，罗大妹白天超负荷工作，常常是腰酸背痛地回来，晚上便会睡不着觉。整夜整夜地失眠，而田花却像一头胖猪那样呼呼大睡。罗大妹就很气恼，她懊恼地想，罗大妹，你吃饱了撑的啊，弄个傻子放在家里，你做好事也不是这么做的，你是她什么人？什么也不是，你没有照顾她的义务，明天就让她回家！一定要让她回去，否则你会被她拖死的！但第二天一看到田花和她黏糊糊的样子以及她傻傻的表情，罗大妹的心又软了，她不由自主地会想起和田花在南宁车站一起抛硬币的欢乐情景。不行，我不能把她一送了之，她不能回家，一回家，她会比一只狗还不如的……我们是最要好的小姐妹啊，我不能丢下她不管！

　　罗大妹和田花的日子就这么不咸不淡地过着。

　　有一天，罗大妹一瘸一拐地下班回家，今天有一个男生不小心把罗大妹摔出了海绵垫子，摔在了边上的沙坑边沿，把罗大妹的脚给扭了。罗大妹心情很差地推开门，却意外地发现田花正在唱歌，她唱得很投入——

　　八月十五月儿明呀
　　爷爷为我打月饼呀
　　月饼圆圆甜又香啊
　　一块月饼一片情啊

　　爷爷是个老红军哪
　　爷爷待我亲又亲哪
　　我为爷爷唱歌谣啊
　　献给爷爷一片心哪
　　……

她看见了罗大妹，突然就停住了。
罗大妹说，田花，你唱得真好听。
田花怔怔地看着罗大妹，说，拍手。
罗大妹拍了拍手。
田花笑了。
罗大妹一把把田花拥在了怀里，她说不出这时候是什么感觉。罗大妹只觉得自己要哭……这时候，田花又唱起了另外一首歌——

　　大豌豆开花麦出穗
　　小豌豆带下的露水
　　你不要问我我是谁
　　你是我的个干姊妹
　　……

罗大妹的眼泪唰唰地流下来，怎么揩也揩不干……